LA BAIE DES REQUINS

KONSALIK

LA BAIE
DES REQUINS

ROMAN

Traduit de l'allemand
par Anne-Judith Descombey

Albin Michel

Titre original :

DAS RIFF DER ROTEN HAIE

© Heinz G. Konsalik & AVA – Autoren und Verlags Agentur GmbH,
Munich Breitbrunn (Allemagne), 1993

Traduction française :

© Editions Albin Michel S.A., 1998
22, rue Huyghens, 75014 Paris

ISBN 2-226-10448-8

Chapitre premier

« J'y vais, dit-elle.

– Je viens avec toi, Tama. »

Elle le dévisagea en silence. Ses yeux sombres en amande avaient une expression indéfinissable, où la souffrance se mêlait à la colère. Puis elle se détourna. Elle prit le sentier qui longeait la maison de sa sœur et grimpait à flanc de montagne. Ron la suivit.

Le vent plaquait la robe de Tama sur elle et fit voler ses cheveux sombres quand ils arrivèrent sur les hauteurs. Pendant cette ascension, elle ne regarda pas une seule fois en arrière et monta sans s'arrêter, avec cette incroyable souplesse qui l'avait toujours fasciné. Jamais elle ne lui avait paru aussi lointaine.

Du sommet de la montagne, où des fougères aussi hautes qu'un homme poussaient à la lisière de la forêt tropicale, on distinguait les contours de la baie. Au col s'élevaient trois têtes sculptées dans le basalte : des têtes de dieux. En réalité, on reconnaissait à peine le nez, le menton et la forme du crâne dans ces formes vaguement triangulaires. Le sable apporté par le vent et le contact de mains innombrables avaient lentement poli la pierre.

A l'époque où Ron était arrivé à Tonu'Ata, des offrandes

étaient déposées chaque jour devant ces statues, de véritables œuvres d'art composées d'herbes tressées, d'hibiscus rouges et de fleurs de frangipanier blanches et jaunes. Après la mort de Nomuka'la, le guérisseur de la tribu, les offrandes avaient disparu.

Aujourd'hui, pourtant, des parures de fleurs aux couleurs vives se détachaient de nouveau sur la lave sombre. Et on y avait piqué des plumes... Comme si le vieux sorcier était de retour, pensa Ron.

La robe brun-rouge de Tama apparaissait déjà en contrebas, comme une tache éclatante au milieu des fougères. Elle avait rejoint le versant qui dominait la baie et elle l'attendait, les yeux fixés sur lui. C'était le même regard que tout à l'heure – semblable à une barrière.

« Arrête-toi là, Owaku... *You stay...* Reste là. »

Elle désigna un rocher situé au bas d'une petite pente rocailleuse et poursuivit en anglais : « *Yes. Sit down, Owaku.* »

Sit down, assieds-toi! Ces paroles frappèrent Ron de stupeur. Il se mordit la lèvre mais sentit à peine la douleur. La colère monta en lui, une colère dirigée contre ces éternelles superstitions idiotes, contre cette ignorance qui niait obstinément les faits, mais aussi contre lui-même et le sentiment d'impuissance qu'il éprouvait.

Tu n'as pas le droit d'aller dans la baie, Owaku, you know... *jamais plus, Owaku... la baie est taboue, Owaku...*

Il avait longtemps accepté cet ordre, trop longtemps, sans doute. Il s'était dit : laisse-les, ils ne savent pas grand-chose. Ils ont une bonne fois pour toutes leurs esprits, leurs dieux et leurs démons, qui leur disent ce qui est tabou et ce qui ne l'est pas. Ne te tourmente pas pour ça, et lorsque leur chef Tapana dit : « La baie est taboue, Owaku », il faut répondre : « Bien, Tapana. »

Mais voilà que Tama, elle aussi, lui imposait cette absurdité ! « *You must understand, Owaku...* » *You must understand* – tu dois comprendre.

Et lui qui, pendant deux ans, s'était efforcé de lui révéler un autre monde, sans fantômes ni superstitions ! Il croyait y être parvenu. Et pourtant, jamais elle ne lui avait paru aussi lointaine. Jamais, même durant les premiers jours, lorsqu'ils ne pouvaient se comprendre que par sourires, par gestes et grâce aux dessins qu'ils traçaient dans le sable. Avait-elle oublié tout cela ?

You understand, Owaku...
Le grondement de l'eau, qui frappait les falaises en contrebas, lui parut soudain plus bruyant et plus violent, comme s'il résonnait entre ses tempes.

« Tu es ma femme, Tama, s'entendit-il dire. Et c'est depuis toujours notre baie. La tienne et la mienne. »

Elle ne répondit pas. Ses yeux étaient devenus presque noirs – un noir froid et dur.

« Très bien ! cria-t-il. La baie est taboue ! Pour moi seul. Et si je n'en tiens pas compte... que se passera-t-il ? Quelqu'un viendra me briser le crâne d'un coup de massue. Et toi, tu regarderas ça tranquillement ? Tu laisserais faire ça, Tama ?

– Non. » Le visage de Tama était lisse, calme et inexpressif. « Si tu meurs, Owaku, je mourrai aussi. Tu es mon mari.

– Ah, merveilleux ! Fantastique ! » Ron s'efforçait de paraître ironique, mais en réalité, c'était la réponse qu'il attendait. Peut-être aurait-il dû alors la prendre par les épaules et la serrer contre lui, mais le regard de Tama l'en dissuada.

« Tu dis que Nomuka'la a prononcé le tabou, Tama. Mais Nomuka'la est mort ! Et ces histoires d'esprits et de malédictions, c'est de la superstition pure et simple, ça ne repose sur rien, tu m'entends ? »

Ron s'efforça de se calmer. Il reprit plus doucement : « Tama, réfléchis un peu... »

Elle secoua lentement la tête. « Nomuka'la n'est pas mort et n'a jamais été mort. Les autres non plus. Ils sont tous ici, dans la baie – comme les requins. »

Ron ferma les yeux. Dans ses tempes, le grondement se transforma en une douleur soudaine, violente et obsédante. Il renonça à comprendre ce monde de démons et d'esprits, les esprits des morts et des ancêtres. Des esprits qui savaient tout, qui épiaient les faits et gestes de chaque homme, qui protégeaient l'île, la baie, la tribu et ses enfants... Et voilà que les esprits des hommes morts là-bas, dans la baie, étaient présents, eux aussi. La baie des perles était devenue la baie des morts – ou plutôt, la baie des requins...

Lorsque Ron rouvrit les yeux, Tama avait disparu entre les rochers sombres de la falaise. Elle était déjà en bas, sur la plage, où sa robe jetait une note de couleur vive. Elle avait l'air vraiment perdue là-bas, accroupie tout près de l'eau, immobile.

Ron sentit la tendresse l'envahir, une tendresse douce-amère : qui priait-elle ? Les esprits, Onaha, la déesse des tortues, son frère G'erenge, le dieu des requins et de la tempête ? Ou parlait-elle avec les morts ? Pourquoi se montrait-elle si distante avec lui ?

Rouge comme du métal en fusion, le disque du soleil sombrait derrière l'horizon Ce spectacle était d'une telle splendeur que Ron s'absorba dans sa contemplation. Sous le dôme d'or du ciel, des nuages pourpres, roses et violets, aussi hauts que des tours, voguaient lentement vers l'ouest.

Des cascades jaillissaient entre les cratères des volcans et des voiles de brume enveloppaient le sommet des arbres. Au pied des montagnes, des roches volcaniques de toutes formes et de toutes couleurs formaient un paysage étrange. Certaines avaient l'aspect de divinités primitives ou d'animaux antédiluviens, d'autres évoquaient les colonnes de temples et les créneaux de châteaux forts. Leurs formes noires se détachaient sur la mer étincelante. Le soleil envoyait ses lances d'or rouge au-dessus de l'horizon et jetait comme un pont de lumière vers la baie, qui s'emplissait lentement de rouge foncé. Rouge. Pourpre. Rouge comme le vin. Non, comme le sang...

Arrête, se dit-il. Tu ne devrais même pas y penser. Oublie tout ça ! Ron s'adossa contre la roche volcanique.

Pourtant, une fois de plus, les images surgissaient de sa mémoire. Il revoyait, à l'entrée de la baie, l'étrave blanche du *Roi de Tahiti* glisser devant les parois des falaises, il entendait le grondement des moteurs au ralenti, et à côté de lui Nomuka'la criait : « Les voilà, les étrangers ! C'est ce que tu voulais, Owaku ! » Puis le premier coup de feu partit, suivi de nombreux autres. Et la baie se transforma en enfer...

« Ils ne sont jamais partis », avait dit Tama.

Une fois de plus, une voix en lui murmura les noms des morts : Fai'Fa, le frère préféré de Tama, Fai'fa, fier et réservé. Déchiqueté par les requins, comme Nomuka'la. Jack Wilmore, avec qui Ron avait voulu apporter un peu de civilisation sur l'île, Jack, le meilleur ami qu'il ait jamais eu. Piero de Luca, le pilote de l'hélicoptère du *Roi de Tahiti*, et tout l'équipage du *Roi de Tahiti*... Pandelli, responsable de ce drame, mort avant de tomber à l'eau, si bien que les requins n'avaient eu en pâture que son cadavre.

« C'est ce que tu voulais... »

Les étrangers, les *Palangis*, périrent. Et ce furent les

requins qui prirent possession de la baie. Jamais plus Ron ne plongerait avec Tama pour ramener des perles, jamais plus un nouveau-né ne tendrait la main pour saisir la perle pêchée par son père. La *mana*, la force divine qui imprégnait toute la Création, était éteint.

C'est ça, pensa Ron, ils t'en rendent responsable. Toi seul. Sur toi seul pèse le tabou interdisant l'accès à la baie. Et peut-être ont-ils raison, finalement...

L'ombre noyait peu à peu les falaises. Au-dessus de lui, sur le sentier, une pierre roula. Il entendit Tama approcher mais ne releva pas la tête. Les mains entre les genoux, il regardait l'eau de la baie s'obscurcir. Il ne voyait rien. Pas une nageoire triangulaire. Pas une ombre. Juste le silence.

« Viens, pria la jeune femme. Viens, Owaku, allons-nous-en. »

Ron ne bougea pas. Il ne répondit pas non plus. Mais maintenant, il savait ce qu'il allait faire – non, ce qu'il *devait* faire...

Le crépuscule descendait rapidement sur l'île. Le sentier n'était plus qu'une bande claire entre les buissons. Pendant tout le trajet, elle lui tint la main, comme on tient celle d'un enfant qui veut être consolé. Ce contact apaisait Ron. Ils ne parlaient pas. Qu'avaient-ils d'ailleurs à se dire ? Ils n'entendaient plus que le bruissement léger de leurs pas.

Tama ne s'arrêta pas devant les statues des dieux, mais passa devant elles comme si elles n'existaient pas. Puis ils arrivèrent au tournant d'où l'on commençait à voir le village. Devant les maisons et les huttes brûlaient les foyers, nids de lumière rouge dans la grisaille de l'ombre. Des aboiements résonnèrent, ainsi que des cris d'enfants. Les habitants du village préparaient le repas du soir.

Deux ans plus tôt, dans l'une de ses velléités de civilisateur euphorique, épris de progrès technique, Ron avait projeté d'installer l'électricité dans tout le village. Le générateur qu'il avait rapporté de Tahiti était suffisamment puissant pour cela. Il pourrait se ravitailler en essence au cours de ses voyages à Pangai ou à Neiafu, les ports des îles Tonga les plus proches.

Mais Tapana, le père de Tama, avait secoué la tête : « Nous ne voulons pas de ça, Owaku. » Et pourquoi l'auraient-ils voulu ? Pourquoi transformer la nuit en jour ? Qui donc travaille la nuit ? « La nuit est faite pour dormir ou faire l'amour. Tu es complètement fou, Owaku. »

Et il avait raison ! Depuis la dernière visite du marchand français qui, avant l'arrivée de Ron, avait parfois fait escale dans l'île, Ron était le seul étranger à savoir que Tonu'Ata était habitée. L'île ne figurait sur aucune carte marine. Elle était à l'écart de toutes les routes de navigation, dans une zone de courants peu favorables. Elle existait peut-être sur une image satellite, mais pas sur les documents officiels des îles Tonga, territoire auquel elle appartenait. Lorsqu'ils arrivaient en vue de l'île, le pilote que l'annonce d'une tempête contraignait à faire un détour, ou le plaisancier qui avait dérivé à cause du courant ou d'un mauvais relevé, croyait Tonu'Ata déserte − comme Ron, autrefois.

Autrefois... il était arrivé à Tonu'Ata en naufragé, ayant réussi à s'embarquer sur un canot pneumatique à la toute dernière seconde, avant que la tempête ne fracasse son bateau sur les récifs. Il avait été heureux sur cette petite île, c'est vrai. Et il s'était juré de préserver le secret de Tonu'Ata par tous les moyens et à n'importe quel prix. Il y était parvenu, malgré la bande de pirates qui avait fait irruption dans la baie à bord du *Roi de Tahiti*.

Et c'est justement toi, idiot, pensait-il maintenant, qui

t'étais mis en tête de suspendre des guirlandes lumineuses entre les maisons ! Tu as électrifié la moitié du village, pour que le premier imbécile venu comprenne aussitôt que l'île est habitée ! Les indigènes, eux, étaient plus avisés. Finalement, les merveilles du progrès technique s'étaient limitées aux maisons de Ron, de Tapana et des sœurs de Tama, et à l'atelier de mécanique. Et c'était très bien ainsi...

Cette nuit-là, Ron eut un sommeil agité. Trempé de sueur, il s'éveilla en sursaut, manquant perdre l'équilibre. Le clair de lune pénétrait dans la pièce, transformant la moustiquaire suspendue au-dessus du lit en une chose blanche et mystérieuse qui menaçait de l'étouffer. Il la repoussa. Du lit voisin lui parvenait la respiration paisible de Tama. Des geckos glissaient dans les couches de palmes du toit et, au-dehors, Ron entendait le va-et-vient de la marée sur la barrière de récifs, semblable à une respiration. Ron avait toujours aimé ce bruit, mais cette nuit-là, il ne l'apaisait pas.

Il se leva sans allumer et se dirigea vers la cuisine. La lumière bleuâtre se découpait en bandes larges et nettes sur les murs et le sol de la chambre. Sous cet éclairage, les objets, l'armoire, le miroir et les nattes en fibres tressées dont Tama avait orné les murs avaient une apparence étrange et sévère.

Dans la cuisine, il prit dans le réfrigérateur une cruche de jus d'ananas et s'en versa un verre. Puis il alluma le poste de radio posé sur la table pour écouter les nouvelles pendant le petit déjeuner.

« Croyez-le ou non, déclara en anglais une voix argentine de jeune fille, mais je ne fais jamais les choses à moitié. C'est pourquoi, s'il me faut une crème vitaminée, je choisirai... » Mais ce choix n'intéressait pas Ron. Son verre à la main, il alla se planter devant la fenêtre pour contempler les récifs, les palmiers, le scintillement de la mer... Sur la gauche s'élevaient les silhouettes sombres des deux nouveaux bâtiments – de solides blocs de basalte renforcés de ciment. Le plus grand abritait l'atelier de mécanique et ses machines ; les gens du village y entreposaient également leurs outils. Dans l'autre, on installerait la nouvelle infirmerie, une fois les travaux terminés. Pour l'instant, le tout était encore à l'état de gros œuvre.

Cette fois-ci, Ron n'éprouva pas la fierté puérile qui s'emparait toujours de lui à leur vue. Un malaise étrange, comme le pressentiment d'un bouleversement, l'emportait...

Le lendemain, à son réveil, Ron constata que le vent était presque tombé. Rien ne bougeait au-dehors. Même l'incessant friselis métallique des feuilles de palmier s'était tu. Il regarda sa montre. Presque huit heures.

Tama dormait. Elle dormait comme un enfant, le visage paisiblement posé sur les mains. Il ne voulut pas la réveiller. Dans la cuisine, il fit réchauffer du café et alluma la radio sur « ZAP-Tonga » afin d'entendre la météo, mais ZAP passait seulement du rock et de la publicité. Il n'eut guère plus de chance avec UKW, la station de Pangai. Ils n'avaient à offrir qu'un long reportage sur la pêche au thon en Australie. En tongaïen.

Dehors, le Pacifique était comme une plaque de zinc géante, immobile et mate. Même la plage paraissait grise, et Ron sentit soudain dans ses tempes une pression lancinante, que le café ne réussit pas à dissiper.

Si l'alizé était complètement tombé, cela ne pouvait signifier qu'une chose : une tempête se préparait. Un ouragan ? Impossible ! Il en aurait déjà entendu parler la veille à la radio.

15

Les ouragans étaient repérés et observés dès leur naissance, et on diffusait sans arrêt des informations à leur sujet. D'ailleurs, on était en mars, ce n'était pas la saison, du moins pas dans la région des îles Tonga. Ron descendit l'escalier.

Derrière les bananiers, au-dessus du toit de la maison de Lanai'ta, s'élevait un mince filet de fumée. Ron fut soulagé qu'elle ne soit pas venue bavarder avec lui. Ce matin, il ne voulait voir personne, pas même la sœur de Tama.

Il jeta un regard rapide à son antenne télescopique. Il y avait accroché un ballonnet afin de connaître la direction du vent à toute heure du jour. Tama avait cousu le ballonnet. Ce matin, il pendait, dégonflé et inerte.

Ron dévala le chemin sablonneux qui menait à la lagune, évitant au passage un petit chien qui le poursuivit en glapissant. Près de l'embarcadère, quelques hommes tiraient les pirogues à balancier sur le sable. Le temps ne semblait pas leur plaire, à eux non plus. Ron salua de la main Afa'Tolou, l'un des deux frères de Tama. Afa dépassait d'une tête les autres hommes. A vrai dire, sa sœur aussi était la plus grande femme du village.

Ron avait rejoint le petit môle qu'il avait péniblement construit l'an dernier, pierre à pierre. Son canot de sauvetage était amarré là. La coque basse et blanche ressemblait à une baignoire. Il le fit démarrer et, pétaradant, le bateau à moteur se dirigea vers le *Paradis*, ancré au milieu de la lagune. Le blanc éblouissant de sa coque semblait presque irréel sur ce fond gris.

Ron aimait ce bateau! Il ne l'aimait pas seulement pour la perfection de ses lignes et ses qualités techniques, mais aussi comme un prisonnier chérit la clé de sa prison. Le *Paradis* était pour Ron le symbole de la liberté. Tonu'Ata avait beau être devenue sa patrie, le mystère de cette île, le fait qu'elle ne figurait sur aucune carte de navigation, la coupait du reste du monde. Le *Paradis* donnait à Ron la possibilité de ravitailler Tonu'Ata, mais aussi de s'en évader à tout moment.

Il attacha la corde du canot à l'échelle arrière et monta à bord. Des coquillages s'étaient de nouveau fixés à droite des échelons. Il faudrait les enlever, mais ça pouvait attendre. Ron resta un instant sur le pont, les mains appuyées sur la plage arrière, s'imprégnant de l'odeur familière de l'océan et des mangroves qui poussaient sur la rive. Alors, il comprit que ce qu'il voulait faire était bien, et qu'il n'avait pas d'autre solution...

Il avait trouvé par hasard dans un placard du *Paradis* un vieux numéro du *National Geographic*, oublié par les ouvriers des chantiers Henri Latour et fils à Papeete, qui avaient appareillé le bateau pour lui deux ans auparavant. Le magazine contenait un reportage sur les requins, et parmi toutes les informations qui intéressaient Ron au plus haut point, un passage en particulier s'était gravé dans sa mémoire : « Ce sont les plus grands spécimens parmi les nombreuses espèces de requins, plus de deux cent vingt au total, avait écrit le journaliste, un Australien. Ces requins-là vivent dans les profondeurs, comme le requin bleu ou commun, le requin griset, le " grand requin blanc " et le requin-marteau. Ils sont extrêmement sensibles aux variations météorologiques, qui peuvent éventuellement les perturber.

« De plus, ne possédant pas de vessie natatoire, ils sont contraints de se déplacer continuellement. C'est pourquoi ils gagnent le large à l'approche d'une tempête, sous peine de perdre leurs capacités de manœuvre, voire de s'échouer sur une plage ou des récifs... »

Quelques-unes de ces bêtes étaient restées dans la baie de

Tonu'Ata parce qu'elle était profonde. Ron l'avait mesurée un jour avec l'écho-sonde, et l'appareil avait indiqué plus de trois cents mètres. Ils étaient donc parfaitement à leur aise dans la baie, ces saletés de requins qui, par-dessus le marché, avaient amené sur eux la « malédiction des dieux » : le tabou !

Pourtant, même les requins peuvent avoir la trouille. La trouille d'une tempête près de la côte, par exemple...

Ron traversa le pont pour se rendre au poste de pilotage. Il s'immobilisa de nouveau pour regarder la baie. Entre-temps, les pêcheurs avaient tiré presque toutes les pirogues sur le sable. Certains commençaient même à enlever les filets des séchoirs. Le ciel était toujours du même gris diffus et brumeux, sans trace de nuages, pourtant. Les alizés sont des vents d'ouest et les tempêtes naissent la plupart du temps à l'est, mais en réalité, les tempêtes pouvaient venir de n'importe où.

La houle était devenue plus forte. On distinguait claire-ment quelques creux peu profonds à la surface grise et agi-tée de la mer. Au niveau des récifs, les brisants, eux aussi, jaillissaient plus haut que d'habitude.

Ron appuya sur le bouton qui actionnait le treuil de l'ancre. La chaîne remonta en cliquetant. OK, se dit-il. Maintenant, on va voir un peu ! Peut-être que les requins n'ont pas déserté la plage seulement pour aujourd'hui, mais pour plus longtemps. Et c'est justement ce que tu vas prou-ver aux gens du village. Et à Tama. Mais surtout à Nomuka'la, ou à son foutu esprit ! Au diable leurs tabous et leurs superstitions !

Pendant le trajet, Ron avait vu quelques cormorans sur la barrière de récifs, et des mouettes qui volaient vers leurs nids dans les falaises. Une brise légère s'était levée et la mer deve-nait plus agitée, mais cela ne le troublait guère. Une seule chose le tracassait encore : ce que Tama pouvait penser.

Lorsque Ron sortit de la lagune, il avançait toujours à petite vitesse afin d'amortir le bruit du moteur aussi longtemps que possible. Même si Tama ne l'avait pas entendu partir, une heure avait passé et elle savait depuis longtemps à quoi s'en tenir. Les nouvelles circulaient vite au village. Si Afa n'allait pas lui-même voir la jeune femme, elle apprendrait la nouvelle par sa sœur ou une autre voisine : « Que fait Owaku ? Pourquoi sort-il en bateau par ce temps ? »

Justement par ce temps, pensa-t-il amèrement. Justement !

Il apercevait déjà à tribord les deux rochers qu'il avait baptisés les « doigts du serment », à cause de leur forme. Ils s'élevaient très droits au-dessus des récifs qui abritaient l'est de la baie. De l'autre côté, la paroi de la montagne plongeait dans la mer.

Ron poursuivit sa route. Puis il alluma l'écho-sonde. A cet endroit, le sol, modelé par les forces titanesques qui, plusieurs millions d'années auparavant, avaient fait surgir le volcan du fond de l'océan, ressemblait à un escalier aux marches immergées. Au large, au-delà de la baie, un banc d'huîtres s'était formé sur la marche supérieure. Ce banc s'étendait maintenant dans la baie. Une corde ancrée au pied du rocher en signalait l'emplacement.

Ron tourna le gouvernail vers l'arrière. Lentement, très lentement, le *Paradis* glissa dans la baie. Ron scrutait la surface de l'eau. Il cherchait des ombres. Rien. Comme la veille au soir, aucune nageoire dorsale n'était visible. Si requins il y avait, ils devaient avoir regagné les profondeurs à l'approche du bateau et rejoint le large depuis longtemps déjà. Il était donc inutile de chercher des nageoires.

Ron tourna la tête vers l'écho-sonde. Les chiffres défilaient sur l'écran lumineux. Quatre cents, cinq cents, six cents pieds... Le socle rocheux où s'étendait le banc d'huîtres était le seul haut-fond de la baie. Personne ne le savait mieux que Ron et Tama. Ron connaissait chaque mètre de ce fond. L'épave du *Roi de Tahiti* devait reposer pas très loin d'ici, mais la lumière grise et nébuleuse enlevait à l'eau sa transparence. On ne reconnaissait presque rien.

Ron se rapprocha du socle et attendit que l'écran indique vingt et un pieds. Il mit alors le moteur au point mort et appuya sur le bouton de l'ancre. L'ancre tomba. Un banc d'huîtres n'est certes pas le fond idéal où jeter l'ancre ; autrefois, lorsqu'ils plongeaient dans la baie, l'idée de balancer plusieurs tonnes de métal au milieu de ses précieuses huîtres, de saccager ainsi une telle fortune, lui serait apparue comme une folie, pis encore, un véritable sacrilège, mais cette époque était révolue. L'ancre tiendrait – et cela seul comptait.

Ron éteignit le moteur. Le *Paradis* oscillait doucement. L'eau de la baie s'étendait, sombre, lisse et calme.

Ron avait rangé le matériel de plongée dans les armoires du poste d'équipage. Lorsqu'il traversa le couloir, il ne put résister à la tentation : il ouvrit la porte de la cabine et alluma. Il vit le lit rond surmonté du miroir. Au cours de nombreuses nuits d'amour, Tama, elle aussi, avait appris à aimer ce miroir. Ron laissa errer son regard sur les portes vernies, les armoires, la peinture bleu clair des murs et le bleu foncé du tapis. Dans toute la pièce flottait un parfum léger et suave.

Il inspira. Peut-être était-ce le parfum qu'ils avaient acheté à Papeete, lors du premier et seul voyage de Tama dans le vaste monde, ou un reste de l'huile florale que les Soafatines, les vieilles femmes de Tonu'Ata, préparent pour leurs filles. Tama! pensa-t-il. Le miroir lui renvoya son propre reflet. Son visage lui parut encore plus osseux qu'autrefois. Ses cheveux blonds décolorés semblaient presque blancs.

Ron éteignit hâtivement, sortit de la pièce et alla chercher le masque, la combinaison, le couteau et la veste de plongée à laquelle étaient fixées les bouteilles d'oxygène. Il vérifia leur pression : parfaite. Ils avaient plongé pour la dernière fois six semaines auparavant, et Ron avait immédiatement rechargé les bouteilles avec le compresseur.

Ron enleva son short, enfila la combinaison et hissa sur son dos les lourdes bouteilles d'oxygène. Il mit ses gants, vérifia sa prise sur le couteau, puis il prit les palmes et la lampe frontale qu'il garda à la main. Il s'apprêtait à sortir de la cabine lorsqu'il se rappela soudain autre chose. La lance ! Où est-elle, bon Dieu ! Tu t'es démené dans l'atelier pour affûter une lame d'acier de vingt centimètres et la fixer à un manche, et maintenant, où est-elle, cette saleté ? Il la retrouva dans l'armoire de droite, sous l'équipement de Tama. Puis il retourna au salon, ouvrit les portes coulissantes et sortit. Dehors, les couleurs semblaient s'être encore assombries. Le bruit des vagues qui frappaient au loin la falaise et les récifs était plus fort. Un voile de brume dissimulait la mer et les montagnes.

Il était à présent trop tard pour réfléchir. D'ailleurs, il n'y avait pas à réfléchir. Comment appelait-on à Tonu'Ata la force divine qui distingue un homme, et que seuls le chef ou le prêtre peuvent lui reprendre ? *Mana*...

Il retrouverait sa *mana*, bon sang ! Et rien au monde, ni un tabou stupide, ni un requin, ne pourrait l'en empêcher !

Ron chaussa les palmes, ajusta le masque et la frontale, puis il plongea. Enfin ! pensa-t-il, tandis que l'eau se refermait sur lui. Je me suis trop longtemps laissé mener à la baguette. Tout ça, c'est terminé ! J'ai retrouvé la baie !

C'était comme d'habitude – et c'était beau. Ron glissait au-dessus du banc d'huîtres sombre et luisant. La lumière blafarde de la lampe soulignait chaque contour. Les poissons se dispersaient brusquement à son approche. A quelques mètres devant lui, il reconnut un poisson-pierre rose, puis il surprit deux flets. Peu après, il distingua les rebords dentelés des huîtres perlières. Elles semblaient se tendre vers lui. Il lui suffisait de sortir son couteau et d'allonger le bras – comme autrefois...

Aujourd'hui, pourtant, il ne venait pas pour les huîtres, mais pour cette phrase qui le poursuivait : « C'est ce que tu voulais, Owaku ! » Aujourd'hui, il allait faire taire la voix d'un mort.

La soupape de ventilation cliquetait. Ron pouvait mesurer à ses battements le rythme de son cœur. Et celui-ci était calme, tout à fait calme.

OK, me voilà ! Et vous, saloperies de requins, où vous planquez-vous ?

Il s'était écarté du banc d'huîtres en décrivant un virage serré et nageait à présent au-dessus de coraux morts couverts d'algues. La frontale n'était pas d'une portée très puissante, dix-douze mètres au maximum, estima-t-il. Au-delà du faisceau lumineux, tout demeurait indistinct. Là-haut, au-dessus de la surface, les nuages devaient s'être encore épaissis, car il n'avait encore jamais vu le fond de la baie sous une telle obscurité.

Il laissa errer le faisceau de la lampe mais le pinceau lumineux capta seulement la grosse tête d'une murène et trois poissons de coraux. De minuscules particules blanchâtres que ses palmes avaient détachées du banc d'huîtres s'élevèrent devant lui.

Où sont-ils, tes requins, Nomuka'la ? Allez, montre-les-moi un peu !

C'était idiot, mais il ne pouvait chasser de son esprit le nom de Nomuka'la. Regarde un peu, le vieux ! C'est bien moi ! Alors ? Où sont tes requins ?

Mais ni Nomuka'la ni G'erenge, le dieu maléfique des requins et de la tempête, ne lui répondirent.

Ron fit le tour de la baie : rien à signaler. Pas un requin. Et la prochaine fois, songea-t-il, tu le montreras à Tama !... A Tama, à ses frères, à toute la tribu... Lorsque, à son retour, Tama viendrait au-devant de lui en disant : « Je sais où tu es allé. Pourquoi as-tu fait ça ? », alors il pourrait lui annoncer : « Oui, j'étais là-bas. J'ai plongé et j'ai parcouru toute la baie. Maintenant je suis là, devant toi, sain et sauf. Que dis-tu de ça ? »

A présent, Ron n'aspirait plus qu'à regagner le *Paradis*. Aussi vite que possible. Il devait d'abord sortir de la baie, et c'était facile : il suffisait de longer le banc d'huîtres. Ron éteignit la lampe – oui, c'était mieux comme ça. Il voyait avec netteté le chenal, une large ouverture dans les rochers. On aurait dit un grand portail, derrière lequel une mystérieuse clarté verdâtre semblait attendre.

Alors, il vit l'ombre. Elle surgit à l'oblique des profondeurs, et sa forme de cigare aplati rappelait une torpédo ou un sous-marin. Sauf qu'ici, il n'y avait ni torpédos ni sous-marins. Ici, il n'y avait que les requins !

Ce fut comme si un poing l'avait frappé à la gorge. Son pouls se mit à battre violemment. Il le remarqua au souffle précipité de la soupape de ventilation. Ce n'était pas un requin, mais un monstre !

Ron s'efforça de retrouver son sang-froid. On rencontrait des requins dans tout le Pacifique, et de toutes les espèces. En général, ils évitaient les eaux peu profondes des lagunes, mais sur la côte ouest de l'île et à Tonga, tout près de la plage, Ron en avait vu de petits, des émissoles lisses et des milandres. Par groupes de trois ou quatre, ils somnolaient tranquillement tout près de la surface, comme s'ils voulaient se chauffer au soleil. Mais cette ombre-là... Sous l'eau, il était hasardeux d'évaluer sa taille. Néanmoins, c'était sûrement un spécimen énorme, d'environ huit ou dix mètres.

Ron restait immobile, indécis, au-dessus du banc d'huîtres. La bête avait disparu. Aiguillonné par les poussées d'adrénaline, il tenta de se rappeler tout ce qu'il avait entendu, lu et appris sur les requins. Les requins attaquent rarement l'homme. La peur du requin est plus dangereuse que le requin lui-même. Avait-il déjà eu peur d'eux? Non – jusqu'à ce qu'ils déchiquettent devant ses yeux Nomuka'la, ce vieillard émacié qui semblait tout en os et en tendons. Lorsque le cadavre de ce salaud de Pandelli était tombé à la mer, les bêtes étaient tellement déchaînées que l'eau semblait bouillonner! Et qu'était-il resté de l'équipage du *Roi de Tahiti*? Rien. Rien que de l'écume teintée de sang...

Les requins peuvent devenir agressifs lorsqu'ils flairent le sang... Encore une phrase pleine de bon sens. Agressifs? Une sorte de folie meurtrière s'était emparée alors de ces foutus monstres.

Du passé, tout ça? Mais comment oublier?

Ron scrutait les profondeurs. Où se cachait donc cette sale bête? Derrière les rochers? Probablement pas... Les requins évitent les rochers et les récifs. Mais il ne devait pas être bien loin. Dans le doute, mieux valait rester tranquille, et devenir une ombre parmi les ombres. Descendre un peu, peut-être, pour mieux voir l'adversaire: les requins attaquent en montant. Cette bête-là, elle aussi, était montée des profondeurs... Lentement, avec de légers battements de palmes, Ron glissa vers le fond, sans quitter des yeux le chenal.

Alors, il ressentit comme une décharge électrique. Sa main se crispa sur la lance. A droite, devant le passage, ce qu'il avait pris tout à l'heure pour un bloc de rocher, cette ombre ronde, presque aussi ronde qu'un disque – c'était lui ! Ce monstre diabolique s'était posté à l'entrée de la baie pour l'attendre !

Demi-tour. Vers la rive. Deux cents mètres à franchir. Et il va te suivre et t'attaquer selon l'autre méthode classique des requins, par-derrière. La baie s'était transformée en piège ! Un chant clair et aigu résonnait aux oreilles de Ron. Ce n'était pas la pression de l'eau. C'était la panique.

Puis tout alla très vite. Au moment même où Ron allumait la frontale, le requin chargea. Il arriva aussi brutalement que s'il avait été catapulté. Ron sentit l'onde de choc – ce fut comme une explosion. Puis il vit le crâne gris, luisant et lisse du prédateur, les yeux largement écartés, les fentes obliques des ouïes et les deux nageoires antérieures musculeuses. Et ce terrifiant demi-cercle retroussé au bas de la tête : la gueule du requin !

Avec une agilité stupéfiante, l'énorme animal vira à quelques mètres de lui. Son ventre blanc sale jeta un éclair, et Ron distingua nettement les trois petits poissons-pilotes qui y étaient fixés. Puis l'ombre de la nageoire caudale – et plus rien !

Tout s'était déroulé si vite que Ron n'avait pas eu peur sur le moment. Maintenant, il devait serrer les dents pour maîtriser le tremblement de sa mâchoire. La bestiole va revenir... Etrangement, cette pensée l'apaisa. Des deux mains, Ron serra la lance à la longue pointe affûtée. Il prononça mentalement le nom de Tama, une seule fois, comme s'il récitait une prière ou une formule de conjuration. A la seconde même, le faisceau de la lampe saisit l'ovale sombre et menaçant qui s'approchait, grossissant à vue d'œil. Cette fois-ci, la tête du requin tressaillait spasmodiquement, et ce mouvement paraissait encore plus terrifiant que la face du tueur.

Ron empoigna fermement la lance et la brandit. Le coup porta dans le vide. De nouveau, le ventre blanc et puissant du requin fila devant lui, de nouveau, le prédateur se jeta sur le côté et décrivit un virage, cette fois-ci dans la direction opposée. Puis il redevint une ombre qui diminuait peu à peu.

La bête avait disparu...

L'attente devenait insupportable. Cela faisait déjà quinze minutes qu'il restait immobile. Le requin n'était pas réapparu.

Ron devait reprendre le même chemin : tout droit jusqu'à l'entrée de la baie, où le *Paradis* était à l'ancre. La nuque raidie d'appréhension, le regard fixé sur le triangle clair de l'entrée de la baie, il repartit. Rien en vue. Rien sauf les habituels poissons de récifs et les holothuries qui oscillaient paisiblement sous le ressac. Enfin, l'ombre de la coque, la lueur jaune de la corde. Il était arrivé, il se hissait, il sortait de l'eau.

Il laissa choir les bouteilles d'oxygène sur le pont. Ses membres étaient lourds, ses muscles douloureux, et il avait l'impression de sentir chacun de ses os – les os qu'il avait sauvés... Il ôta ses palmes. L'air était oppressant. A l'ombre des montagnes, le vent était presque entièrement tombé. Ron jeta un regard rapide au versant opposé et eut l'impression que les sommets de pierre l'observaient

Nomuka'la, cria une voix en lui, est-ce toi qui as envoyé cette bête à mes trousses ? Nous n'avons jamais été amis. Un *Palangi*, un étranger, voilà ce que je suis toujours resté pour toi – mais maintenant, bon Dieu, rappelle ton esprit et laisse-moi en paix !

Il étouffait dans cette saleté de combinaison. Il arracha le bonnet, baissa la fermeture Eclair et laissa l'air humide caresser son corps. Entre-temps, le vent s'était levé. A l'est, le Pacifique était constellé de moutons, mais le ciel demeurait brumeux et gris, sans un seul nuage. Nu comme un ver, Ron poussa la porte du salon. Le reflet rouge des boiseries d'acajou l'accueillit. Les lampes en laiton, la carte des îles Tonga fixée au mur, les confortables fauteuils, la banquette, et, sur la table, dans un vase, les fleurs d'hibiscus roses apportées par Tama – tout semblait le saluer et lui demander : mais où étais-tu passé ? Qu'est-ce qui t'a pris encore ?

Ron se dirigea vers l'armoire du bar, l'ouvrit et arracha de ses fixations la dernière bouteille de cognac. C'était du Courvoisier. Il aurait préféré du whisky, ou même un gin, mais tant pis ! Il dévissa le bouchon et colla le goulot à ses lèvres. Puis, comme cela ne le réconfortait toujours pas, il se jeta dans l'un des fauteuils et continua à boire. Il perçut le grincement familier de la chaîne de l'ancre, renversa la tête et ferma les yeux – mais aussitôt, il revit la face de tueur du requin.

Il secoua la tête. Qu'est-ce qui te prend ? Pourquoi te laisses-tu impressionner à ce point ? Peut-être avait-il tout aussi peur que toi. Mais ce tressaillement de sa tête... Comme s'il pressentait déjà la victoire. La morsure. Puis le coup de grâce qui devait te déchiqueter. Mais toi, tu es assis là, sans une égratignure. Et que fais-tu ? Tu bois en tremblant de trouille...

Ron se leva brusquement, sortit sur le pont arrière et

s'accouda sur le bastingage. Les souffles changeants du vent le caressaient comme une main tendre tandis qu'il contemplait l'île, suivant du regard les lignes douces des montagnes qui se perdaient dans la brume.

Ses tremblements cessèrent peu à peu et il s'apaisa.

Tonu'Ata, pensa-t-il, ma Tonu'Ata...

Chapitre 2

Le Pacifique est la plus grande étendue d'eau du globe. Cet océan est si vaste que tous les continents pourraient y tenir. Plusieurs dizaines de milliers d'îles et d'atolls y sont disséminés. Ces îles, qui forment des archipels, des ponts et des chapelets, ne sont que la partie émergée de chaînes de montagnes et de volcans sous-marins. Seules quelques-unes sont habitées. Tonu'Ata était l'une de ces îles.

Tonu'Ata est difficile à décrire ; les peintres et les photographes eux-mêmes ne réussissent qu'imparfaitement à rendre la magie des îles des mers du Sud. Des récifs de coraux encerclent presque entièrement cette île, formant une puissante barrière sur trois de ses côtés. A l'intérieur de cette barrière s'étend une lagune aux eaux cristallines, bordée de plages de sable blanc et de palmiers. Une montagne et trois volcans couverts d'une épaisse forêt tropicale dominent le paysage. A la saison des pluies, les sommets éventrent les nuages poussés par les alizés. Leur eau se déverse sur l'île et, sur les versants luxuriants de Tonu'Ata, jaillissent des cascades, une succession de cascades, spectacle incomparable et source de vie. Tonu'Ata était le paradis sur terre !

Ron Edwards n'avait pas recherché ce paradis, il y avait

tout simplement échoué. Deux ans et huit mois plus tôt, croisant entre les îles Tonga à bord d'un bateau plutôt délabré, il avait été pris dans un ouragan. Il n'avait eu alors qu'une solution : précéder les vagues en priant pour que la pompe de cale, cette antiquité, tienne le coup. Elle tint pendant quarante-huit heures. Puis les brisants fracassèrent la cabine et il dut s'embarquer sur le canot pneumatique. Le plus incroyable fut que la mer se calma presque aussitôt, et que la tempête s'apaisa aussi soudainement qu'elle avait éclaté. Alors, le soleil brûla impitoyablement Ron. Abruti par la soif et la fièvre, couvert de brûlures, il échoua sur des récifs.

Sur la plage de l'île, on l'attendait déjà. Trois hommes à la carrure athlétique l'aidèrent à sortir de l'eau. Tous trois portaient autour des hanches de magnifiques pagnes *tapas* en fibres tressées, rehaussés d'ornements multicolores, comme Ron en avait déjà vu à Tongatapu. Alors qu'il était encore accroupi à leurs pieds, trempé et épuisé comme un chat à demi noyé, ils tendaient déjà la main vers leurs lances. Pourtant, Ron se moquait pas mal de se faire saigner comme un cochon. A ses yeux, ce dénouement aurait été la suite logique de son périple infernal. Mais les hommes replantèrent leurs lances aux pointes de fer dentelées dans le sable.

Le plus grand avait une chevelure gris fer. Sur ses pectoraux puissants pendait un splendide collier de coquillages qui s'achevait par un médaillon serti de dents de requins. Il se nommait Tapana, mais cela, Ron ne devait l'apprendre que plus tard. En revanche, il devina immédiatement que cet homme était le chef de la tribu.

Ron ne comprit pas les mots que cet homme prononçait, mais il n'y avait pas à se tromper sur son sourire. Et lorsque le chef l'aida à se mettre debout, le soutint et caressa ses cheveux, cette idée s'imposa à lui : une fois de plus, il s'en était tiré ! Peut-être les miracles existaient-ils, finalement...

Ils lui firent traverser une sorte de bosquet de palmiers, puis ils débouchèrent sur une place presque circulaire. Quelques huttes s'élevaient à l'ombre de grands palmiers. A leur arrivée, plusieurs villageois accoururent. Pour Ron qui, fiévreux et épuisé, ne pouvait plus faire un pas, ils apportèrent une civière faite de tiges de bambou et de feuilles de palmier tressées.

Enfants, chiens et cochons couraient autour de lui, des foyers brûlaient, des poulets faisaient un tapage infernal et des visages de femmes à l'air soucieux se penchaient au-dessus de la civière en une procession sans fin.

Tout cela lui paraissait en quelque sorte familier – et cependant très étrange. Ron avait visité de nombreux villages dans les îles du Pacifique et, dans l'ensemble, celui-ci correspondait à son expérience. Néanmoins, plusieurs détails l'intriguaient. Par exemple, il ne voyait nulle part d'antenne de radio ou de télévision. Où étaient les habituels scooters Yamaha ? Ron voyait bien des haches, des couteaux et des filets en nylon, mais pas un seul appareil moderne...

Où était l'épicerie ? Et les publicités pour Coca-Cola ? Et surtout, où était la chapelle ? Toutes les églises chrétiennes possibles et imaginables avaient, dans leur élan missionnaire, colonisé les îles Tonga. Pourtant, sur cette île, même l'habillement était insolite. Pas de T-shirts. Pas de jeans. Non, ils ne portaient ici rien d'autre que les parures traditionnelles, jupes-portefeuilles et robes en fibres tressées. Où Ron avait-il donc atterri ?

Ils le transportèrent dans une petite hutte...

Ron était malade comme un chien. L'insolation et l'épuisement avaient déclenché une forte fièvre. Ils lui donnèrent à manger et à boire. Il vomit tout. Puis une nouvelle forme apparut devant son lit. L'apparition avait un front large et deux yeux au regard ardent. Son visage paraissait taillé à coups de hachette. Les cheveux broussailleux étaient couronnés d'une coiffe de plumes, de coquillages et de fibres teintes. Le guérisseur de la tribu! Il apportait dans une écorce de noix de coco un thé amer qu'il fit boire à Ron, puis il lui appliqua sur la poitrine un cataplasme de feuilles. Ces deux remèdes s'avérèrent efficaces – bien que le goût du thé fût effroyable. Bientôt, la fièvre tomba.

Le prêtre-guérisseur de la tribu, qui ressemblait au sorcier d'un conte médiéval, s'appelait Nomuka'la. La jeune femme, la fille du chef donnait à manger à Ron, veillait sur lui et, dans ses rêves fiévreux, lui paraissait d'une beauté tout simplement divine. Elle s'appelait Tama'Olu, « Olu » signifiant qu'elle n'était pas mariée.

Son père, Tapana, avait décidé qu'elle prendrait soin de Ron. Après tout, c'était un *Palangi*, un étranger blanc, et les *Palangis*, même quand on les repêche à moitié morts, sont des hommes puissants, doués de *mana*. De plus, Onaha, la déesse de l'hospitalité, n'était-elle pas également déesse de l'amour?

Pour Ron Edwards, ces premières semaines et ces premiers mois sur l'île furent une succession de surprises.

Il mit du temps à comprendre que, tel un cosmonaute sorti tout droit d'une série télévisée, il avait atterri dans un univers improbable – et dont il ne pouvait plus s'évader. Il avait bien réussi à sauver son canot pneumatique, mais pourrait-il s'éloigner de l'île en pagayant sur ce ridicule jouet en caoutchouc? Et d'abord, dans quelle direction?

Il avait à deux reprises observé au sud, assez loin à l'horizon, les légères traînées de condensation blanches que laissaient des avions volant à très haute altitude.

Où était-il donc ? Selon toute probabilité, la tempête l'avait fait dériver au nord de l'archipel d'Ha'apai. Comment s'appelait déjà l'île principale d'Ha'apai ? Ah oui, Lifuka. Pangai en était à la fois la capitale et le port. La carte marine de Ron, froissée et rongée par l'eau de mer, le lui indiquait. Cependant, seul l'océan s'étendait au nord de ces îles...

Mais au fond, Ron se moquait bien que les cartes marines soient exactes ou non. Il y avait plus important ! D'ailleurs, les autres ne lui laissaient guère le temps de ressasser ces idées. Les autres, c'étaient les villageois, la tribu, ces étranges hommes bruns toujours de bonne humeur qui vivaient sur l'île. « Tonu'Ata » fut l'un des premiers mots qu'il apprit. Elle était merveilleuse, cette Tonu'Ata. Tout aussi merveilleuse et franchement incompréhensible était la simplicité des règles selon lesquelles vivaient les habitants de cette île.

Ce qui impressionna le plus Ron, ce fut moins le naturel avec lequel ils l'avaient accepté parmi eux, que la solidarité dont ils faisaient preuve entre eux. Tout semblait appartenir à tous. Chaque butin de pêche était partagé. Quand on manquait de racines d'ignames, de bananes, de pousses de bambou ou de légumes, on s'adressait tout simplement au voisin.

Un jour, Ron décida d'agrandir la hutte qu'ils lui avaient laissée. Une douzaine d'hommes et de femmes surgirent aussitôt pour l'aider à changer les poutres maîtresses qui étaient pourries et à réparer le toit en feuilles de palmier.

Dans cette hutte, Ron avait trouvé une soutane de prêtre délavée, une Bible piquetée d'humidité et quelques feuilles de papier jauni. Elles étaient couvertes de phrases en français à l'écriture nette, comme ciselée. « Je m'appelle Emmanuel Richards », disait la première phrase, qu'il n'oublierait jamais. Puis : « Que celui qui trouve ces feuilles soit béni et ait foi en Notre-Seigneur... » C'était là le vœu d'un homme qui savait qu'il allait mourir. Le père Richards, missionnaire de l'ordre de la Passion du Christ, était un jour arrivé à Tonu'Ata avec son pilote, originaire de Tonga. Quelques jours plus tard, le pilote était reparti dans son île, mais en vrai missionnaire, le père Richards avait décidé de rester parmi les païens. Un an plus tard, il était mort.

Il avait indiqué avec précision la date de son arrivée sur l'île : le 21 mars 1951. Il y avait donc quarante ans de cela... Et les trois vieillards qui s'étaient approchés de Ron juste après son arrivée, les mains pieusement jointes, pour entonner en se signant un chant religieux à peine compréhensible, ces trois vieillards édentés étaient la preuve que le père Richards avait finalement sauvé des âmes à Tonu'Ata : trois.

Pourtant, l'île devait bien avoir des contacts avec le monde extérieur. D'où venaient par exemple les trois bidons de plastique dans lesquels l'un des pêcheurs conservait son huile de coco ? Et les couteaux coréens, les aiguilles à coudre, les hachettes et les cisailles que l'on trouvait dans chaque maison ? Qui avait bien pu apporter les étoffes en coton ? C'étaient des tissus joliment imprimés, mais dans des modèles qu'on ne voyait qu'à Tahiti. Et les cordes en nylon que les pêcheurs protégeaient comme leur bien le plus précieux ? Et ces étranges perles grises en plastique que les femmes, les jeunes filles et les enfants portaient au cou ? Parmi les hommes, seul Tapana, le chef, portait des perles. Peut-être était-il au-delà des sexes...

« Chibé Décatsse », répondit Tama en souriant lorsqu'il l'interrogea. Et elle ajouta « *Palangi* », ce qui revenait à dire : « étranger comme toi ».

Lorsqu'il montra à son frère Fai'Fa un gros hameçon américain en acier, celui-ci déclara : « Gilbert Descartes. » Il le dit dans un français clair, presque sans accent.

Gilbert Descartes...

Les outils, les étoffes, les légumes, tomates et concombres, qui poussaient dans les jardins, et même les tubercules de taro, les racines d'ignames, les patates douces et les bananes – toutes ces choses venaient d'autres îles. Les légumes avaient probablement été apportés sous forme de semences.

Gilbert Descartes – un Français ? Et commerçant dans les îles, qui plus est ? Il avait évidemment fait escale à Tonu'Ata pour y rassembler ces merveilleuses sculptures en bois de santal ou en lourd bois de milo, ce bois dur et lisse comme de l'acajou, dans lequel les villageois sculptaient les grands *puobuas*, les massues de guerriers, qu'ils ornaient d'un foisonnement de figures.

Gilbert Descartes raflait tous ces magnifiques objets, ainsi que les nattes en fibres savamment tressées dont les insulaires ornaient le sol et les murs des maisons, pour les revendre aux grossistes qui approvisionnaient les marchés touristiques et les musées.

Et que recevaient en échange les gens de Tonu'Ata ? Des bidons d'essence vides, des sacs de semences, des hameçons et quelques outils. Et en prime, des cordes en nylon, du fil et des aiguilles.

Ron interrogea Tapana. Il étendit le bras et désigna la mer : « Où est donc Gilbert Descartes ?

– Gilbert ? » Tapana sourit, montrant des dents noirâtres. « *Kaume'a*. » *Kaume'a*, ça voulait dire « ami ».

« Je sais, Tapana. Mais où vit-il ?

– Toku, fit Tapana. Neiafu. »

Ron comprit alors qu'il était dans de beaux draps. Toku, qui faisait partie de l'archipel Vava'u, était à l'écart de toutes les routes de navigation. Pas un avion n'allait se perdre par là, pas même les petits Twin-Otters des compagnies locales. Là-bas, il n'y avait que des types comme ce Descartes, qui faisait des affaires grâce à l'isolement.

« Gilbert Descartes, il vient combien de fois par an ? »

Tapana leva le bras droit, l'index pointé vers le haut. Une fois par an, donc. La prochaine visite du marchand n'aurait peut-être pas lieu avant des semaines, voire des mois.

Pourtant, Descartes ne revint pas. Ron eut beau rester sur la plage, fixant l'océan pendant de longues heures, jamais une voile ni un bateau n'apparurent. Puis il oublia de scruter l'horizon. Il oublia aussi son passé. Il y avait tellement plus important que cela ! Et l'amitié ingénue de ces hommes empêchait toute velléité de dépression de refaire surface. Et surtout, il y avait Tama. Depuis plusieurs semaines, avec une innocence qui le stupéfiait, cet être merveilleux à la peau de soie partageait sa hutte et ses nuits. *Love is beautiful,* lui avait-il appris à dire – « C'est beau, l'amour ». Elle répétait en riant cette phrase stupide, et il ne pouvait se lasser d'admirer la grâce de ses mouvements et de son corps, et sa longue chevelure d'un noir brillant, qui voilait tout le haut de son corps pendant leurs jeux amoureux.

Il avait connu beaucoup de femmes, mais un tel miracle de passion brûlante et spontanée – où cela existait-il encore ? Ici, près de lui. Nulle part ailleurs, probablement...

Tapana avait donné à Ron le nom d'Owaku. Ron Edwards avait cessé d'exister sur l'île, il n'y avait plus qu'Owaku, l'homme que Tama reçut pour époux et que tous appelèrent bientôt « frère ».

Certes, Nomuka'la, le guérisseur, se détournait encore lorsque Owaku apparaissait, ou bien il lui jetait des regards inquisiteurs par-dessous son étrange coiffe. Pourtant, cela n'affectait guère Ron. Pour les autres, il était désormais Owaku, leur frère.

Ils lui apprirent à abattre les lourds troncs de milo, à les descendre de la montagne et à fabriquer des pirogues en les évidant avec le feu. Ils lui montrèrent comment construire les balanciers qui stabilisent les embarcations dans le ressac, et installer la voile et les plates-formes permettant à une famille entière de prendre place dans la pirogue pour naviguer d'une pointe de l'île à l'autre. Il apprit aussi à poser les filets, à harponner les poissons, à attraper les homards et à colmater les murs et les toits des maisons avec du goudron et de la résine.

Owaku avait beaucoup à faire. Et surtout à apprendre. Tellement, qu'il levait désormais rarement la tête lorsque, au sud, la traînée de condensation d'un avion apparaissait au-dessus de l'océan. Le soir, il rentrait parfois si fatigué qu'il s'endormait sous les caresses de Tama. Alors, son rire l'éveillait, et il sursautait, coupable.

« Viens, Owaku, je vais te masser.

— Ça ne sert à rien, gémissait-il. Je suis mort.

— *Kofe Ha'n Palangi*, s'esclaffait Tama, d'où sors-tu donc, étranger ? »

Ron grimaçait et restait silencieux. Elle lui donnait une bourrade, riait et recommençait avec ses questions : « Allez. Je veux savoir. Je veux tout savoir. Raconte-moi : d'où viens-tu ? »

Comme si c'était simple à expliquer... Parfois, tout son passé lui semblait si confus qu'il ne pouvait y mettre de l'ordre. Parfois, il avait même l'impression d'avoir vécu non pas une, mais plusieurs vies, qui auraient été elles-mêmes vécues non par une mais par deux personnes différentes...

L'homme qui portait le nom de Ron Edwards avait récupéré dans les débris de son bateau un solide sac en plastique vert renforcé avec une fermeture adhésive. Il contenait une carte marine, quelques vêtements, un portefeuille rempli de dollars américains – il y en avait exactement neuf cents –, une poignée de francs et de dollars de Tonga et deux passeports.

Le premier était un passeport américain. Délivré à San Angelo, au Texas. L'autre portait le tampon de l'office des passeports de Cologne, en Allemagne. Il était établi au nom de Rudolf Eduard Hamacher...

Il se disait parfois que ce « Ron Edwards » était peut-être le double d'Eduard Hamacher, un casse-cou qui voulait toujours « un peu plus » et rêvait toujours d' « autre chose », et que n'effrayait aucun risque, s'il pouvait échapper au plus grand des dangers : l'ennui. Pourtant, dans de telles situations, Eduard Hamacher, l'homme raisonnable, refaisait rapidement surface.

Mais alors, qui donc était-il ?

Le 14 octobre 1987, Otto Steller, propriétaire du café Wald à Hinterweiler, un trou perdu en Allemagne, reçut un appel téléphonique. Il écouta ce que lui disait une voix de secrétaire aimable et bien rodée, puis il raccrocha.

« Ça me scie, Gerti ! Il veut louer toute notre baraque pour fêter son anniversaire. Ça alors, cet Eddi !

– Quel Eddi ? demanda sa femme.

– Eddi Hamacher, tu sais bien... »

Gerti Steller savait. Les Hamacher habitaient Hinterweiler depuis plusieurs générations. C'était une famille de fermiers, mais deux d'entre eux étaient devenus instituteurs et un autre pharmacien à Geroldstein. D'Eddi Hamacher, on savait seulement qu'il était allé au lycée, à Geroldstein précisément, et y avait décroché son bac avant de suivre à Cologne une formation d'employé de banque.

Mais pour les gens d'Hinterweiler, Cologne, c'était sacrément loin.

Et maintenant, Eddi voulait débarquer ici ? D'après la dame au téléphone, c'était son trente-cinquième anniversaire.

Il arriva dans une Porsche noire, suivi par un bus Volkswagen bourré de passagers. La plupart étaient jeunes. Il y avait un nombre exceptionnel de jolies filles et tous avaient l'air de gens de la ville.

« Des collègues de la banque », c'est ainsi qu'Eddi présenta ces étrangers. Il avait lui-même pas mal changé : grand, svelte, blond, il l'avait toujours été, mais aujourd'hui, il avait l'air si distant... Et ses vêtements... il ne portait pas de costume, seulement un pantalon, une chemise et un blouson en cuir, de première qualité, il est vrai.

Ce nouvel Eddi faisait à présent ce qu'à Hinterweiler on appelle « mettre le tonneau en perce ». L'orchestre démarra, on but, on dansa et on rit – mais qu'arrivait-il à Eddi ? On pouvait bien lui taper sur l'épaule ou le bécoter, il conservait toujours le même sourire pensif, le même regard absent.

Eddi Hamacher réfléchissait. Il pensait à peu près ceci : ainsi donc, tu vivrais aujourd'hui l'apogée de ton existence ? Le retour triomphal d'Eddi Hamacher à Hinterweiler. Dans ce cas, à quoi ressemblera donc le reste de ta vie, bon sang ? Tu as déjà ton ascension sociale derrière toi : une carrière fulgurante. En dix ans, tu es passé du rang de stagiaire à celui de directeur du département du crédit dans la plus grande banque de Cologne. Après, tu seras directeur de filiale. Tu obtiendras peut-être une procuration commerciale. Et ensuite ?

Oui, ensuite ? Hamacher leva son verre. Cette fois-ci, il but à sa santé. Il but au nouvel Eddi Hamacher. Il le connaissait déjà depuis longtemps mais, désormais, il ne tenterait plus de l'arrêter.

Ce nouveau Rudolf Eduard Hamacher avait décidé de tout plaquer, très lucidement et sans s'inquiéter des retombées. Il avait eu besoin de trente-cinq ans pour se décider à réaliser les rêves fous qui le hantaient depuis des années. Ce que cela pourrait lui apporter, il n'en avait pas une idée très claire. En revanche, il savait très exactement ce dont il ne voulait plus : les cours de la Bourse et l'ordinateur dès le matin, les nœuds de cravate qui vous serrent le cou, les encombrements sur l'autoroute, le brouillard et les pluies acides, un chef qui de derrière son bureau vous souffle à la figure une bouffée de son cigare puant, et la façade de la banque dans Hohe Strasse, fût-elle la banque la plus ancienne de Cologne. Et surtout, le sourire accrocheur du jeune loup qui fonce, du battant qui résout tous les problèmes de clientèle et de crédit.

Ce numéro-là était terminé. Il en avait assez de radoter sur « l'augmentation impitoyable de la concurrence dans la lutte pour les parts de marché » dans l'un de ces bars pour yuppies, tout en caressant le cou d'une femme qu'il connaissait à peine.

Ce ne fut pas seulement un éclat, mais une véritable bombe qu'il fit exploser. Ils venaient justement de lui offrir un poste de directeur − et il démissionnait !

« Eddi, t'aurais pas pété un plomb, des fois ? s'exclamèrent ses collègues.

− Tous mes fusibles », répliqua-t-il en ricanant.

Le lendemain, il vida son compte bancaire, changea ce qu'il avait amassé, et ça faisait un joli paquet, acheta un billet d'avion pour New York et s'envola. A New York, il prit un autre avion pour Dallas, au Texas. Dans un ranch qui portait le beau nom de Fairyland Inn et où paissaient neuf mille bêtes, il fut d'abord engagé comme comptable, mais il déménagea rapidement pour s'installer dans le baraquement des cow-boys.

Au lieu de monter des chevaux ou de capturer de jeunes animaux au lasso, il fut chargé de s'occuper des clôtures. Des kilomètres et des kilomètres de clôtures en fil métallique. Il récolta des ampoules aux mains et toutes sortes de piqûres d'insectes. Pourtant, pour la première fois de sa vie, il avait le sentiment d'être dans le vrai : mon vieux, se dit-il, c'est sûrement un boulot de merde, et tu vas donc liquider ça en vitesse, mais tu es sur la bonne voie ! Vraiment sur la bonne voie !

Pas loin du ranch, il y avait un patelin nommé Ebony. Le sport favori à Ebony consistait à conduire dans la rue principale une bagnole bricolée, Dodge, Mercury ou Ford, et à ne s'arrêter qu'après l'avoir réduite à un tas de ferraille. Les gars commençaient par des séances de rodéo sur d'énormes taureaux, puis ils se saoulaient, prenaient le volant et se lançaient dans des courses folles, n'abandonnant que lorsque le tacot avait atterri dans le fossé ou sur le toit d'un concurrent.

Au comptoir de l'un des nombreux bars d'où l'on observait cette folie poussiéreuse et rugissante, Eddi avait rencontré un homme aux yeux verts et à la tignasse noire qui prétendait être avocat, né d'un Irlandais et d'une Indienne. Tout cela ne passionnait guère Eddi. Il ne devint attentif que lorsque le type lui demanda si ça l'intéressait d'obtenir un passeport américain en bonne et due forme. Il pouvait en effet lui en fournir un.

L'étranger avait déjà descendu une demi-bouteille de whisky. Pour ce qui était de boire, il semblait effectivement à la fois indien et irlandais. Hamacher lui-même n'était plus vraiment sobre, c'est peut-être pour cela que l'idée lui plut autant. Et puis, en réfléchissant plus sérieusement, il vit l'occasion d'enterrer Rudolf Eduard Hamacher et tout ce qui allait avec lui. A tout jamais.

En travaillant aux clôtures, il avait parfois trouvé des peaux de serpents à sonnettes. Un nouveau nom, une nouvelle vie : ça aussi, ce serait une mue !

Et si le type l'arnaquait ? Eddi fit mentalement ses adieux aux cinquante dollars d'arrhes, trouva encore deux photos d'identité dans son portefeuille et pensa aussi : tu ne les reverras jamais.

Mais le miracle eut lieu : une semaine plus tard, une Cadillac préhistorique à la carrosserie rose se gara devant Fairyland Inn, et Hamacher eut en main non seulement un passeport, mais ausi une carte d'assurance sociale et des papiers militaires.

Il ouvrit le passeport. Il était au nom de « Ron Edwards ». Et ce bout de carton et de papier semblait lui dire : qu'est-ce que tu fais encore ici ? Fous le camp, vieux ! Le monde est vaste, plein de promesses, et il attend Ron Edwards...

Il y avait donc eu le Texas.

Puis ce fut San Francisco... la traversée jusqu'à Hawaii... et plus loin encore, Samoa, Palau et Papeete. Qui peut oublier Tahiti ? Où existe-t-il des femmes plus ensorcelantes, des orchidées vivantes dont on peut encercler la taille des deux mains, à la peau faite pour les baisers... Mais c'était toujours la même chose, avec les filles comme avec le personnel des hôtels et des bars : tous lui vidaient les poches en moins de deux !

Repars, Ron !

Alors ce fut l'Australie, la Papouasie et la Nouvelle-Guinée...

Ron monta dans un Boeing de la Quanta pour la Nouvelle-Guinée. Trois mois plus tard, il repartait pour l'Australie, qu'il avait toujours été curieux de connaître. Il y passa un an. Dans l'*Out-Back*, le désert rouge qui occupe tout le milieu de ce pays, il chassa le kangourou, dormit à même le sol avec les Aborigènes, et apprit d'un guérisseur à fabriquer des onguents à base de têtes de serpent bouillies.

Puis il en eut assez. Il avait trop chaud. Au fond, cet endroit ressemblait au ranch de Fairyland Inn, en plus sec et en plus pénible. Quant aux femmes, rien d'intéressant non plus. Alors, il eut soif. Oui, Ron était envahi par une nostalgie dévorante de l'eau. Il n'y avait pas ici assez d'eau, assez d'océan pour étancher cette soif. Où avait-il donc vu le plus bel océan du monde ? En Polynésie.

Cette fois-ci, le but de son voyage avait pour nom Tonga, le dernier royaume des mers du Sud. Air Pacific le déposa à Nuku'Alofa, la capitale. A Nuku'Alofa, il vit le palais royal, dont les petites tours pointues et le toit d'un rouge éclatant évoquaient un dessin d'enfant. Bientôt, cette coquette résidence propre comme un sou neuf mais hélas plutôt insipide n'eut plus rien à lui offrir. Il acheta alors sur le quai de Faua ce foutu rafiot que l'ouragan devait réduire en miettes.

Depuis, Ron vivait à Tonu'Ata. Le plus surprenant, c'était que l'impétueux Ron Edwards semblait s'être calmé. A lui aussi, l'île devait plaire. En tout cas, il ne se repointait plus avec ses idées de dingue...

Pourquoi ? Peut-être parce qu'il était enfin satisfait... Peut-être n'aurait-il jamais pensé que le bonheur aurait l'aspect de Tonu'Ata, mais qu'il ait celui de Tama, de cela il était tout à fait sûr...

« Owaku... »
Elle était près de lui, sous lui, sur lui. Il voyait son visage,

sentait ses lèvres, ses mains sur sa peau, son ardeur. Les yeux de Tama étaient clos, ses dents brillaient, et au-dessus des ses cheveux qui volaient, de ses seins qui dansaient, un petit gecko, perché sur l'une des poutres maîtresses, les contemplait avec curiosité, la tête penchée de côté.

C'était l'une de ces merveilleuses nuits avec Tama, autrefois, deux ans plus tôt... Et ce fut aussi la nuit qui devait transformer si profondément la vie de Ron sur l'île...

« Tama chérie... » Il la saisit par la nuque pour l'attirer vers lui et sentit la rondeur dure des petites boules qui encerclaient son cou : des perles en plastique ? La camelote de ce Français qui ne voulait pas réapparaître. Toutes les jeunes filles de l'île portaient ces colliers.

Mais était-ce vraiment du plastique ? « Tama, s'il te plaît... laisse-moi regarder.

– Owaku... »

Elle avait raison ! Il ferma les yeux, sentit ses lèvres, ses morsures et attendit que la tension accumulée en lui se libère dans un éblouissement, puis il sombra dans le sommeil.

Lorsqu'il se réveilla, Tama reposait paisiblement à côté de lui. Il se pencha vers elle et sentit de nouveau les perles autour de son cou. Cette lueur, cet étrange éclat doré sous le gris...

« Qu'est-ce que tu fais, Owaku ? Pourquoi mords-tu mon collier ? »

Nom de Dieu, comment avait-il pu s'abuser à ce point ? N'avait-il pas vu assez de perles à Tahiti, à Samoa et même à Tongatapu ? Il n'y avait aucun doute possible : c'étaient des perles véritables !

« Où les trouves-tu ?

– Quoi ?

– Les perles.

– Les perles ? Dans la baie. Mes frères les ont pêchées. Mon père aussi, autrefois. Et moi aussi... »

Pêchées ? Ce mot fut comme une illumination. La pêche aux perles ? Depuis plusieurs décennies, plusieurs siècles, peut-être même plusieurs millénaires, des pêcheurs de perles vivaient dans les îles près desquelles se reproduisaient les huîtres perlières. Souvent, ces hommes travaillaient à vingt, voire trente mètres de profondeur. C'était un boulot très dur, les exposant à des risques mortels. Seuls les vrais pêcheurs, les vrais professionnels, pouvaient faire ce métier sans équipement de plongée.

Certes, cette époque était révolue. Aujourd'hui, les perles des mers du Sud étaient des perles de culture. Pourtant, elles se vendaient toujours assez cher, car seules un petit nombre d'huîtres sécrètent de la nacre autour du grain de sable qu'on leur glisse dans la coquille. Ron le savait. Il en avait assez lu à ce sujet et il en avait souvent discuté avec les marchands de Papeete.

Ainsi, les perles de Tonu'Ata étaient véritables ?

Mais oui, elles l'étaient ! Et dans ce cas, le collier de Tama représentait à lui seul une petite fortune.

« Quand me montres-tu la baie des perles ?

– Oh. » Tama souriait, à moitié endormie. A cette époque, il lui avait déjà appris des mots d'anglais, si bien qu'elle répondit vaillamment : « *Tomorrow, darling, tomorrow...* »

Demain – *tomorrow...*

Cependant, ce « demain » semblait ne jamais venir. « Quand allons-nous dans la baie ? » insistait-il. Alors, elle souriait et le dévisageait, une expression amusée et insondable au fond des yeux.

Un matin, pourtant, elle le tira très tôt du lit. Elle avait rempli des sacs en fibres tressées. Ils contenaient, au grand étonnement de Ron, deux ceintures de plongée lestées de plomb. Tama y avait ajouté des galettes de pain, des fruits et un poulet froid.

« Viens, Owaku ! »

Ils prirent le sentier qui longeait l'arrière de leur hutte et menait au sommet de la montagne, que les insulaires appelaient Ta'u. Tama le précédait, gracieuse et rapide comme toujours, si rapide qu'il sentit bientôt son cœur s'accélérer. Il savait où Tama l'emmenait mais il ne voulait pas le lui demander, de peur qu'elle ne se ravise.

Ils arrivèrent au petit col qu'il connaissait déjà, où s'élevaient les statues grossièrement taillées représentant un frère et une sœur, les divinités de la mer. Nomuka'la, le guérisseur, organisait parfois devant elles des cérémonies au cours desquelles on dansait et buvait beaucoup de *kawa*.

Après vingt minutes de marche, Tama s'arrêta soudain et écarta des deux mains les arbustes épais et broussailleux qui formaient un écran devant eux. Ils virent alors la mer à leurs pieds. Tama se glissa à travers les buissons en frayant le passage à Ron.

« Regarde ! »

Les falaises sombres plongeaient droit dans l'abîme. Un oiseau qu'ils avaient effrayé, une frégate, s'envola d'une corniche et décrivit en planant un grand virage au-dessus de la baie. En contrebas, nul récif ne freinait l'élan des vagues. La mer s'était imposée, brisant comme à la hache tout ce qui tentait de relever la tête. On voyait seulement, dans le lointain, les contours de la baie en forme de croissant et les récifs qui l'abritaient. Ces derniers étaient peu élevés mais ils avaient des formes bizarres et dentelées. Beaucoup ressemblaient à des colonnes, d'autres, polis par la mer, à d'étranges champignons. De l'autre côté de la baie, une paroi rocheuse, noire et abrupte, autour de laquelle les oiseaux de mer volaient en décrivant de grands cercles, formait un contraste saisissant avec les récifs. Au-delà de cette muraille s'étendait la mer, infinie, bleue, omniprésente.

Devant la paroi, Ron aperçut une ligne de points sombres formant un demi-cercle. On aurait dit des têtes de nageurs. En réalité, c'étaient des noix de coco qui dansaient sur les vagues, ces noix de coco que les pêcheurs de Tonu'Ata utilisaient en guise de flotteurs.

Ron n'y prêta guère attention car il ne pensait qu'à une chose : les perles ! Devant lui, un chemin descendait à flanc de montagne en zigzaguant. Ron en dévala les derniers mètres comme s'il avait le diable à ses trousses.

Tama le suivit des yeux en hochant la tête.

« Où sont les perles, Tama ? Où est le banc d'huîtres ?

— Pas de perles, Owaku. Pas d'huîtres. Aujourd'hui, toi apprendre à plonger. »

Et lui, l'idiot, avait opiné avec enthousiasme. A l'époque, il ne voulait que ça, apprendre ! Mais il ne tarda pas à la maudire. Elle le précédait toujours quand ils nageaient, et il ne pouvait que l'admirer, admirer la souplesse de ce corps élancé qui évoluait devant lui comme un poisson, glissant vers les profondeurs — à une telle profondeur, bientôt, que ses oreilles commencèrent à bourdonner. Il crut que le manque d'oxygène allait faire éclater sa cage thoracique. Puis la tête de Tama émergea de l'eau, et il entendit ses gloussements et vit ses yeux moqueurs.

« Allez, Owaku ! Toi apprendre à plonger...

— Où sont ces foutues huîtres, Tama, bon sang de bonsoir ?

— *Nothing*, dit-elle. *You dive.* Toi plonger ! »

Et les séances de plongée continuèrent. Ce jour-là n'était que le premier d'une longue série. Une semaine passa, une autre, puis un mois entier et Ron ne parvenait pas encore à rester sous l'eau plus d'une minute. Lorsque ses poumons se furent suffisamment développés pour lui permettre de dépasser cette limite, il restait néanmoins fasciné par les performances de Tama. Un jour, alors qu'elle venait de plonger, il regarda sa montre : cent cinquante, cent cinquante-cinq, cent soixante secondes... La peur s'empara soudain de Ron. Non, ça ne pouvait pas être ça, ou alors... Des requins ! N'avait-elle pas parlé de requins ?

« Tama ! » hurla-t-il, puis il courut le long des rochers, cherchant désespérément des yeux l'aileron acéré d'un requin ou une ombre – rien. Seulement les cris des oiseaux.

Puis il entendit jaillir l'eau, et Tama fut là, devant lui. Elle s'allongea sur le dos, inspira profondément, puis se jeta sur le côté et éclata de rire. Il s'accroupit, amer et épuisé. Devrait-il toujours avoir l'impression d'être un raté face à cette diablesse ?

Ce ne furent pas seulement ses exploits de plongeuse qui le stupéfièrent pendant ces semaines, mais, encore et toujours, la grâce aérienne avec laquelle elle se mouvait dans les profondeurs. Détendu, nonchalant, ce corps aux proportions parfaites, aux mouvements harmonieux planait et glissait devant lui avec une assurance insouciante, poisson parmi les poissons.

Le monde dans lequel ils évoluaient n'était pas moins fascinant : des rouquiers bigarrés erraient entre les polypes de corail, mordillant les algues et les éponges. Des pantodons surgissaient de gouffres indigo ; des bancs entiers de poissons de coraux rouge orangé et brun filaient devant les parois rocheuses. Plus loin, des poissons-perroquets aux couleurs chatoyantes grignotaient paisiblement les boules de corail –

et tout, formes et couleurs, tout ce spectacle se déroulait dans le même décor d'un bleu profond et pur.

« Quand irons-nous au banc d'huîtres, Tama ?

– Demain, fit-elle en souriant, demain, Owaku... »

Les perles poursuivaient Ron jusque dans ses rêves. Il ne laissait passer aucune occasion d'en apprendre plus sur elles.

Les villageois ne savaient-ils vraiment rien de leur valeur réelle ? Et qu'en était-il du marchand, de ce Descartes ? Ce Français avait-il vraiment atterri dans l'île par hasard ? Descartes devait savoir à quoi s'en tenir ! Ici, il pouvait faire des affaires fabuleuses, grâce aux perles ! Et le mot « affaires » était faible : on pouvait amasser une véritable fortune ! Et cela en toute tranquillité, presque sans effort, si ce n'est d'avoir à convaincre les insulaires de céder leurs perles.

Une affaire pour Gilbert Descartes ? Pour toi aussi, s'était dit Ron. Sauf que toi, tu travailles, tu prends des risques, tu plonges ! Les habitants de l'île avaient dû refuser de montrer à Descartes où ils pêchaient leurs perles... Sinon, comment expliquer tout cela ?

Avec précaution, il commença à se renseigner. Tama lui avait dit qu'elle tenait son collier de perles de sa mère. On attachait déjà une perle au cou des bébés. Si l'enfant était un garçon, cette petite sphère sombre devait le préserver toute sa vie du malheur. Elle le protégeait des mauvais esprits et des ennemis, de la malédiction de la jalousie ou de la lance d'un adversaire, des morsures de requin, de murène, ou de la piqûre d'une raie venimeuse. Si l'enfant était une fille, on lui offrait un premier rang de perles à la puberté. Lorsqu'elle était devenue femme, elle en recevait un second, auquel s'ajoutait un troisième à la naissance de son premier enfant. C'est ainsi seulement que les dieux pourraient veiller sur elle...

Ron alla voir Mahi, l'un des jeunes hommes de Tonu'Ata qui savaient construire une pirogue et jouissait de ce fait d'une certaine considération auprès des Nukus, la tribu de Tonu'Ata. C'est lui qui avait appris à Ron à évider un tronc d'arbre pour y tailler une pirogue.

Assis à l'ombre du grand arbre à pain qui poussait devant sa maison, ce robuste jeune homme, vêtu d'une jupe-portefeuille, taillait une écorce d'arbre.

« *Maho Elelei, Mahi.* »

Mahi leva la tête, sourit et poursuivit son travail. Ron montra du doigt la corbeille posée à côté de lui, dans laquelle était couché le premier enfant de Mahi, une fille. Le bébé avait les yeux fermés et ses petits pieds gigotaient. Une perle luisait sur sa peau mate et brune.

« Elle est belle, cette perle. Tu l'as pêchée ? »

Mahi hocha la tête.

« Tu en as beaucoup ?

– Seulement un enfant. » Mahi posa son couteau et leva l'index. « Un enfant. » Il gloussa. « Mais plus tard, plus tard, beaucoup d'enfants. »

Il pêcherait donc autant de perles qu'il aurait d'enfants. Si c'étaient des filles, il devrait leur offrir des rangs de perles. Il irait donc pêcher autant de perles qu'il en faudrait par rang. Pas une de plus. La pêche aux perles n'avait pas d'autre sens pour lui.

Ron posa la main sur l'épaule de Mahi et s'en alla.

Ron éprouvait à cet instant une étrange amertume. Puis, sous le bruissement du vent dans les palmiers et le murmure de la marée près des récifs, les bruits du monde qu'il avait quitté ressuscitèrent : la sonnerie continuelle du téléphone, le cliquetis léger de l'ordinateur et les cris des courtiers qui se lançaient les chiffres des cours de la Bourse. «Je veux tout vendre, Hamacher!» insistait une voix hystérique au téléphone. Ecoutez, Hamacher, remuez ciel et terre. Je veux... Je veux... »

Puis la voix se tut, et une voix de femme calme et maîtrisée annonça : « Sœur Anneliese à l'appareil. Etes-vous toujours en ligne? Je crois que vous pouvez raccrocher. Ne vous inquiétez pas, mais j'aime mieux vous prévenir : le patient vient d'avoir une défaillance cardiaque... »

Le patient? L'ordre était donc venu d'un hôpital. L'homme, le patient, avait failli casser sa pipe – et pourtant, il n'avait rien d'autre en tête que l'éternel « toujours plus »... La folie avait dicté cet ordre, ou plutôt une cupidité suicidaire...

Et toi, pensait Ron, vas-tu toi aussi retomber malade? Tu recommences déjà à jongler avec les chiffres, comme au bon vieux temps, tout ça pour quelques misérables perles... Qu'est-ce qui te prend? Toi aussi maintenant, tu perds les pédales?

Mais non, ce n'est pas ça, tenta-t-il de se rassurer. Tonu'Ata a beau être le paradis sur terre, du moins à tes yeux, tout paradis a ses défauts. Et pourquoi ne devrait-on pas y remédier, bon sang? Les techniques modernes seraient les bienvenues pour exécuter les travaux les plus difficiles. Et les soins médicaux? Trop d'enfants meurent encore sur l'île. Des médicaments, donc, et une infirmerie. Et puis un émetteur, afin de pouvoir utiliser un radiotéléphone de fortune, des filets de meilleure qualité, quelques moteurs de hors-bord... Tout ça ne coûte pas une fortune, mais beaucoup plus que ce que tu possèdes actuellement. Les perles te permettront de réaliser ces projets... En prime, quelques-uns des agréments de la civilisation ne seraient pas non plus un mal. Seulement quelques-uns. Rien de plus. Rien de plus...

Une voix en Ron lui murmurait qu'il était sur le point de se mentir à lui-même, et de manière assez puérile.

Une heure après avoir plongé, Tama s'élança soudain en avant. De son bras, elle indiquait quelque chose sur la droite. Ron avait d'abord pris le monticule sombre pour une colonie de coraux, mais à présent, il voyait que ce monticule s'étendait comme un mur jusqu'à l'entrée de la baie, où il disparaissait.

Il se rapprocha : bon Dieu, un banc d'huîtres ! Une multitude d'huîtres, côte à côte, les unes au-dessus des autres...

Ces huîtres s'étaient fixées sur les ramifications du corail, qu'elles avaient peu à peu repoussées. A présent, elles s'étendaient, masse sombre sous une forêt d'algues... C'était un mur, un long mur d'huîtres qui semblait se perdre dans les profondeurs.

Ron remonta à la surface. Devant lui, le visage de Tama surgit de l'eau. Ses cheveux noirs dansaient sur les vagues et elle souriait de toutes ses dents blanches.

Il regarda dans la direction des flotteurs en noix de coco, devant l'entrée de la baie.

« Pourtant, il est là-bas, ce banc !

– Ici aussi – ici, c'est mieux... »

Ils replongèrent, détachèrent des huîtres du banc, les mirent dans les sacs en fibres tressées qu'ils portaient en bandoulière, retournèrent au bateau pour y déposer leur butin et plongèrent de nouveau. C'était un travail épuisant. Les yeux de Ron le brûlaient. Le soleil traversait l'eau, soulignant chaque contour et rehaussant chaque couleur.

On distinguait très nettement l'entrée de la baie. Il y régnait une clarté qui descendait jusque dans les profondeurs. Après quelques minutes, Ron crut soudain reconnaître la forme fuselée d'un poisson prédateur. Oui, c'était un barracuda. Un deuxième le suivait. Les deux ombres élancées se tenaient très près l'une de l'autre, et là où il y avait des barracudas, les requins n'étaient pas loin.

Mais Tama ne fit que secouer la tête. Aucun danger.

En tout cas, espérons-le! Ron, lui, ne se sentait pas tout à fait à l'aise. Reprenant son travail, il attrapa une autre huître; il s'était enveloppé les mains de chiffons pour se protéger au maximum des oursins, des coraux et des coquillages acérés. Tama, elle, saisissait prestement les huîtres de ses doigts effilés.

Au moment où il croyait avoir fini, il sentit une douleur aiguë. Il s'était entaillé le côté gauche de la main. Il ne manquait plus que ça!

Aussitôt, il pensa ce que l'on pense toujours dans une telle situation : les requins! Ils flairent le sang sur plusieurs centaines de mètres. Il suffit d'une goutte de sang portée par le courant, et ils arrivent.

Ron remonta précipitamment à la surface. Tama le suivit.

« Regarde un peu. Quelle merde! » Il lui montra la blessure. Elle était longue d'environ quatre centimètres, assez profonde et saignait légèrement.

« Mets de l'eau miraculeuse dessus. »

De l'eau miraculeuse? Elle voulait parler du Mercurochrome que Ron avait trouvé dans les affaires du père Richards, avec ses vêtements verdis par l'humidité. Depuis, ils n'oubliaient jamais de l'emporter au cours de leurs expéditions dans la baie. Tama guida leur pirogue vers la plage. « *Hurry up!* On descend. »

Un mince filet rouge sombre coulait de la coupure, le long de la main, jusqu'à l'avant-bras.

« Et toi? demanda Ron.

– Moi plonger.

– Et si jamais des requins arrivent...

·.– *Don't worry.* » Cela lui faisait visiblement plaisir d'employer tous les nouveaux mots d'anglais qu'il lui avait appris.

« Comment peux-tu en être si sûre ?

– Je le sais ! Et Onaha le sait aussi. »

Onaha, la patronne de la mer et des tortues. Celle-là devait bien savoir, en effet...

Ron tira la pirogue sur la plage, la déchargea et soigna sa blessure. Puis il contempla la surface de l'eau. A l'endroit où s'étendaient les bancs d'huîtres, l'eau prenait en fin d'après-midi une nuance d'un bleu cobalt profond. Ron cherchait Tama des yeux. Il ne la vit pas. Elle avait déjà replongé.

Onaha, cette patronne des tortues, pouvait sûrement servir à pas mal de choses, mais finalement, son rayon, c'étaient surtout les tortues. Mais si un requin... Nom de Dieu ! Pris de panique, Ron escalada les rochers, s'arrêtant sans cesse pour scruter la surface peu agitée de la mer, à la recherche de la forme qu'il redoutait plus que toute autre : l'aileron triangulaire, noir et oblique, d'une nageoire de requin, ce présage sinistre. Soudain, il comprit à quoi lui faisaient penser les rochers acérés et la côte déchiquetée de la baie : à des dents ! A l'image terrifiante d'une gueule de requin ouverte, prête à mordre.

« Tama ! » Il chuchota d'abord ce mot, puis le hurla. Le vent emporta sa voix vers la paroi rocheuse, qui la répercuta.

Soudain, Ron tressaillit : là, tout près de lui, à l'est de la baie, une ombre ! Et elle fonçait droit sur lui !

Puis deux mains surgirent de l'eau dans un jaillissement d'écume. L'instant d'après, à moins de quarante mètres de lui, un visage rieur dansait sur les vagues : Tama ! Elle brandit le bras droit, le poing serré, pour le saluer.

« Tama ! » Dans son soulagement, Ron hurla de nouveau.

Il aurait aimé nager à sa rencontre, mais pas question de montrer à cette gosse insolente à quel point il avait eu peur pour elle ! Comme à son habitude, elle ne ferait que se tapoter la tempe de l'index en le traitant de fou. Il s'accroupit donc et la regarda nager vers lui, laissant derrière elle un sillage d'écume.

Puis Tama sortit de l'eau et s'immobilisa devant lui, le corps constellé de perles d'eau. Les gouttes brillaient dans ses cheveux bruns dont les ondulations épousaient la courbe de ses épaules, sur ses seins hauts et fermes, ruisselaient, scintillantes, le long de ses hanches, étincelaient dans le triangle sombre entre les longues cuisses.

« Belle comme une déesse. » Superbe cliché ! Mais que pouvait-on dire d'autre ? Ron éprouvait un sentiment de recueillement. Et, bon Dieu, pensa-t-il, c'est bien une déesse – ta déesse !

« Owaku ! » appela-t-elle, puis elle rit, découvrant ses dents blanches. Elle tenait entre le pouce et l'index un objet trop petit pour qu'il pût le reconnaître. Mais, tandis qu'il nageait vers elle dans l'eau peu profonde, il distingua mieux cet objet : c'était une minuscule boule noire !

Tama était si près de lui qu'il sentait sa respiration et que les pointes de ses seins le touchaient presque. Dans ses yeux en amande dansaient de petites flammes.

« *Look !* Regarde un peu... Pas mal, non ? »

Ron comprit tout à coup : une perle – et pas n'importe laquelle. C'était une sphère parfaite à l'éclat d'acier, d'un noir à reflets verts. Et c'était la plus grosse perle qu'il eût jamais vue.

« *Good, Owaku, really good.* »

Comme si un « vraiment bien » pouvait décrire une telle merveille !

« Prends-la ! »

Instinctivement, Ron avait tendu la main, la paume tournée vers le ciel. Tama y laissa tomber la perle. Il sentit sa rondeur froide et dure, et il eut l'impression que ce contact se transmettait à son sang, faisant violemment battre son cœur.

« C'est impossible, murmura-t-il en allemand.

– Qu'est-ce que tu dis ?

– Comment une perle peut-elle devenir aussi grosse ? »

Tout ce qu'il savait sur les perles lui revint soudain en mémoire. Cette mystérieuse lueur d'un noir verdâtre – comment l'appelait-on, déjà ? *Fly-Wing*, « aile de mouche ». Par sa couleur, cette perle était au sommet de la hiérarchie. Et sa taille !

Ron avait déjà vu des *Fly-Wings*. A Samoa, à Tahiti, dans les boutiques de luxe des hôtels de Papeete, chez les joailliers de la rue du Général-de-Gaulle, dans les magasins de souvenirs de Bora Bora, et, plus récemment encore, à l'hôtel Dateline de Tongatapu.

L'aspect de ces perles était aussi varié que leurs nuances. Elles pouvaient être parfaitement rondes ou semi-sphériques, en forme de poire ou de goutte ; certaines se distinguaient même par de légères irrégularités. Mais toutes avaient un point commun : c'étaient des perles de culture.

Cette perle-là, en revanche... Ron était subjugué.

« Elle est grosse, hein ? » fit Tama en essorant l'eau de ses cheveux.

C'était pour le moins un euphémisme ! Ron réfléchit : les perles de culture de taille normale se vendaient déjà entre mille et mille cinq cents dollars. Cette merveille-là devait mesurer seize, voire dix-huit millimètres de diamètre, estima-t-il. Il essayait d'imaginer l'huître sécrétant les couches de nacre une à une dans l'obscurité, pendant des années, peut-être des décennies. Vingt mille dollars, pensa-t-il. Trente mille peut-être ?

Perdu dans ses calculs, Ron trébucha sur une pierre et s'étala de tout son long. Il se releva et repartit, le genou et le coude endoloris. Mais il serrait fermement la perle au creux de son poing. Tama riait sous cape...

Elle vida le contenu de son sac pour préparer le repas : poulet froid, crème de coco, manioc, papaye et tranches d'ananas... Ils mastiquaient en silence, avec appétit. Ron était affamé mais il avait à peine conscience de ce qu'il mangeait. Ses yeux se tournaient sans cesse vers la perle, que Tama avait posée sur une feuille de papaye, en face de lui. Il contemplait alors les épaules de la jeune femme, son long cou, son profil délicat aux lèvres voluptueuses, ses seins aux pointes sombres et rigides, puis de nouveau la perle, et il n'aurait pu dire laquelle des deux était la plus belle.

Après avoir fini leur repas, ils ouvrirent les huîtres. Ce jour-là, ils en avaient pêché plus de sept cents. Ce fut un travail long et pénible. Beaucoup d'huîtres, trop petites, étaient inutilisables, d'autres avaient des malformations. C'était peut-être la quatre-vingtième ou la quatre-vingt-dixième que la pointe de son couteau ouvrait, lorsque le cœur de Ron bondit : une perle luisait sur la chair argentée de l'huître. Sa première perle !

Elle n'était pas très grosse, elle n'avait pas l'éclat vert profond de la *Fly-Wing*, mais une buée d'or scintillait sous sa robe grise. Il la détacha, lança la coquille en l'air et se mit à danser sur les rochers comme un fou.

« Tama ! Tama ! J'en ai une !

– Owaku ? » La jeune femme penchait la tête de côté. « Qu'est-ce qui te prend, enfin ? »

Oui, que lui arrivait-il ? Ils avaient passé trois heures là, sur la grande pierre plate de la plage. Ils avaient ouvert une montagne d'huîtres et leur butin tenait dans un tout petit sac en plastique. Sept perles ! Pas plus. Tout bien réfléchi, cela signifiait que sur cent huîtres, on récoltait une seule perle.

Tout bien réfléchi ? N'avaient-ils pas en quelques heures amassé une fortune, sans même compter la valeur de la *Fly-Wing* ? La baie de Tonu'Ata était une véritable mine d'or ! Fantastique ! pensait Ron Edwards – Ron Edwards, le joueur invétéré qui n'était plus réapparu depuis si longtemps. Maintenant, il était de retour, et avec lui, toute l'impulsivité d'autrefois...

Ils se mirent à plonger tous les jours, et ces jours devinrent des semaines sans qu'ils y prissent garde. Le soir, Ron tombait sur son lit, mort de fatigue, et rêvait de dollars et de perles. Le matin, il se levait péniblement, mais il avait encore la force d'entraîner Tama.

En trois semaines, ils pêchèrent quatre-vingt-seize perles. Le sac en plastique vert dans lequel Ron les gardait commençait déjà à s'alourdir. Tama supportait son obsession avec une bonne humeur fataliste. Ron avait oublié les requins. Tama et lui n'en avaient pas vu un seul au cours de leurs séances de plongée, pas même un barracuda. Tama avait raison : la déesse des tortues semblait les protéger.

Cependant, lorsque Ron rentrait au village avec Tama, il éprouvait un sentiment de malaise. Certes, les villageois les saluaient aussi amicalement qu'avant, mais les visites à leur hutte devenaient de plus en plus rares. Et parfois, mais peut-être était-ce seulement l'effet de son imagination, Ron rencontrait des regards étrangement inquisiteurs. Pourtant, personne ne leur demandait pourquoi ils allaient tous les matins dans la baie. C'eût été contraire aux règles de politesse.

Ron s'était demandé s'il devait parler des perles à Tapana. Mais on ne pouvait aborder avec le chef que des questions essentielles, pas de vagues projets, et ces discussions aboutissaient toujours à une décision définitive. Or, Ron n'était pas encore en mesure de trancher.

Un après-midi, Nomuka'la apparut au sommet de la montagne. Ron le reconnut aux couleurs vives de sa coiffe. Le guérisseur ne descendit pas dans la baie. Minuscule silhouette solitaire, immobile, il resta appuyé sur sa canne, près de ses statues de dieux. De temps à autre, quand la station debout devenait trop pénible au vieil homme, il s'accroupissait. Pourtant, plusieurs heures s'écoulèrent avant qu'il ne quitte son poste.

« Viens, allons-nous-en, Owaku.

— Et pourquoi ?

— Il veut que nous partions.

— Ce qu'il veut, c'est son affaire, Tama. Et que nous restions ou non, c'est la mienne. Laisse-le donc ! »

Et ils avaient continué à pêcher.

Nomuka'la réapparut encore deux fois sur la montagne. La scène était immuable : il les fixait durant de longues heures, comme pétrifié, avant de s'éclipser.

Un matin où ils venaient de pêcher leurs premières huîtres, une pirogue surgit à l'entrée de la baie. A la proue se dressait la silhouette hiératique de Fai'Fa, le frère aîné de Tama. A coups de pagaie rapides et précis, il guida l'embarcation vers le rivage.

Ron s'était levé. Dissimulé dans l'ombre, le visage de Fai'Fa était invisible, mais son attitude en disait long. Il jeta sa pagaie dans la pirogue. Tama nagea à sa rencontre. Elle effaçait les épaules et redressait la tête, arborant l'expression des jeunes filles qui attendent le sermon d'un aîné. Et il s'agissait bien d'un sermon, à en juger par le flot de paroles qui se déversait sur elle.

Depuis son arrivée, Fai'Fa avait à peine accordé un regard à Ron. Il l'avait seulement salué de la main avant de tirer sa pirogue sur le sable. Puis, lorsqu'il eut terminé son discours, il poussa sa pirogue à la mer et s'éloigna.

« Que voulait-il ? demanda Ron.

— Il voulait que nous l'aidions. Il construit une nouvelle maison et une étable pour les chèvres.

— Ce n'était pas la vraie raison. »

Tama secoua la tête. « Ce n'était pas la vraie raison, Owaku, mais s'il nous demande de l'aider, nous ne pouvons pas refuser. En réalité, il venait à cause des perles.

— Et que veut-il ?

— Il veut savoir ce que nous comptons faire des perles. Et il a raison, Owaku : que veux-tu faire de toutes ces perles ? »

Ron resta silencieux.

« Owaku, il m'a dit aussi que les perles appartiennent à toute la tribu de Tonu'Ata, et pas seulement à nous. »

C'était donc ça !

« C'est ton père qui l'a envoyé, dit-il finalement.

— C'est ce que je pense aussi. L'histoire de la maison n'était qu'un prétexte. La vérité, c'est que mon père l'a envoyé.

— Ou Nomuka'la ?

— Mon père ou Nomuka'la, c'est la même chose, Owaku. »

Ron comprit alors que cette histoire était trop compliquée pour eux. Il valait mieux interrompre les séances de pêche. Pourquoi pas, après tout ? Le sac en plastique contenait maintenant cent soixante-douze perles noires, soit deux cent cinquante mille dollars, selon l'estimation de Ron.

Mais comment obtenir cet argent? Et d'abord, à qui s'adresser?

Evidemment, tout aurait été bien plus simple si ce Descartes de malheur s'était enfin décidé à refaire surface – à condition, évidemment, que le marchand français soit quelqu'un de raisonnable avec qui l'on puisse négocier.

Pourtant, le nom de Gilbert Descartes perdit bientôt toute importance pour Ron. Un autre nom l'avait remplacé : William Bligh. Finalement, sans être un surhomme, le capitaine Bligh avait réussi dans son entreprise. Et quelle réussite! Parti des îles Tonga dans une ridicule petite barque où il pouvait seulement hisser une voile, il avait traversé tout le Pacifique avant d'arriver à Timor, en Indonésie.

Bon, se dit Ron, toi, tu n'as pas de barque, et tu ne t'en sortirais pas aussi bien tout seul, il faut avoir ça dans le sang, mais il te reste toujours ton vieux canot pneumatique. Tu l'as réparé et entretenu de ton mieux; de plus, c'est un Zephyr américain, du bon matériel. Tu pourrais y ajouter un plancher en bois et même un petit mât...

Ron se procura du matériel et fit des croquis; il prêta à peine attention à ce qu'il mangeait, évita les regards de Tama et vécut comme dans un rêve. Lorsque par la suite il se souvint de cette époque, il eut l'impression d'avoir agi dans un état de transe. Les actions se succédaient, tout se déroulait comme par enchantement, comme allant de soi.

Ron pouvait déterminer très exactement le début de cet état. Cela avait commencé lorsque Tama, sortant de l'eau, avait laissé tomber la perle dans le creux de sa main... A d'autres moments, Ron croyait fermement à l'influence du vieux Nomuka'la sur le cours des événements. Peut-être Nomuka'la possédait-il effectivement des pouvoirs surnaturels, comme le croyaient les habitants de l'île. Peut-être tirait-il les ficelles, tel un metteur en scène invisible...

61

A cette époque, pourtant, seul le mot « Bligh » possédait aux yeux de Ron une sonorité véritablement magique.

« A quoi penses-tu, Owaku ?

— Moi ? A un homme. Non, à deux hommes, plus exactement.

— Tu les regrettes ? Tu veux les revoir ?

— C'est impossible, Tama. Ils sont morts depuis plus de deux siècles.

— Tu ne les as donc jamais connus. C'étaient des parents ?

— Non.

— Alors pourquoi penses-tu à eux ?

— Peut-être que leur esprit est ici, Tama.

— Comment s'appelaient ces hommes ?

— Le premier s'appelait Bligh, l'autre, qui a vécu avant lui, Crusoé. Robinson Crusoé... Mais c'est surtout William Bligh qui m'intéresse.

— Et qu'avaient ces hommes de particulier ?

— Bligh était un *Palangi,* un capitaine... Il venait d'une île proche de mon pays. Il commandait une grande pirogue de guerre avec beaucoup d'hommes. Cette pirogue était si haute que l'on aurait pu entasser cinq cocotiers les uns au-dessus des autres sans atteindre le sommet du mât.

— Ça, je le crois. Mon père m'a raconté. Il a vu de ces bateaux de *Palangis* dans sa jeunesse. Hauts comme des montagnes, et des voiles comme les nuages. Et alors, Owaku... ? »

Ils étaient accroupis sur une natte devant leur hutte. Ils venaient de terminer leur repas. Ron prit dans le plat de poulet quelques grains de maïs et les éparpilla devant les genoux de Tama : « Là, c'est nous. » Puis il alla déposer une pierre à l'autre extrémité de la natte. « Et voilà l'île du Palangi. Entre les deux, il n'y a que la mer. »

Il réfléchit : quel était déjà le mot pour « capitaine » ? Ah oui : « *Pai* ».

« Le *Pai* Bligh et ses hommes partirent donc de leur île. Après une année de navigation – ils avaient dû faire beaucoup de détours –, ils arrivèrent dans ces îles-là. Le *Bounty*, c'était le nom de leur pirogue de guerre, jeta l'ancre à Tofoa. Ce n'est pas très loin d'ici.

– Et alors ? »

Une fois de plus, il jouait le rôle du prestigieux conteur et elle celui du public captivé. Elle trouvait beaucoup de ses contes idiots, invraisemblables ou tout simplement ennuyeux, mais celui-là semblait l'intéresser.

« Et alors, Tama, les gens de Tofoa ne voulurent pas mécontenter les esprits : ils respectèrent les lois de l'hospitalité. Ils donnèrent à manger aux *Palangis*, organisèrent de grandes cérémonies de *kawa* et leur envoyèrent les plus belles *Fafines*, les plus belles jeunes filles.

– Bien sûr !

– Bien sûr. » Ron la regarda en grimaçant un sourire. « Mais c'est là que les ennuis commencèrent.

– Quels ennuis, Owaku ?

– Eh bien, les hommes du *Pai* crurent être arrivés au paradis.

– Au paradis ? »

Elle l'avait déjà souvent interrogé sur ce « paradis ». C'était un concept qu'elle ne pouvait tout simplement pas comprendre.

« Ici... tout ça ! » La main de Ron désigna les palmiers. « Tonu'Ata. Toi... et tout ce qui est beau – et bon. »

Elle acquiesça.

« Mais le *Pai* Bligh voulait repartir pour son île avec sa pirogue de guerre, poursuivit Ron. Quelques-uns de ses hommes lui obéirent, mais les autres, la majorité, lui dirent : " Pas question. Nous restons ici. "

– Chez nous, ça ne serait jamais arrivé. Chez nous, personne ne contredit un *Pai*. Sinon...

– Je sais, fille de cannibales. Sinon on lui brise le crâne d'un coup de massue, on le fait rôtir dans un four en terre et on le mange cuit à point.

– Tu es bête, Owaku ! On ne fait ça qu'avec les ennemis, pas avec les gens de la tribu – et ensuite ? »

On arrivait au moment crucial de l'histoire, et Ron tenait à ce qu'elle le comprenne.

« Ensuite, ils prirent toutes les armes, laissant au *Pai* et aux hommes qui voulaient rester avec lui de l'eau, de la nourriture et un canot. Le *Pai* et ses hommes repartirent – pas pour leur île, c'était trop loin, mais ils arrivèrent là... » Ron posa une nouvelle pierre près de l'angle droit de la natte. « Là, c'est Timor. Timor est en Indonésie. Ils naviguèrent pendant quarante et un jours, car c'est un trajet de près de neuf mille kilomètres. C'est un très long trajet – peut-être un record dans l'histoire de la navigation. Du moins, c'est ce que disent les Anglais, les gens du pays de Bligh. »

Tama le dévisagea longuement.

« Et l'autre ? Ce Crusoé ?

– Ah, celui-là... Il est moins important... Il est arrivé sur une île lui aussi, mais c'est un autre bateau qui l'a ramené chez lui. »

De nouveau, le regard impénétrable de ses yeux sombres.

« Et pourquoi me racontes-tu ça ?

Ils y étaient !

Ron posa l'index sur le grain de maïs qui représentait Tonu'Ata : « Ça, c'est nous. » Il plaça d'autres grains à quatre centimètres environ du premier. « Et ça, Tama, ce sont les autres îles Tonga. Les îles d'où vient Gilbert Descartes.

– Oui.

– Et alors ? Tu ne vois pas ? Elle sont toutes proches. Le trajet est très court. »

Tama resta silencieuse, puis elle le dévisagea encore.

« Tu veux être le *Pai* Bligh ? C'est ça, Owaku ?

– Ça, je ne le pourrai jamais. Et je ne le voudrais pas non plus. Enfin, Tama, est-ce que c'est si difficile à comprendre ?

– Non, dit-elle, tu veux partir. Et ce n'est pas difficile à comprendre, il n'y a même rien à comprendre.

– Je ne veux pas partir, Tama. Ce n'est pas vrai. Et certainement pas sans toi. »

Elle secoua la tête, puis elle regarda derrière lui, par-dessus son épaule, en direction du jardin de Lanai'ta. Perché sur sa clôture, un poulet battait désespérément des ailes pour garder l'équilibre. A cet instant, Ron se sentait un peu comme ce poulet.

« C'est à cause des perles, Owaku... C'est ça, non ? »

Ron lui prit la main. Elle ne la retira pas, mais sa main resta molle et inerte.

« C'est à cause des perles, répéta-t-elle d'une voix très basse, étrangère.

– Pourquoi dis-tu ça ? Bon, tu as raison, je pourrais les troquer, et je recevrais en échange un tas de choses dont nous avons besoin. Une pirogue, une très grande pirogue, avec... » Mais comment pouvait-il lui décrire le bateau qu'il avait en tête ? « Et des outils. Pas seulement des hachettes, mais aussi des outils qui abattent les arbres beaucoup plus facilement. Et puis des livres, de la musique, tout ce dont je te parle tout le temps. Tu seras beaucoup plus heureuse avec toutes ces choses. Nous serons plus heureux.

– Heureux ? Moi, je suis heureuse – pas toi ?

– Bien sûr, Tama. Bien sûr que je le suis... Mais il y a tant de choses que tu ne connais pas. Je pourrais en parler pen-

65

dant des heures sans que tu comprennes pour autant. Il y a trop de choses... Et sur ces îles, on peut acheter beaucoup de remèdes qui sauvent et guérissent.

— Ça, Nomuka'la peut le faire. Lui aussi, il a des remèdes.

— Pas ceux-là. La sœur de Lutus n'aurait pas dû mourir quand elle a eu son enfant. Tama, écoute un peu... »

Mais elle ne l'écoutait plus. Elle s'était levée, lui avait tourné le dos et était rentrée dans la hutte.

Pendant dix jours, Ron trima comme un possédé afin d'appareiller son vieux canot pneumatique. A vrai dire, il ne pouvait pas jurer que le bateau serait capable d'affronter la mer, sans parler de la haute mer. Du moins les conditions météorologiques semblaient idéales : de légers alizés souf-flaient du sud-ouest et le Pacifique était aussi lisse qu'une immense assiette bleue. Les frères de Tama l'aidaient sans poser de questions. Lorsqu'un homme prend une décision, elle ne relève que de lui et il doit en assumer seul les consé-quences. C'est seulement ainsi qu'il peut affirmer sa *mana*.

Pour finir, ils renforcèrent la coque extérieure du bateau avec un mélange à base de résine. Ron espérait que cela suf-firait, mais il ne pouvait se fier qu'à sa bonne étoile et à ses connaissances en matière de navigation. Il avait le soleil, les étoiles, sa montre, un compas de poche et le cap : plein sud ! S'il ne croisait aucune des îles Tonga, en revanche, de nom-breux navires sillonnaient le territoire qu'il traverserait...

Tama n'était pas sur la plage lorsqu'ils mirent l'embarca-tion à l'eau et que Ron s'éloigna de la lagune en pagayant. Le vent gonflait sa petite voile et les récifs, l'île et les mon-tagnes diminuaient à vue d'œil...

Il naviga à la voile et à la rame pendant quatre jours et demi et quatre nuits – cent seize heures en tout. Parfois, la voile pendait, dégonflée comme un sac, et le bateau dérivait.

Ron avait perdu la notion exacte du temps et ne gardait clairement en mémoire que deux choses : à un moment, pour chasser l'ennui, il avait chanté toutes les chansons qu'il avait apprises depuis son enfance, puis il s'était tourné vers Tama. Il n'avait pas seulement pensé à elle, il avait aussi eu avec elle d'interminables conversations, des dialogues d'une tendresse qui le surprenait lui-même...

Au cinquième matin, Ron venait de prendre son petit déjeuner. Sa main pendait dans l'eau par-dessus le bourrelet de caoutchouc du canot et les rayons du soleil levant le caressaient doucement. Au moment où il voulait de nouveau vérifier le cap avec son compas de poche, il crut apercevoir un mince trait à l'horizon.

Après quatre heures de navigation, le trait blême était devenu une côte déchiquetée devant laquelle s'étendait une barrière de récifs. De ses yeux irrités par le soleil, Ron chercha un passage vers la lagune. C'est alors qu'il repéra autre chose : un bateau à moteur ! Il se dirigeait droit vers lui à pleine vitesse. Ron pouvait distinguer les vagues écumantes des deux côtés de la proue. Peu après, il aperçut au-dessus de la blancheur immaculée de la coque le visage ravagé d'un homme. C'était un Blanc. Sous ses cheveux grisonnants et broussailleux, un large bandeau orné de broderies barrait son front.

« Qu'est-ce qui vous est arrivé ? Où voulez-vous aller avec ce machin ?

– A l'aéroport le plus proche, ricana Ron. Croyez-le si vous voulez ! »

L'homme, qui ressemblait à un pirate, était un prêtre catholique néo-zélandais qui dirigeait la mission Styler de l'île Telekitonga. Il s'appelait Patrick Lanson. Ron – non,

Rudolf Eduard Hamacher, l'autre moi de Ron, l'homme à la cravate – connaissait bien la mission Styler. Il avait souvent eu l'occasion de conseiller la maison mère dans des opérations financières, car elle avait son siège à Sankt Augustin, près de Bonn.

Peut-être certains hasards ne peuvent-ils s'expliquer que par l'intervention de la Providence, comme le disait le père Lanson, mais d'autres ressemblent plutôt à un absurde concours de circonstances. Du moins, c'était l'avis de Ron.

Pendant les cinq jours qu'il passa à la mission de Tele-kitonga, un groupe de maisons bariolées avec une chapelle blanche et une station radio, Lanson et lui devinrent amis. Comme tous les amis, ils parlèrent, se racontèrent leur vie, burent ensemble, se posèrent des questions et attendirent des réponses.

Ron répondit aux questions du mieux qu'il put et avec toute la prudence qu'il jugea nécessaire. Il resta particulière-ment évasif sur un point : lorsque Lanson lui demanda d'où il venait et d'où provenaient toutes ces noix de coco, ces paniers et ces sacs en fibres tressées. Ron lui dit alors qu'il était resté seul sur une île pendant quelque temps. Une sorte de voyage initiatique... Puis il pensa à Tama : le père Patrick Lanson pourrait les unir définitivement dans sa petite église blanche, selon la solide tradition bourgeoise occidentale. Cette union existerait alors devant toutes les lois du monde. Ron se livra donc un peu plus au père Lanson, lui racontant qu'il avait « trouvé son paradis » et que ce serait pécher contre Dieu et ce paradis que de dévoiler où celui-ci se trou-vait.

Patrick Lanson se contenta de cette information.

Par un splendide dimanche matin, aussitôt après la messe, il emmena Ron à Pangai, la capitale de l'archipel d'Ha'apai. Ron monta dans un Fokker branlant de la Friendly Islander Airways qui le déposa à Tongatapu. Un peu avant cinq heures, il atterrit à Fua'Amotu, l'aéroport international de Tonga. Il prit l'avion du soir d'Air Pacific pour Tahiti, et il faisait nuit noire lorsque apparut la capitale de la Polynésie française, aux multiples et étincelantes guirlandes de lumières...

Lorsque Ron pénétra dans le hall aux belles boiseries d'acajou de l'hôtel Tahiti Beach, il portait la chemise et le jean que lui avait offerts le père Lanson et avait un sac de perles pour tout bagage. Ses pieds étaient chaussés de sandales en plastique jaune, un autre cadeau de la mission.

La suite dans laquelle il s'installa ressemblait à un rêve. Dans la chambre à coucher trônait un énorme lit en rotin à la courtepointe en soie brodée. Le salon contenait d'autres meubles en rotin, des tentures en soie aux couleurs variées et un magnifique bar en bois de santal sculpté. Dehors, la lune illuminait la terrasse, et l'on devinait dans le lointain, derrière le scintillement des vagues, les contours sombres de Moorea. Enfin, le chatoiement des lumières de Papeete, « la perle, le centre et le carrefour des mers du Sud », était comme un cadeau supplémentaire.

Ron n'avait d'appétit ni pour la « perle des mers du Sud », ni pour Moorea, l' « île de rêve » de toutes les agences de voyages – il avait tout simplement une faim de loup. Il commanda un steak et une omelette avec salade à un jeune maître d'hôtel brun, paisible et éternellement souriant. Après une douche, il se prépara un screw-driver au bar de sa suite. Il avait retrouvé la civilisation !

Comme il pensait à Tama à chaque fois qu'il posait les yeux sur ce sacré lit, il sortit sur la terrasse avec son verre et, le levant vers la lune, il but à la santé de Ron Edwards...

Le lendemain, juste après son petit déjeuner, on frappa à la porte de la suite. Une jeune dame apparut dans l'encadrement de la porte – une jeune dame tout à fait remarquable dans une robe courte époustouflante. La peau claire, les cheveux sombres, elle avait des lèvres et des yeux d'Eurasienne. Elle était extraordinairement jolie. Elle lui rappelait Tama, mais il était probablement condamné à retrouver Tama dans toutes les filles qu'il croisait. Elle portait en équilibre sur les bras plusieurs piles de boîtes plates.

« Pardon, monsieur. Vous avez appelé la réception ? Je viens de la boutique et j'ai apporté...

– Mais bien sûr ! s'exclama joyeusement Ron. Entrez donc ! Je vais vous aider. »

Cette minijupe verte moulant étroitement ses cuisses... Et quelles cuisses ! Et cette démarche, ce sourire, ces yeux... Pas très fair-play, vraiment, de lui envoyer si tôt dans sa chambre la séduction incarnée.

Ron choisit un pantalon léger en lin blanc, des mocassins et une chemise blanche à larges rayures noires.

« Et pour ce soir, monsieur ?

– Comment, pour ce soir ?

– Nous venons de recevoir une nouvelle livraison de Paris, mais il faudrait que vous descendiez la voir chez moi. Ne sortez-vous donc jamais le soir ? » De nouveau, ce regard derrière de longs cils.

« Non », répondit Ron, puis il paya et lui porta ses paquets jusqu'à la porte. Elle sortit. Plus de cette démarche onduleuse de tout à l'heure, mais raide comme un cierge. La porte claqua.

Un piège de moins !

Ron alla prendre le sac en plastique contenant les perles dans le coffre-fort de la suite, puis il se mit à compter son argent. Il lui restait exactement soixante-sept dollars et soixante-quinze cents.

70

Il était temps de repartir pour de nouvelles aventures. Ce vieux Ron Edwards, le joueur de poker et le flambeur, était de retour. Mais cette fois-ci, il ne se compliqua pas la vie : il ouvrit l'annuaire des professions, trouva sous la rubrique « commerce de perles » deux colonnes d'adresses et posa l'ongle fissuré de son index sur l'un des noms : Charles Boucher, 11, rue de la Liberté.

Ron composa le numéro et présenta sa requête à une secrétaire arrogante, puis à une invraisemblable voix masculine. Il avait, dit-il, cent soixante-douze perles à vendre. Pas des perles de culture, des perles naturelles !

Quelques heures plus tard, sans même quitter l'hôtel Tahiti Beach, Ron Edwards fit l'affaire de sa vie : la vente de cent soixante-douze perles, dont trois pièces exceptionnelles, pour le prix de deux cent six mille quatre cents dollars.

Ce n'était certes pas tout à fait le quart de million escompté, mais ce n'était déjà pas si mal. Après tout, dans les affaires, il faut savoir transiger. De plus, il aimait bien Charles Boucher, ce petit Français tout rond à l'aimable visage de buveur de rouge qui, à l'issue d'un long marchandage, apposa son nom au bas du chèque.

Charles Boucher est un type régulier, lui disait son instinct, quelqu'un de sérieux, et, dans son domaine, un vrai pro qui connaît toutes les ficelles. Mais surtout, c'est l'homme de la situation, idéal pour les marchés que tu concluras avec lui à l'avenir. Parfaitement, à l'avenir ! Après tout, de nombreuses autres perles t'attendent dans la baie de Tonu'Ata...

Cet après-midi, Ron resta à l'hôtel. Il prit un bloc de papier à lettres de l'hôtel, brancha pour la première fois l'air conditionné, et commença à écrire.

Par l'une des grandes fenêtres de sa suite qui donnait sur

71

l'aéroport, il voyait décoller des avions venus des quatre coins du monde, des avions d'Air France, d'UTA-French Airline, d'Air New Zealand, d'Hawaiian-Airline ou de la Quanta... Et tous ces traits colorés sur leurs flancs semblaient lui dire : qu'est-ce qui se passe ? Pourquoi ne pars-tu pas avec nous ? Les mers du Sud ? La belle affaire ! Penses-tu sérieusement finir ta vie là-bas ? Aujourd'hui, mon cher, le monde n'est qu'un patelin. Et ta drôle d'île elle-même en fait partie...

« Générateur électrique, écrivait Ron, piles, câbles, outils de mécanique, équipement de plongée, groupe électrogène, télévision, radio, radiotéléphone, machine à coudre, ampoules à faible consommation, médicaments, matériel médical, livres, cisailles, couteaux, semences. »

La liste des marchandises destinées à Tonu'Ata s'allongeait sans cesse. Lorsque Ron la relisait et pensait aux tonnes de carburant qui s'ajoutaient à ses achats, il était sûr d'une chose : le bateau qui transporterait tout ce fourbi devrait être grand ! Quoi qu'il arrive, il s'enfoncerait jusqu'à la ligne de flottaison.

« Engrais artificiel, inscrivait-il, moustiquaires, poudre antipoux... »

Au fond, derrière le bar, l'écran de télévision scintillait. Ron avait coupé le son. RFO, « Radio France Outre-Mer », diffusait un débat politique. C'était une sorte de table ronde où un représentant du gouvernement français chauve et affublé d'énormes lunettes en écaille démontrait à un cercle de journalistes et d'hommes politiques locaux au regard vitreux qu'il fallait absolument poursuivre les essais atomiques dans l'archipel de Tuamotu. Le CEA, le Commissariat à l'énergie atomique, avait déjà posé plus de cent cinquante bombes sur ces îles. Depuis 1966, malgré des protestations mondiales, il avait transformé les atolls en gruyère, si bien que des émissions radioactives pouvaient s'échapper librement aux quatre coins du Pacifique.

Ron savait tout cela. Autrefois, cela l'avait assez préoccupé. Que disaient donc les lunettes en écaille ?

« Certes, messieurs, la menace soviétique a disparu, mais cela signifie-t-il à vos yeux qu'il n'existe plus aucun danger dans le monde ? Que croyez-vous qu'il se produirait si les bombes atomiques soviétiques tombaient aux mains de n'importe quel Etat terroriste ? C'est bien pour cela que notre programme doit être poursuivi ! Et n'oubliez pas, messieurs, que nous créons ainsi de nombreux emplois... »

Là-dessus, Ron avait coupé le son : il n'avait que faire de ce genre de débat !

Heureusement, ces atolls français de malheur et les dingues qui voulaient les pulvériser étaient à trois mille kilomètres des îles Tonga...

En revanche, lorsqu'il capta la deuxième chaîne de Tahiti, Ron régla le volume au maximum. Que racontait ce type ? « La bande de pirates menée par un Malais dont nous avions déjà parlé la semaine dernière, a semble-t-il étendu son activité au territoire des îles Fidji. D'après des rapports en provenance de Suva, ces pirates auraient attaqué un village de Vanua Levu. Par ailleurs, on n'a pas encore pu établir avec certitude ce qu'est devenu l'équipage d'un yacht américain qui a été retrouvé dérivant sans pilote dans la même région... »

Ron ajouta un nouvel article sur sa liste. Au-dessous d' « antibiotiques », d' « aliments pour enfants » et de « couches-culottes », il inscrivit : « armes et munitions ».

Il ne pouvait deviner l'importance que cet article aurait pour lui et de nombreuses autres personnes...

Ron s'abandonna à l'ivresse des achats. Quatre jours après son arrivée à Papeete, il était en possession de son bateau : un yacht de haute mer, un seize mètres avec une étrave en acier renforcé, tout l'équipement de navigation nécessaire, une plate-forme panoramique pour la pêche en haute mer et, pour couronner le tout, un lit rond dans la cabine, qui était par ailleurs pourvue d'un poste de télévision et d'une caméra.

Ce bateau de rêve appartenait à un millionnaire américain logeant à l'hôtel Tahiti Beach comme Ron, et désireux d'échanger sa *Miss Betty* contre un vapeur encore plus grand. Ron aligna sur la table les cent vingt mille dollars qu'il demandait : « Achat au noir, monsieur Myers. Pas d'impôts en perspective. » Puis il passa au chantier pour y faire recouvrir d'une couche de peinture l'inscription « Miss Betty », par-dessus laquelle il fit peindre « Paradis ».

Lorsque Ron eut transporté ses achats à bord, il vit se réaliser ses prévisions : il avait tellement chargé son bateau qu'il s'enfonçait jusqu'à la ligne de flottaison ! On pouvait à peine se déplacer à bord du *Paradis*. Les marchandises s'entassaient jusque dans le salon, comme par exemple les soixante balles de tissu destinées aux femmes de Tonu'Ata. Sous ces balles étaient dissimulées quelques longues caisses grises qui contenaient six copies chinoises de kalachnikov, avec toutes les munitions nécessaires.

Charles Boucher lui avait procuré cette marchandise compromettante à la dernière minute, après beaucoup d'hésitations.

Enfin, tout fut prêt et Ron put larguer les amarres. Un trajet de deux mille trois cents milles marins l'attendait, mais il ne s'inquiétait pas pour si peu. Des satellites tournaient dans le ciel pour retransmettre toutes les données dont il avait besoin : coordonnées, indications de position, orientation, et même les directives de commande grâce auxquelles le pilotage automatique mènerait le *Paradis* à son but, ou du moins, à proximité. Pour la dernière partie du trajet, Ron devrait se fier à son instinct et mettre à profit l'expérience qu'il avait acquise à bord du canot pneumatique.

« Les choses que je rapporte, Tama, rendront notre vie beaucoup plus heureuse... »

A présent, il trébuchait sur ces choses qui devaient rendre leur vie « plus heureuse ».

Quand il fixait l'horizon depuis le cockpit, quand il préparait son repas dans la cambuse ou assistait, grâce à la télévision par satellite, aux débuts de cette étrange Allemagne réunifiée où des policiers matraquaient des manifestants (et réciproquement), Ron se demandait ce qui pourrait encore accroître son bonheur. Etre assis la nuit au bord de la lagune avec Tama, sentir sa main sur son épaule, la voir sourire quand elle caressait l'enfant de sa sœur ou lui préparait son petit déjeuner le matin, tout cela, son visage, son haleine, son corps, sa présence – y avait-il bonheur plus grand ? Mon Dieu, pensait Ron, confortablement étendu sur le lit rond tandis que les moteurs faisaient entendre leur grondement régulier et que le *Paradis* poursuivait sans dévier sa trajectoire, mon Dieu, faites que cela ne change jamais...

Ron reposa brusquement les jumelles et se précipita vers l'écran du tableau de bord. Sur la console de visualisation, l'indicateur faisait justement apparaître une forme oblongue et floue.

L'île ! Tonu'Ata...

Il leva les bras triomphalement, dansa dans le cockpit et cria : « J'ai réussi ! Tama, me voilà ! Tu ne vas pas en revenir !... »

Mais cela ne lui suffisait pas. Il courut à la cabine, glissa un disque dans le lecteur de CD ultramoderne, mit l'amplificateur à pleine puissance, et *La Chevauchée des walkyries* de Wagner éclata dans les haut-parleurs. Tout à fait de circonstance ! Mais après tout, pourquoi pas ?

Ron laissa les instruments à cordes, les trompettes et les timbales se déchaîner et ajouta à ce concert le son de ses moteurs diesel 600-PS. Puis il chanta.

Lentement, les trois montagnes de l'île s'élevèrent à l'horizon... Peut-être, pensa Ron plus tard, peut-être raconteras-tu un jour à ton fils ce que c'est que de rentrer chez soi après un tel voyage – de s'en retourner sur une île inconnue du reste du monde, et de voir tous les habitants vous attendre sur la plage... Attendre ? Non, courir, pagayer, nager à votre rencontre...

« Mais ce n'était pas ça le plus excitant, lui diras-tu. Imagine un peu ce que c'est, quand des hommes qui n'ont jamais rien vu de plus sophistiqué qu'une hachette, un marteau, un couteau, une scie ou des cisailles, sont soudain confrontés aux dernières innovations techniques. Qu'un bateau puisse avoir un moteur, ça, ils le savaient déjà depuis la première visite de Gilbert Descartes, mais une machine à coudre, par exemple... Ou un groupe électrogène qui souffle, crache des nuages de vapeur bleue et fait par-dessus le marché briller des lampes... Oui, et surtout, que crois-tu qu'il s'est passé quand j'ai emmené les gens de l'île sur le *Paradis* et que ton grand-père a regardé pour la première fois dans un kinescope, tandis que des jeunes filles dansaient nues sur le navire... »

Alors, son fils étoufferait probablement un bâillement et

brancherait son magnétoscope pour y passer son clip préféré... De toute façon, chaque maison serait équipée d'un poste de télévision. Des hors-bord fileraient à travers la lagune en tirant derrière eux des skieurs nautiques, car le ski nautique, les touristes adorent ça. Et sur l'un des quais du port, il y aurait une station d'essence, un bar et un stand de rafraîchissements où un type du village vendrait du Coca...

Lorsqu'il imaginait ainsi les conséquences de la civilisation sur l'île, une civilisation qu'il aurait lui-même apportée, Ron se sentait plutôt mal à l'aise. A l'époque, pourtant, il croyait encore aux bienfaits de cette civilisation. Et ses prévisions semblaient justes : grâce aux nouveaux outils, le travail était devenu plus facile à Tonu'Ata ; Tapana lui-même était de cet avis.

Une seule personne se tenait encore à l'écart : Nomuka'la.

Depuis le retour de Ron à Tonu'Ata, Nomuka'la n'avait plus échangé un mot avec lui. Lorsqu'il le croisait, le prêtre détournait les yeux. Parfois, immobile, appuyé sur sa canne, il fixait le Blanc de son regard perçant.

Lorsque, pendant trois jours et trois nuits, les tambours rythmèrent la fête de mariage que Tapana avait organisée en l'honneur de sa fille et d'Owaku, le guérisseur n'apparut pas une seule fois. Et pendant la grande cérémonie de *kawa* célébrant l'arrivée de l'électricité dans l'île, l'électricité qui à présent illuminait aussi la maison de Tapana, on vit Nomuka'la au sommet de la montagne. Il s'entretenait probablement avec ses dieux de pierre des malheurs que Ron amenait sur les habitants de l'île.

Puis Tapana tomba malade et fut sauvé par l'équipement radio du *Paradis*. Les secours d'urgence arrivèrent de Pangai en hélicoptère. Horrifié, Nomuka'la vit des étrangers ouvrir le ventre du chef pour ôter l'appendice et les filaments qui obstruaient son intestin. Puis l'équipe des secours repartit, à l'exception de l'hélicoptère et de son pilote, Jack Willmore, aviateur et génie universel, Jack, le type le plus merveilleux qui soit !

Jack Willmore était tombé amoureux de l'île et avait suivi le même chemin que Ron, pour l'amour d'une femme : Lanai'ta, la sœur de Tama.

Ron et Jack... A eux deux, ils réalisèrent en quelques mois le programme de travail pour lequel Ron prévoyait deux ans. Malgré tout ce travail, Ron trouvait encore le temps de pêcher, tandis que Jack guérissait les malades et pansait les blessures. Durant cette période, on défricha, on construisit, on cloua et on posa des câbles avec une telle énergie que tout le matériel fut bientôt épuisé. Ron dut repartir pour Papeete à bord du *Paradis*. Cette fois-ci, Tama l'accompagna. Et le sac en plastique contenait trois cent vingt perles...

Ron savait ce qu'il voulait en échange de ces perles : un demi-million de dollars. A vrai dire, il avait peine à imaginer tout ce qu'il pourrait acheter avec une telle somme. Mais un demi-million... le chiffre avait en soi quelque chose de fascinant.

Ron ne pouvait deviner que ce demi-million de dollars allait provoquer une tragédie. Il ne connaissait pas le facteur qui devait déterminer l'issue de sa deuxième expédition à Papeete. Ce facteur totalement imprévisible portait un nom : Alessandro Pandelli...

Alessandro Pandelli venait d'un petit village de la Calabre. Pour être précis, Melito di Porte Salvo était même le village le plus au sud de toute la côte italienne. Alessandro entra très tôt en contact avec les bandes locales de la N'Draghetta. A vrai dire, celles-ci étaient surtout constituées de paysans qui s'enrichissaient en pratiquant l'extorsion de fonds auprès de leurs compatriotes – agriculteurs et petits commerçants –, organisant parfois un enlèvement contre rançon qui leur rapportait un peu plus.

Cependant, le jeune Alessandro nourrissait déjà de plus hautes ambitions... De son village à Messine, il n'y avait qu'un saut de puce. En Sicile, Alessandro eut rapidement l'occasion de faire la preuve de ses talents. En l'espace de quelques années, il se métamorphosa : de simple *Sicario*, tueur à gages de la Mafia, il devint un commerçant prospère, très respecté à Messine et à Cadenzo.

Malheureusement, la police eut un jour l'idée de contrôler les comptes en banque et les transferts de capitaux. Cette initiative déclencha une impitoyable guerre de clans, et l'air de la mère patrie devint bientôt malsain pour Alessandro. Muni de quelques bonnes recommandations, il suivit le même chemin que de nombreux prédécesseurs : il rejoignit les familles de la Cosa Nostra aux Etats-Unis, où il se spécialisa dans le commerce des bijoux. Après quelques vicissitudes, il acquit de nouveau pignon sur rue à San Francisco en devenant propriétaire d'une chaîne de bijouteries. Cependant, la police américaine lui créant de nouvelles difficultés, Pandelli décida d'émigrer en Polynésie française, centre du commerce des splendides perles noires qui avaient fait sa renommée en Californie.

Pandelli eut autant de succès à Papeete qu'à San Francisco. Il arrivait en effet avec un bon capital et se montrait doué pour les affaires. De plus, il avait ce que l'on appelle du savoir-vivre et une élégance toute latine. Enfin, lorsqu'il rencontrait un obstacle, Pandelli savait en venir rapidement à bout. Sa méthode était aussi simple qu'efficace. Par exemple, un type qui arrivait déguenillé à Papeete, se réservait une suite de luxe à l'hôtel et mettait tout le marché sens dessus dessous en faisant du dumping sur les perles naturelles, figurait selon Pandelli à la rubrique « obstacles ». Cependant, on pouvait facilement l'empêcher de récidiver : un bon coup de couteau, et hop, un cadavre à la mer !

Dans l'immédiat, mieux valait suivre ce type à distance pour connaître le lieu de provenance des perles – car, Pandelli devait le reconnaître, la marchandise était sensationnelle ! La première fois, son plan avait échoué et c'est Boucher qui avait conclu l'affaire. Cependant, le bruit courait que l'Américain blond reviendrait bientôt. Alors, Alessandro Pandelli savait ce qu'il lui resterait à faire...

Ron n'avait pas la moindre idée de l'existence d'Alessandro Pandelli lorsque le *Paradis* jeta l'ancre à Papeete pour la deuxième fois. De retour dans la capitale polynésienne, il s'y sentait presque comme chez lui. D'ailleurs, le numéro de la vente des perles se répéta, à cette variante près que Charles Boucher, après s'être répandu en lamentations et avoir sorti son demi-million de dollars, contempla Tama avec un étonnement recueilli, la proclama « la plus belle femme des mers du Sud » et la couvrit de compliments du matin au soir.

Puis le jour du retour arriva. Une fois de plus, le *Paradis* était chargé jusqu'à la ligne de flottaison. Pendant la traversée, le temps fut splendide. Ron et Tama faisaient l'amour sur le lit rond ou sur le pont, contemplaient les ébats des dauphins et les immenses raies mantas glissant comme des ombres sous la quille du *Paradis*, sans se douter qu'un autre bateau les suivait, un bateau plus grand, plus puissant et plus rapide que le *Paradis*...

Pour son expédition, Alessandro Pandelli avait affrété le *Roi de Tahiti*. Il lui suffisait amplement de garder le *Paradis* à portée de radar. Le *Roi* disposait en outre d'un hélicoptère de bord. Le pilote, Piero Deluca, était calabrais comme Pandelli, qui l'employait depuis plusieurs années pour les missions particulièrement délicates. Pour celle-ci, Deluca avait emmené à bord une équipe de spécialistes aguerris. Pandelli était un homme prévoyant.

Les voilà, les étrangers! C'est ce que tu voulais, Owaku! La sombre prophétie de Nomuka'la prenait forme...

Ron n'avait assurément rien voulu de semblable, mais son comportement irréfléchi n'était-il pas à l'origine du drame? Pendant les jours et les semaines qui suivirent, il ne cessa de s'accabler de reproches, jusqu'à l'obsession.

Par un splendide matin de juin, le *Roi de Tahiti* jeta l'ancre à proximité de Tonu'Ata. Etonnés et effrayés, tous les habitants attendaient sur la plage. Personne ne pouvait y croire. Il n'y avait pas si longtemps, Jack Willmore confiait à Ron : « Mon petit vieux, c'est quand même merveilleux de se dire que rien ne peut nous arriver ici... » Et soudain, ce yacht surgissait, et de sa poupe s'élevait un hélicoptère. Le cauchemar, la folie pouvait s'abattre sur l'île!

Le pilote de l'hélicoptère envoya un message. Celui-ci était formulé comme une invitation, mais en définitive, il n'y avait pas à s'y tromper, c'était un ultimatum. Entre-temps, le *Roi* avait mis le cap sur la baie des perles.

Quoi qu'ait pu prévoir Pandelli, la réponse dut le surprendre. Jack appareilla le Puma, un hélicoptère de l'armée américaine reconverti pour les secours en mer, et presque deux fois plus gros que le minuscule coucou du *Roi*. Tandis que les deux pilotes se livraient dans les airs un combat sans merci, à l'issue duquel tous deux trouvèrent la mort, les rafales de mitraillette et les explosions des mines lancées du *Roi* retentissaient dans la baie autrefois si paisible.

C'est ce que tu voulais!

Non! Jamais... Jamais, Nomuka'la...

Nomuka'la était à bord du *Paradis* lorsque le *Roi de Tahiti* heurta sa proue de plein fouet, creusant le trou qui expédia

81

le bateau au fond de la mer. Nomuka'la perdit l'équilibre et tomba à l'eau, où les requins le déchiquetèrent.

A ce moment, Fai'fa, le frère de Tama, était déjà mort. Jack Willmore aussi. Mais Nomuka'la, le vieillard au visage orné de peintures de guerre et paré de la coiffe du prêtre, n'avait-il pas prévu tous ces événements ? Qui pouvait affirmer qu'il n'était pas réellement en contact avec des forces supérieures, avec des dieux ?

Onaha, la déesse des tortues, de la fertilité et de la paix, s'était éclipsée et son frère G'erenge, le dieu de la guerre et des tempêtes, avait envoyé les requins... Attirés par les cadavres déchiquetés et les bancs d'huîtres saccagés, ils arrivèrent en hordes. Le combat démentiel qui opposa l'équipage du *Roi* aux insulaires n'avait pas duré en tout plus de trente minutes. Les requins y mirent fin : ombres grises, muettes et menaçantes, ils envahirent la baie. Et ce n'étaient pas d'inoffensifs petits requins, des émissoles, des milandres ou des requins pointe-noire. Non, ces bêtes-là étaient énormes, de vrais monstres comme le requin blanc que Ron avait affronté...

Aujourd'hui encore, Ron arrosait chaque semaine d'un verre de whisky les fleurs que Lanai'ta déposait sur la tombe de Jack Willmore. Sur la pierre tombale en basalte poli, il avait gravé les mots : « Jack Willmore, notre ami. » Avec le temps, l'humidité avait rempli d'une mousse verte et luisante les lettres et les chiffres des dates de naissance et de mort.

Les requins étaient restés dans la baie. Les habitants de Tonu'Ata acceptèrent ce coup du sort avec stoïcisme. Les dieux le voulaient ainsi. Et il était tout aussi logique qu'ils imposent à Owaku, et à lui seul, le tabou lui interdisant de pénétrer dans la baie. Sinon, comment pouvait-on apaiser les esprits et satisfaire le dieu des requins ?

Deux ans après ces événements, on n'avait pas encore trouvé de successeur à Nomuka'la. « Nomuka'la n'est pas mort, avait dit Tama. Les autres non plus. Ils sont tous là... » Peut-être avait-elle raison. Ron lui-même y avait cru, et il y croyait encore lorsque Tama se montrait soudain distante et le fixait d'un regard sombre. Il y croyait aussi la nuit, dans ses rêves et dans ses cauchemars.

... Et maintenant encore, en ce jour où, plongeant pour la première fois depuis deux ans, il avait relevé le défi et affronté son adversaire, le grand requin blanc.

Chapitre 3

Ron reprenait peu à peu conscience. Il était brisé de fatigue et ne ressentait plus qu'un vide étrange. Le *Paradis* tanguait et les vagues clapotaient doucement contre sa coque. Percevant le rythme saccadé de sa propre respiration, Ron s'efforça de retrouver son calme et de chasser de sa mémoire l'image du requin, cette masse blanche qui était passée tout près de lui, devant ses yeux écarquillés – avec, fixés à ce ventre monstrueux, les trois petits poissons-pilotes qui semblaient être eux-mêmes des requins miniatures. Et cette horrible fente en forme de demi-lune : la gueule du requin... Et ces petits yeux fixes...

Ron se leva, chercha ses vêtements, les retrouva au poste d'équipage et s'habilla. Il monta ensuite dans la cabine de pilotage. Sur le tableau lumineux de l'écho-sonde, les chiffres indiquaient toujours la même profondeur. Ron prit une cigarette dans une boîte posée près du compas, l'alluma et jeta un regard par la fenêtre. Il pleuvait : des gouttes de pluie roulaient sur le verre des hublots.

Ron chercha du regard l'entrée de la baie, puis, levant les yeux, contempla le versant montagneux d'où Nomuka'la les observait toujours, Tama et lui. Son regard vint ensuite se poser sur la grande pierre plate, au bord de l'eau. Combien de fois s'était-il assis sur cette pierre avec Tama ! Elle y faisait griller les poissons qu'il avait pêchés. Il revoyait le visage détendu de la jeune femme après leurs repas, ses yeux fermés et sa chevelure mouillée, d'un noir brillant sur la pierre. Il croyait même sentir l'odeur du poisson grillé. Parfois, ils s'étaient aimés après ces repas, leurs soupirs de plaisir se mêlant au murmure des vagues.

Ron écrasa sa cigarette et monta dans la salle de bains. Il ouvrit l'une des grandes portes à miroirs, inspecta les étagères et trouva enfin ce qu'il cherchait : la trousse de toilette rouge de Tama. Il l'ouvrit et en retira un petit porte-savon ovale en plastique bleu. Au milieu du couvercle, on pouvait lire en caractères d'or fin : « Bienvenue au Beach Comber Hotel. » Ron souleva le couvercle. Elles reposaient au fond, sombres et scintillantes. Elles offraient toutes les nuances de gris ; chez la plupart d'entre elles, ce gris était si foncé qu'il en paraissait presque noir, tandis qu'une buée d'or semblait illuminer les autres. Il en compta huit ; c'étaient les dernières que Tama et lui possédaient, le reliquat dérisoire du butin qu'ils avaient arraché à la baie deux ans auparavant – avant l'arrivée des requins.

Ron prit les perles et les fit rouler dans le creux de sa main. Il les palpa du bout des doigts. La plupart étaient parfaitement rondes mais trop petites, et les autres présentaient des irrégularités. C'étaient des perles qu'il avait écartées après un tri en attendant Charles Boucher à Papeete. Il se rappelait les paroles du petit Français : « Je suis un fanatique de la perfection, Ron. Je n'aime que la perfection absolue, chez les femmes comme chez les perles. »

Alors que les perles roulaient dans sa main, le froid de leur nacre le fit soudain tressaillir comme une douleur physique. Il se dirigea vers le hublot, l'ouvrit et passa le bras audehors. Adieu, Charles, pensa-t-il, je suis désolé, mais je ne

86

te vendrai même plus ces restes. Cette marchandise me coûte trop cher : elle est tachée de sang.

Puis il pensa de nouveau aux paroles de Nomuka'la : « C'est ce que tu voulais, Owaku. » Ne pourrait-il donc jamais oublier cette rengaine stupide ? Il ouvrit la main et les huit perles tombèrent à l'eau. Elles sombrèrent sans même laisser de cercles à la surface.

En face de lui, la masse sombre de la montagne était noyée de brume. Ron avait l'impression que des yeux l'observaient d'en haut, des yeux dont le regard lui brûlait le front.

Il referma le hublot, remonta dans la cabine de pilotage et pressa le bouton de l'ancre. La chaîne commença à grincer, mais Ron n'attendit pas que l'ancre fût remontée pour allumer le moteur. Lentement, en marche arrière, le *Paradis* s'éloigna de la baie...

Ron ne comprit pas tout de suite ce qui arrivait : le bateau tanguait de plus en plus, bien que la houle ne fût pas tellement plus forte. La mer était toujours du même gris et semblait couverte d'une mince pellicule d'huile, semblable à une seconde peau. L'air était étouffant et comme chargé d'une menace invisible. La pression douloureuse que Ron sentait dans ses tempes ne fit qu'accroître cette tension. Néanmoins, le ciel était sans nuages et rien ne laissait prévoir une tempête. A vrai dire, on ne pouvait guère parler de ciel : ce n'était plus qu'une couleur, un gris mat brillant çà et là d'un éclat argenté. Ron avait la sensation qu'une force maléfique et sans âge s'accumulait derrière ce gris, guettant le moment propice pour frapper...

Le *Paradis* avançait à petite vitesse. Les mains sur le volant, Ron regardait défiler la côte. Il reprit une cigarette et tenta de se raisonner. Bien sûr, la rencontre de ce requin avait été éprouvante pour ses nerfs. Pourtant, en y réfléchissant bien, il n'avait aucune raison de se mettre dans cet état : il ne replongerait plus jamais dans la baie. Mieux valait donc oublier cette histoire...

Lorsqu'il pénétra dans la lagune, il ne vit personne sur la plage noyée dans la grisaille. Seules les étraves élancées et sombres des pirogues s'élevaient entre les troncs de palmiers. Ron jeta l'ancre et attendit.

Pourquoi ne montait-il pas dans le canoë ? Pourquoi restait-il assis dans le salon à fumer cigarette sur cigarette ? Et d'où venait le malaise qu'il éprouvait en pensant à Tama ?

Arrête-toi là, Owaku. Ne va pas dans la baie ! Tu sais bien pourquoi...

Et comment, il le savait ! Il avait fait fi du vieux Nomuka'la et de ses esprits et il avait brisé le tabou, au risque d'y laisser ses os. Il devait s'estimer heureux d'être assis dans son salon, sain et sauf, et de pouvoir fumer et boire du Courvoisier. Et s'il y avait une chose qu'il voulait à tout prix éviter, c'était une discussion avec Tama ou avec n'importe lequel des habitants de l'île. Il ne tenait pas à leur expliquer ce qu'il était allé chercher dans la baie.

Ron alluma une nouvelle cigarette et il était sur le point de reprendre la bouteille de cognac, lorsqu'une silhouette apparut dans l'encadrement de la porte : Tama... Ses cheveux collaient à son crâne et, derrière la vitre, ses yeux semblaient énormes et flous. Elle portait seulement le bas de l'un des petits bikinis qu'ils avaient rapportés de Papeete, et qui étaient maintenant du dernier cri à Tonu'Ata. Lorsqu'il ouvrit la porte, Ron vit la blancheur de ses dents entre ses lèvres rouges et pleines qui lui faisaient toujours penser aux fleurs d'hibiscus. Elle souriait, et il se sentit brusquement soulagé.

« Owaku ! Je t'ai cherché partout. »

Elle entra, secoua ses cheveux et les gouttes d'eau éclaboussèrent l'élégant revêtement de cuir du salon. L'eau ruisselait entre ses seins, sur son ventre musclé de nageuse, le long de ses cuisses, et s'éparpillait sur le sol en taches sombres. Et lui la regardait comme s'il la voyait pour la première fois...

Elle rit encore.

« Où étais-tu passé, Owaku ? Qu'est-ce qu'il y a ? Pourquoi tu fais cette tête ?

– Ma tête ne te plaît pas ? Désolé... »

Il étendit le bras, il voulait toucher sa tête, sentir cette masse de cheveux noirs et mouillés, puis il y renonça.

« Viens, Tama, ne me pose pas de questions. Tu sais très bien où j'étais, les autres te l'ont dit.

– Afa'Tolou m'a seulement dit que tu étais parti à bord du *Paradis*.

– Naturellement. Et après, il a envoyé un des garçons, qui n'a eu qu'à courir jusqu'au cap pour comprendre où j'allais.

– Ah oui ? Et où allais-tu, Owaku ?

– Dans la baie. »

Elle souriait toujours, mais le regard de ses grands yeux noirs était devenu fixe.

« Je ne le savais pas, Owaku. Et personne ne t'a suivi. Mais j'ai pensé – non, j'ai deviné ce qui était arrivé. » Elle le planta là, se dirigea vers la salle de bains, en revint avec une serviette et commença à se sécher. « Oui, je l'ai deviné... » Sa crinière de cheveux noirs et mouillés dissimulait son visage. « Alors ? Tu es allé en bateau dans la baie – et après ?

– J'ai plongé.

– Tu as plongé ? » Sa voix avait baissé d'un ton et ses paroles rendaient un son monocorde, comme si elles étaient enregistrées. « Et alors, Owaku ? »

Il ne répondit pas. Peut-être était-ce cette douleur dans ses tempes, ou alors cette journée si éprouvante, mais il sentait resurgir la faiblesse de tout à l'heure. Ses doigts recommençaient à trembler et il sentait ce tremblement remonter le long de son dos et dans ses omoplates.

Il s'approcha du bar, saisit la bouteille de cognac, colla le goulot à ses lèvres puis la tendit à Tama, mais elle secoua la tête.

« Et ensuite, Owaku ? » Elle ne le lâchait pas.

Il ne répondit pas.

« Il y avait un requin, reprit-elle. Un grand requin blanc. C'était bien ça, Owaku ? »

Il la dévisagea. Comment savait-elle ?

« Un grand requin blanc », répéta-t-elle. Ses yeux étaient parfaitement calmes. Elle paraissait attendre quelque chose, mais il ne savait quoi.

« Oui, s'entendit-il répondre. Oui, Tama. »

Possédait-elle un don de double vue ? Ron sentait le sol se dérober sous ses pieds. Et pourtant, à cet instant, il la désirait follement ; jamais auparavant il n'avait éprouvé un tel désir d'elle, jamais il n'avait ressenti un tel besoin de la toucher et de l'étreindre.

Le corps de la jeune femme était dans l'ombre, mais un rayon de soleil illuminait son bras et son épaule ronde et pleine. Ce bras se couvrait de chair de poule sous le regard de Ron. La main droite de la jeune femme, une main longue, mince et forte, s'éleva dans un geste de refus. Ron ne vit pas ce geste, mais même s'il l'avait vu, il n'y aurait pas prêté attention. Il attira brusquement Tama à lui, embrassa son cou et ses épaules, respira le parfum de sa peau mouillée et l'étreignit comme un homme qui se noie.

« Owaku, qu'est-ce qui te prend ?

— Quoi, qu'est-ce qu'il y a ? »

Il la souleva et l'emporta vers la banquette de cuir, sans douceur et avec une détermination qui le surprit lui-même. Pourtant, ce n'était là que du désespoir : il avait désespérément besoin d'elle à cet instant. Il la jeta sur la banquette et écarta ses jambes avec son genou. Elle fermait les yeux et il sentit à cet instant que tout se dénouait en elle, que tout n'était plus que consentement.

« Owaku... Owaku... Non... », chuchota-t-elle.

Mais maintenant, maintenant, il n'y avait plus que lui...

« Owaku ?

– Oui ?

– Owaku, les femmes de chez toi ont-elles des cheveux aussi clairs et aussi beaux que les tiens ?

– Toi aussi, tu as de beaux cheveux, ma chérie. »

Elle avait aussi des doigts vigoureux, bon sang. Elle l'avait fait asseoir dans la petite baignoire de la salle de bains du *Paradis*, et elle lui massait le crâne avec une telle énergie que tout son cuir chevelu le brûlait. Ses cheveux comptaient plus que les requins, la baie et tout ce qui était arrivé ce jour-là...

Il se débattit sauvagement. « Bon Dieu, Tama ! Les cheveux, pas les yeux ! Tu me fais mal.

– *Sorry, darling.* »

Il aimait ses *sorry, darling,* et plus encore la tendresse et la sollicitude avec lesquelles elle pressait l'éponge sur son visage. Une mère et son bébé – c'était tout à fait ça. Mais il détestait toutes ces histoires à propos de ses cheveux.

Lorsqu'il parvint enfin à ouvrir les yeux, il vit qu'elle était restée nue. L'éclairage de la salle de bains nimbait son corps d'une douce lueur dorée. Il sourit en se rappelant la hutte du père Emmanuel Richards, où ils avaient vécu au début de son séjour sur l'île. De solides rondins de bois dur étayés de branches minces, des fibres tressées et de la glaise pour boucher les interstices, quelques couches de feuilles de palmier posées à même les pignons, et voilà le travail...

Sous cette hutte, elle le faisait asseoir dans une cuve en bois et, avec cet effroyable savon à l'huile de coco et à la cendre que l'on fabriquait à Tonu'Ata, elle lui frottait les cheveux, le visage et tout le corps jusqu'à le faire gémir. Mais le soir, le vent soufflait de la fenêtre comme une caresse fraîche et apaisante, et ils étaient heureux...

Ron repensa alors aux quelques feuilles couvertes de l'écriture du père Richards, dont l'encre avait pâli : « Que celui qui trouve ces feuilles soit béni et ait foi en Notre-Seigneur... » Il connaissait ces phrases par cœur : « Une année s'est écoulée, une année heureuse et bien remplie. Ils ont appris à prier et à cultiver un champ. Quant à moi, j'ai sculpté le bois et tressé les fibres végétales sous leur direction, et j'ai baptisé leurs nouveau-nés. Mais un soir, le chef m'a demandé : " Qui est donc ton Dieu, et que veut-il de nous ? " Alors, j'ai compris que j'avais perdu mon année. Peut-être est-ce la raison pour laquelle mon cœur est malade. Pourtant, je partirai d'ici avec tristesse. Je me plaisais parmi ces hommes, même si je n'ai pas su leur transmettre ma foi en Dieu... »

Pauvre père Richards ! Ron l'imaginait assis dans la hutte, écoutant anxieusement les battements de son cœur, sa vie ne tenant plus qu'à un fil...

Depuis que l'on avait apporté la « civilisation » dans les mers du Sud, les Eglises avaient construit des chapelles et des missions partout où elles avaient découvert des huttes indigènes. Sur les îles Tonga, quatre-vingt-dix-neuf pour cent des habitants avaient été convertis au christianisme. Les frères et les pères avaient vraiment accompli un travail colossal. A Tonu'Ata, néanmoins, malgré les patients efforts du père Richards, seuls trois hommes s'étaient intéressés au contenu de son petit livre noir... Peut-être Dieu n'avait-il pas accordé suffisamment de temps au père Richards. Ou peut-être avait-il d'autres projets pour les habitants de Tonu'Ata ?

Ron, lui aussi, aspirait à rester sur l'île. Il y vivait heureux, comme le père Richards autrefois. Certes, il semblait parfois faire tout pour remettre ce bonheur en question, comme en ce jour où il était retourné dans la baie – mais un bonheur sans nuages, cela existait-il ?

Toutes ces pensées furent noyées dans un violent gargouillement. Avec une énergie irrésistible, Tama lui avait calé la tête contre les genoux, puis elle la redressa et commença à lui frotter vigoureusement les cheveux pour les sécher.

« Et les femmes de là-bas, Owaku ?

– Quelles femmes ? hoqueta-t-il, à moitié étouffé.

– Vos femmes. Ont-elles des cheveux clairs comme les tiens ?

– Certaines, oui.

– Et des yeux clairs ?

– Pas toutes – d'autres ont les yeux sombres.

– J'aime les cheveux clairs. As-tu eu beaucoup de femmes, Owaku ?

– Pas mal. » Elle lui avait déjà posé cette question des centaines de fois.

« Et des enfants ?

– *Ikai.* »

Cette question-là aussi, elle la lui reposait toujours, peut-être pour le plaisir de l'entendre répondre *ikai*, « non » en tongaïen. Elle appuyait maintenant la tête de Ron contre son giron pour essuyer les dernières gouttes d'eau dans ses cheveux. Cela aussi, il l'avait déjà vécu dans la hutte du père

Emmanuel. Il se souvenait même du gecko qui les observait du haut d'une poutre, comme si ce spectacle l'amusait.

« Owaku, j'ai faim.

– Moi aussi.

– Viens, on rentre... »

En fin d'après-midi, le temps était devenu orageux; des tourbillons de poussière balayaient la place du village. Pourtant, comme toujours à la tombée de la nuit, la lueur vacillante des foyers où l'on préparait les repas perçait l'obscurité, et le sable était doux et tiède comme du velours sous les pieds nus de Ron.

Leur maison était à la lisière ouest du village, un peu à l'écart des autres. Elle s'élevait dans une clairière au milieu des cocotiers. L'entrée donnait sur la lagune et le grand chenal qui s'ouvrait dans la barrière extérieure de récifs. C'était le plus grand *fale* du village. Ron l'avait bâti avec des troncs de bois dur. Deux séries de solides piliers en ciment formaient les fondations, protégeant l'intérieur de la vermine, des cafards et des petits tourbillons de sable apportés par les alizés. De plus, le ciment maintenait au sol une fraîcheur agréable. A droite du *fale* s'élevaient l'atelier de mécanique et le bâtiment destiné à abriter plus tard l'infirmerie.

L'ensemble, y compris la station radio, était enclos d'un mur en blocs de basalte renforcés au ciment. Ce mur n'était pas censé isoler Ron et Tama des autres habitants; il protégeait simplement du vent le jardin, où poussaient des haricots, des tomates, des patates douces, des arbustes et des fleurs. Ron avait dû y déverser plusieurs tombereaux de terre pour fertiliser le sol. Pour construire le mur, il avait rapporté de Papeete cette sacrée machine à ciment dont le moteur se détraquait continuellement.

A cet instant, Tama lui tenait la main, et comme toujours à ce contact, il éprouvait le sentiment d'une harmonie tacite. Puis elle se leva et pressa l'interrupteur de l'entrée. La lampe de l'escalier s'alluma. Le buisson d'hibiscus qui poussait devant l'entrée s'illumina et ses feuilles prirent un ton vert vif qui semblait presque artificiel.

Les piles du générateur au lieu du feu et des étincelles... Ce générateur était l'une des merveilles qu'ils avaient ramenées du monde lointain de Papeete ; autrefois, il comblait Ron de fierté. A grand renfort de gestes et avec toutes les bribes de dialecte tongaïen qu'il connaissait alors, Ron avait tenté d'expliquer aux habitants de l'île les bienfaits du progrès technique : « Cette chose-là, c'est un moteur, comme dans mon bateau... et ça, c'est le carburant du moteur. On appelle ça le diesel. C'est la *mana*, la puissance du moteur qui se répand dans ces petites boîtes noires – les piles. Et ça, là, ces fils métalliques, ce sont les tuyaux dans lesquels la *mana* circule pour se transformer en lumière dans ces ampoules en verre. »

Ils en étaient restés bouche bée. Les enfants voulurent toucher les fruits en verre blanc et retirèrent leur main avec effroi. Cependant, Tama n'avait pas prononcé un mot et son visage était resté serein, aimable et parfaitement inexpressif.

« Alors, Tama ? Qu'est-ce que tu dis de ça ? »

Après tout, n'avait-il pas installé plusieurs prises de courant dans la cuisine ? Maintenant, ils avaient un réfrigérateur, une cuisinière et un gril électrique au lieu d'un simple foyer creusé à même le sol ! Quand il pensait à leur vie dans la hutte du père Richards – mon Dieu, elle aurait pourtant dû être contente ! Elle aurait même dû lui sauter au cou !

Mais elle ne lui sauta pas au cou. « *Pretty complicated.* » Elle parlait alors déjà mieux anglais que lui ne saurait jamais parler le tongaïen. « Plutôt compliqué, tu ne trouves pas ? » Toute cette merveilleuse installation avec son générateur GM, ses piles, ses câbles, ses branchements, et le projet de Ron d'électrifier tout le village à l'aide d'une station de pompage, en premier lieu l'infirmerie, où l'électricité serait vitale – tout ce déploiement ne lui arrachait rien de plus qu'un *pretty complicated*...

Rassemblés en cercle autour de lui, les villageois le regardaient avec un sourire bienveillant. Lui, cependant, avait l'impression d'être un petit garçon auquel ses compagnons de jeu disaient qu'il pouvait s'amuser tout seul, car son jouet était sans intérêt et bête par-dessus le marché. Somme toute, ils étaient heureux et satisfaits avec leurs *umus*, ces fours en terre creusés dans le sol, et leurs lampes à huile. Et Tapana, le chef, avait tranché : pas d'électricité, sauf dans son *fale* et dans celui de Ron...

Ils se couchèrent tôt ce soir-là. Ron écouta le bulletin météo où il entendit pour la première fois parler d'un « avertissement concernant la tempête qui se préparait ». Un ouragan était passé au large des îles Vava'u. La force du vent était estimée entre cinq et six. Eh bien, ce n'est pas si terrible que ça, pensa Ron. Et si l'ouragan se dirige vers Tonu'Ata, il s'affaiblira en chemin. Il remarqua cependant que le vent était plus fort ce soir-là : son chant près de la barrière de récifs s'était mué en un grondement d'orgue.

Comme d'habitude, il fit sa ronde autour de la maison pour vérifier que les portes et les fenêtres étaient fermées et les verrous poussés. Il consolida une partie du toit de l'atelier en l'arrimant au sol avec des cordes et se répéta ce que l'on dit toujours dans ce genre de situation : « Bon, ça ne sera sûrement pas si terrible que ça... »

96

En effet, la tempête n'éclata pas cette nuit-là, mais Ron fit un cauchemar. Il rêvait rarement, presque jamais en fait, des événements qui avaient précédé sa vie à Tonu'Ata. Dans ce rêve-là, il se voyait devant la fenêtre d'un grand bureau, d'où il observait la rue en contrebas. Sur un bureau, un ordinateur dévidait de longues colonnes de chiffres en s'arrêtant de temps à autre. Puis la porte s'ouvrit et une voix de jeune fille dit : « Je viens de faire du café, monsieur Hamacher. En voulez-vous une tasse ? » Il répondit : « Non merci », sans même se retourner, puis il se remit à observer la rue, qui débouchait sur une place. Des autos roulaient vers cette place et de nombreux piétons marchaient dans la même direction. Il n'était pas très éloigné d'eux car son bureau n'était qu'au deuxième étage, pourtant ils lui paraissaient étrangement lointains et lui-même avait l'impression de venir d'une autre planète. Ces gens étaient tous chaudement habillés et marchaient rapidement, les mains dans les poches de leur manteau. Il voyait la vapeur blanche de leur respiration. Il devait faire très froid.

Soudain, comme sur l'ordre d'un metteur en scène invisible, voitures et piétons s'immobilisèrent. Les voitures qui essayèrent de faire demi-tour calèrent aussitôt. Juste au-dessous de Ron, une grande Mercedes bleue avait embouti la voiture qui la précédait. La portière s'ouvrit à la volée et un gros homme en jaillit, tirant une femme derrière lui. Sur le trottoir, les gens avaient fait demi-tour et commençaient à courir.

Ron tourna les yeux vers la place. La rue baignait dans une lumière grise. Soudain, il vit l'eau. Une vague gigantesque. Elle avait déjà atteint et balayé les feux de circulation. Sur la crête de cette vague se tenait un être spectral, long et maigre, qui paraissait tout en tendons et en cuir brun. Ron distinguait déjà sa tête, une figure grimaçante et ridée à la bouche édentée. Ses yeux étaient cerclés de rouge. Le diable chevauchant la vague. Il se tenait de côté, les jambes écartées, comme sur une planche de surf. Son bras droit était levé et il le pointait vers Ron : « C'est bien ce que tu voulais, Owaku ! Mais tu n'y arriveras jamais. Jamais !... »

Alors, la vague s'abattit sur la rue, la noyant dans un brun-rouge sale. Et Ron savait que les ombres nageant sous ce brun étaient des requins...

Son propre hurlement l'effraya. Il se réveilla en sursaut et s'assit dans son lit. La pièce était plongée dans l'obscurité. Il cherchat à tâtons la carafe d'eau qui était toujours posée sur une petite table à côté du lit. Elle n'y était pas, mais sa main rencontra les cigarettes et le briquet.

La tempête malmenait le toit, hurlait dans les arbres et secouait les palmiers. Le vent produisait un sifflement strident et métallique qui enflait et s'apaisait tour à tour, avec le grondement sourd de la mer en contrepoint.

Ron sentait un élancement aigu à l'arrière de son crâne. Et dire qu'il avait cru en avoir terminé avec ces histoires ! Les requins... L'eau... Nomuka'la... Ils ne le laisseraient donc jamais en paix ?

Il tâtonna dans le lit à la recherche de Tama, sentit la chaleur de sa peau et étreignit son bras. *Tu n'as pas le droit, Owaku... Tu le sais bien.* Oui, il le savait, mais il avait quand même plongé. Elle lui avait pardonné parce qu'elle l'aimait et elle lui avait dit : « Je le savais, Owaku... » Elle avait également deviné qu'il avait rencontré le requin...

Et maintenant, ce cauchemar... Que se passait-il donc sur cette île de malheur ? Et lui, qu'allait-il devenir ? Les autres vivaient dans leur monde d'esprits. Tama elle-même... Il aurait beau se bercer d'illusions, ce cauchemar resurgirait toujours sous une forme ou une autre. Si seulement il avait pu en parler avec quelqu'un qui pensait comme lui, qui était nourri de la même culture, une culture dans laquelle il n'y avait de place ni pour les esprits ni pour les charlatans qui vous poursuivent en rêve et vous ôtent le sommeil... Si seulement Jack vivait encore ! Avec lui, il pouvait parler de tout... mais il n'y avait plus de Jack Willmore.

N'importe qui, pensa-t-il. Si seulement ce Français de malheur pouvait repasser par ici ! Quelqu'un comme lui, qui croisait toute l'année entre les îles, devait savoir à quoi s'en tenir sur ces histoires de fous.

Mais peut-être Gilbert Descartes était-il lui aussi mort depuis longtemps...

Dans la cuisine, Tama battait de la crème de coco et préparait un homard pour le dîner. L'émetteur à ondes courtes de ROM-Tahiti diffusait de la musique classique. C'était un concerto pour violon de Mozart, et Ron avait peine à s'en détacher pour aller chercher chez Lanai'ta les racines d'ignames dont elle gardait toujours une provision.

Lorsque Jack vivait encore, ils avaient souvent mangé ensemble, et maintenant, Lanai'ta invitait encore Ron et Tama de temps en temps. Ces soirs-là, ils s'asseyaient devant l'entrée de son *fale*, sous un grand arbre à pain. Mais ces soirées étaient devenues rares. Cuisinière émérite, Lanai'ta aidait souvent Tama, mais depuis quelque temps, elle semblait souhaiter de plus en plus garder ses distances, tout en veillant à ne pas blesser son entourage.

De son côté, Ron l'aidait comme il le pouvait. Il avait réparé le toit de son *fale*, construit une étable pour ses chèvres et installé une nouvelle antenne radio lorsqu'une branche arrachée par la tempête avait détruit celle que Jack avait posée.

Lanai'ta aimait elle aussi la musique occidentale, mais

elle passait également de longues heures à écouter la radio sur des stations australiennes ou néo-zélandaises pour améliorer son anglais. Elle écoutait même des conférences dont elle comprenait à peine le contenu. Tama et Ron avaient longtemps essayé de deviner pourquoi elle faisait cela. Finalement, ils étaient arrivés à la conclusion que les voix lui rappelaient Jack. Peut-être s'imaginait-elle que ces voix avaient un lien avec lui...

C'était justement là le problème : chez Lanai'ta, le souvenir de Jack et tout ce qui l'évoquait tournaient à l'obsession. Tous les jours, elle décorait sa tombe avec des fleurs nouvelles. Elle vouait aussi un véritable culte à tous les objets qui lui avaient appartenu, par exemple ses quatre livres : deux romans policiers bon marché, le livre de bord de l'hélicoptère Puma et un roman de James A. Mitchener qui se déroulait dans les mers du Sud. Les shorts kaki et les chemises de Jack pendaient dans une armoire, régulièrement repassés comme s'il allait revenir d'un moment à l'autre. Elle avait même récupéré dans l'épave rougeoyante du Puma le manche et le tableau de bord, qui avait fondu. Avec ces instruments et d'autres objets, elle avait dressé dans un coin de son *fale* une sorte de châsse à reliques dont la vue mettait les visiteurs mal à l'aise. Ce coin sombre où s'entassaient les pièces fondues, cabossées et dérisoires de l'hélicoptère, l'étui à cigarettes de Jack, ses lunettes de soleil et une foule d'autres objets, c'était la zone malsaine dans laquelle Lanai'ta se retirait de plus en plus souvent, comme un animal blessé dans la tanière où il espère trouver un dernier refuge.

« Laisse-la, disait Tama, je lui parlerai, mais le moment n'est pas encore venu... »

Ron était du même avis. Peut-être n'était-ce pas encore le moment... Peut-être aussi la lâcheté ou la peur d'enfoncer encore Lanai'ta dans son isolement par des paroles mala-droites les retenaient-ils d'aborder ce sujet avec elle. Elle avait pratiquement cessé toutes relations avec les villageois, et comme toujours dans de telles situations, ils l'acceptaient sereinement, avec ce respect pour la vie d'autrui qui n'était pas pour autant un manque de compassion.

En traversant son jardin, Ron eut soudain une idée. Il fit demi-tour et courut à l'atelier où il ouvrit un tiroir. L'écorce de noix de coco sur laquelle il avait commencé à travailler trois mois auparavant restait là, oubliée depuis quinze jours. Il l'avait polie puis percée pour glisser à l'intérieur un grelot qu'il avait retrouvé parmi les marchandises achetées à Papeete. Le grelot tintait lorsqu'on faisait rouler la noix de coco.

Accroupi dans son parc, Jacky, le fils de Jack, jouait avec la demi-douzaine de coquillages que Ron lui avait apportés la semaine dernière. Ron lui avait également offert un jeu de construction en bois qu'il avait peint de couleurs vives, mais le petit préférait visiblement les coquillages. Lorsqu'il vit Ron, Jacky battit des mains, courut à la grille de son parc avec une grimace de joie et trompetta : « Waku-Waku-Waku !

– Eh bien, petit roi... »

Il le souleva et Jacky se mit à gigoter dans ses bras, nu et joyeux. Il était étonnamment grand pour ses deux ans et demi et sa peau paraissait plus rouge que celle des autres enfants de Tonu'Ata. Il avait des cheveux sombres et, comme son père, des yeux d'un brun chaud. Jacky avait su marcher très tôt et il n'aurait eu aucune difficulté à escala-der son parc pour aller jouer avec les autres enfants, ou se faire dorloter par les femmes, les jeunes filles ou même les hommes de la tribu. A Tonu'Ata, les enfants étaient partout chez eux. Ils pouvaient jouer, manger ou dormir où ils le voulaient.

Pourtant, Jacky restait dans son parc, où il babillait les mots de tongaïen et d'anglais que sa mère lui apprenait. Ron se demandait parfois si Lanai'ta lui avait interdit d'aller voir les autres enfants ou si Jacky avait deviné d'instinct sa répugnance pour les contacts humains.

Il poussa la boule vers le petit : « Regarde : elle sonne ! »

Jacky laissa tomber ses coquillages et se jeta sur elle avec un cri de joie. Il la souleva, la lança en l'air et la fit rouler – et la boule sonnait sans discontinuer.

Satisfait, Ron se dirigea vers le *fale* de Lanai'ta... Il fallait absolument qu'il lui parle, ne serait-ce que pour Jacky ! Une obscurité fraîche et apaisante régnait à l'intérieur. Pourtant, comme à chaque fois qu'il en franchissait le seuil, Ron éprouva un sentiment de malaise.

« Bonjour, Lanai'ta ! Je te dérange ?

– Oh non, pourquoi ? »

Tournant le dos à la porte, elle était accroupie dans ce maudit coin à reliques, où elle semblait ranger quelque chose.

« C'est Tama qui m'envoie...

– Oui, je sais... J'ai préparé les ignames. Mais assieds-toi, j'arrive tout de suite. »

Ils parlaient anglais quand ils étaient ensemble, sur la demande de Lanai'ta. Jack était néo-zélandais, et Lanai'ta avait conservé sa prononciation douce qui semblait polir les syllabes. Elle parlait anglais avec plus d'aisance que Tama, probablement en raison des longues heures qu'elle passait à écouter la radio. Ron vit qu'elle s'apprêtait à disposer un vase rempli d'hibiscus sur une petite table carrée – la table sur laquelle était disposé le manche à balai de l'hélicoptère...

Il s'assit et l'observa. Lanai'ta avait le même corps élancé et harmonieux que sa sœur. Chez elle aussi, les cheveux noirs et brillants tombaient en molles ondulations jusqu'aux hanches, et Tama aurait pu se tenir ainsi dans cette semi-obscurité. La ressemblance entre les deux sœurs avait déjà amené Ron à se demander ce qui se serait produit si autre-fois Tapana lui avait envoyé Lanai'ta au lieu de Tama. Dans sa détresse et sa solitude, il avait été entièrement dispo-nible et si reconnaissant de chaque présence... Mais à l'époque, l'un des fils d'Antau briguait la main de Lanai'ta. Ron en avait plus d'une fois remercié le destin...

A ce moment, Lanai'ta se tourna vers lui. Elle était de deux ans plus jeune que Tama, mais son visage semblait plus mûr que celui de sa sœur.

« Ecoute, Lanai'ta, Tama pense que nous pourrions de nouveau manger ensemble. »

Tama n'avait certes rien dit de semblable, elle était aussi épuisée que lui ce jour-là, mais il se devait de prononcer cette phrase, ne serait-ce que pour voir la réaction de Lanai'ta. Puis les mots lui vinrent soudain aux lèvres.

« Lanai'ta... Lanai'ta, je voudrais te demander quelque chose.

— Quoi donc ?

— Ecoute, Jack était aussi mon ami. Je le connaissais très bien. Je savais ce qu'il pensait. Crois-tu vraiment que cela lui plairait... je veux dire, crois-tu que ce serait dans sa manière de voir les choses que tu te... comment dire – que tu te retires du monde, que tu t'isoles comme tu le fais ? »

Sa réponse le surprit. « Non », fit-elle. Elle le dit en dia-lecte tongaïen : *Ikai*.

« Alors pourquoi... ? »

Elle éleva la main : « S'il te plaît, Ron... je ne veux pas en parler.

— Pourtant, il faut que nous en parlions.

— Oui, je sais... » Elle hocha solennellement la tête. Ron vit ses lèvres remuer pour chercher les mots. Des larmes brillaient dans ses yeux. Il sentit son cœur se serrer.

« Tu as raison, Jack penserait sûrement la même chose...
mais...

— Oui ?

— Je ne peux pas, Owaku, pas encore... Je n'en suis pas
encore capable. »

Ron hocha la tête. Il butait toujours sur le même obstacle.

Dans l'angle de la pièce, l'étui à cigarettes de Jack luisait.
Soudain, une violente fureur s'empara de Ron. Pourquoi ne
balançait-il pas tout ce fourbi par la fenêtre et ne prenait-il
pas Lanai'ta par la main pour les emmener, elle et le petit,
dans sa propre maison ? Jack aurait certainement souhaité
qu'il agisse ainsi...

Je suis trop lâche, voilà, pensa-t-il. Et il y a encore autre
chose : si Lanai'ta était une *Palangi,* tout serait plus facile, car
elle penserait comme Jack et moi. Je saurais trouver les
arguments pour la convaincre, je pourrais jouer au psycho-
logue. Mais là... que puis-je donc faire, Jack ? Tu sais bien
toi-même ce que c'est : ils ont le culte des morts dans le sang
depuis des siècles, peut-être même depuis des millénaires.
Tout est pêle-mêle dans la pauvre tête de Lanai'ta : son
amour pour toi, ce terrible amour, l'incapacité à faire le travail de deuil et toutes ces superstitions stupides qu'on lui a
inculquées... Il faudrait tout simplement que je lui force la
main. Il n'y a pas d'autre solution...

Mais que faisait-il ? Rien...

« Nous en reparlerons, dit-il. Ne serait-ce que pour le
petit.

— Il va bien.

— Bien sûr... bien sûr. »

Elle lui donna les ignames. Il chercha une manière cor-
recte de prendre congé, et une idée lui vint.

« Lanai'ta, j'ai failli oublier de te le dire : aujourd'hui,
nous sommes allés chercher du bois dans la baie avec le

Paradis, et nous avons trouvé des troncs de tiuna, une ving-
taine de très beaux troncs.

– Oui, Owaku. »

Oui, Owaku. C'était tout ce qu'elle avait à dire, bon
sang ?

Il se maîtrisa : « Tu peux aller prévenir ton père, s'il te
plaît ? Les troncs sont dans la petite crique juste en contrebas de la falaise. Il pourrait y envoyer quelques hommes dès
aujourd'hui pour arrimer les troncs, sinon la marée risque
de les emporter. Veux-tu me rendre ce service ? Tu peux
nous laisser le petit. »

De nouveau, ce hochement de tête. « Non. Je prends
Jacky avec moi. »

Il lui posa la main sur l'épaule. Elle baissa les yeux. Il
aurait aimé l'attirer à lui et la caresser, mais il sentit sa tension, sa résistance, et il préféra s'abstenir.

Au moins, Tapana pourrait jouer aujourd'hui avec son
petit-fils...

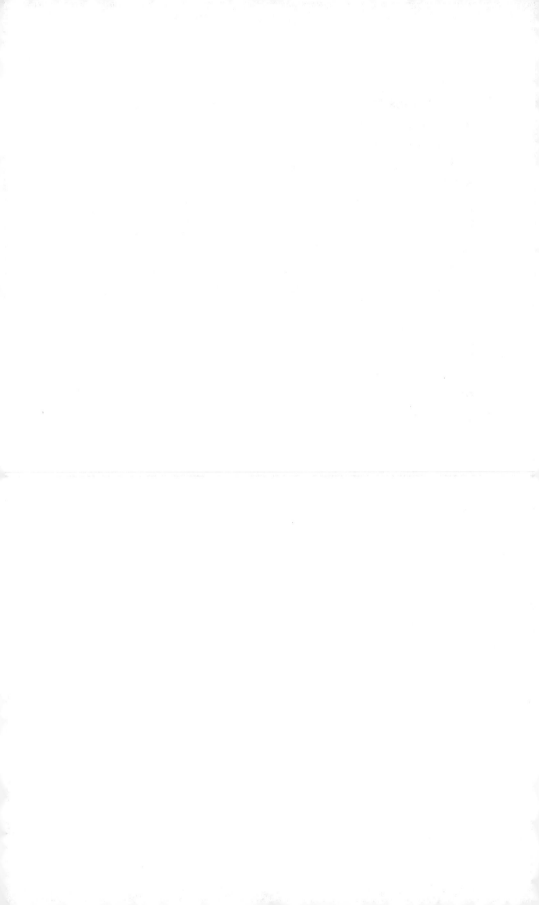

Chapitre 4

Au lendemain de la tempête, l'homme qui occupait l'imagination de Ron depuis deux ans se tenait sur le quai de Puerto de Refugio, le port de l'île Vava'u. Il surveillait deux travailleurs qui manœuvraient une grue pour déposer une plate-forme à terre. Douze petites caisses de lait en poudre étaient entassées sur cette plate-forme.

Gilbert Descartes souleva les caisses sans la moindre difficulté. C'était une véritable montagne humaine, avec une abondance de chair et de muscles qui rappelait un sumo japonais. Ce n'était pas un hasard : dans sa jeunesse, Descartes avait été champion de France de judo. Il entassait et arrimait les lourdes caisses dans la cale de son bateau avec une aisance stupéfiante.

Terminé ! Gilbert Descartes enjamba le pont arrière, atterrit sur le quai, se retourna et, les poings sur les hanches, considéra son bateau d'un œil critique. Il avait plutôt bonne allure. Tout était bien arrimé et la poupe pas trop enfoncée, juste ce qu'il fallait par mauvais temps.

D'une certaine manière, le bateau ressemblait à son propriétaire : son âge était devenu indéfinissable. Dans les années vingt, des cotres du même genre assuraient déjà le transport du coprah entre les îles. Celui-là donnait l'impression d'avoir été transformé et réparé une bonne douzaine de fois, mais les détails de ces transformations disparaissaient sous une épaisse couche de peinture d'un noir verdâtre. Le mât, que l'on pouvait équiper d'une brigantine ou d'une voile d'étai, était court et ramassé. Comme tout à bord de ce bateau, il semblait extrêmement solide et puissant. Sur la proue, on lisait en caractères blancs, dans une écriture assez malhabile : L'ECOLE II.

Lorsqu'on demandait à Descartes pourquoi il avait donné un nom aussi bizarre à son bateau, il répondait avec un large sourire que celui qui naviguait à son bord découvrait la « seule véritable école de la vie ». Mais ce n'était là qu'une partie de la vérité. L'*Ecole II* était un souvenir du lycée de Lyon dans lequel, il y avait très longtemps de cela, Gilbert Descartes avait enseigné la philosophie. Pendant plusieurs années, il s'était évertué à dévoiler le noble univers de la pensée à des jeunes filles, ou plutôt à une bande de petites diablesses ignares qui avaient tout autre chose en tête. Ses efforts méritoires lui avaient valu le surnom de « Descartes », car le modèle de la raison cartésienne était au centre de son cours. Mais comme lui-même n'était pas un cartésien pur et dur, son exclusion du corps enseignant ne tarda pas, ce dont le contenu de son cours était moins responsable que Paulette, une lycéenne de seize ans incroyablement jolie et précoce...

Cet échec retentissant fut suivi d'une période frénétique et plutôt confuse, au cours de laquelle sa connaissance des philosophes lui apporta un certain réconfort. Finalement, il y avait déjà quinze ans de cela, Gilbert Descartes avait découvert les mers du Sud et, parmi leurs milliers d'îles, sa terre d'élection, qui devint sa seconde patrie : Puerto de Refugio, sur l'île de Vava'u. Puerto de Refugio portait bien son nom. Le capitaine d'une galère espagnole qui faisait le trajet entre Manille et le Mexique avait découvert par hasard ce merveilleux bassin naturel protégé par des falaises de craie comme un gigantesque fjord d'un bleu scintillant. Le port et sa ville, Neiafu, offraient tout ce qui, selon Descartes, était indispensable pour survivre sur une île : un bureau de poste où l'on pouvait commander des livres, des habitants aimables qui vous laissaient en paix et ne vous posaient pas de questions stupides, des bars bien approvisionnés et une succursale de Burn Philps qui fournissait tout le matériel nécessaire au commerce. Lorsque Burn augmentait ses prix, on pouvait toujours s'adresser à la coopérative de Tonga. Bien sûr, c'étaient des truands, mais après avoir fait un esclandre, Descartes avait toujours eu droit à des prix d'ami.

Quand il voulait faire un bon repas, il se rendait dans l'une des pensions de Neiafu, au restaurant La Mer, où l'on pouvait manger les meilleurs poissons, ou au Tonga Beach-Resort, dont le patron, un Autrichien nommé Günther, servait des *Apfelstrudel* fabuleux.

Il y avait même un cinéma sur la plage. Lorsqu'on y passait un film français des années cinquante ou soixante, on était sûr d'y trouver Gilbert Descartes. A la fin de la séance, son visage rond était éclairé d'un sourire enfantin, il essuyait ses lunettes en rêvant au film qu'il venait de voir...

Mais dans l'immédiat, il lui fallait renoncer à Neiafu et à ses distractions. L'*Ecole* l'attendait. Il naviguerait pendant trois semaines, voire un mois. C'était son premier trajet important depuis plusieurs années...

Descartes fit demi-tour et roula un peu les épaules pour se détendre. Il contempla avec amour le quai, la baie, les bateaux et les maisons du port, puis jeta un regard méprisant vers le cargo de la Warner Pacific ancré devant le môle principal. Le temps ne lui disait rien qui vaille. Cette brume laiteuse qui semblait s'épaissir vers le nord-ouest, dans la direction de Mangia, ça ne promettait rien de bon ! De plus, il faisait une chaleur étouffante.

Il repartit d'un pas lourd. Depuis trois ans, tout le monde à Neiafu connaissait sa démarche – un étrange dandinement sur la plante des pieds, les orteils tournés vers l'extérieur et le buste penché en avant.

Tout avait commencé, trois ans auparavant, par un gag plutôt éculé : il avait glissé sur une peau de banane à bord de son bateau et s'était ouvert le genou gauche à l'angle d'une caisse. Il avait dû se faire opérer à l'hôpital du Roi Taufa' ahau Tupou de Pangai. Le jeune chirurgien allemand de Pangai avait certes fait de son mieux, mais Descartes boiterait toute sa vie.

Après sa sortie de l'hôpital, il passa deux ans à jouer au moniteur de voile et au guide. Il emmenait dans sa vieille Jeep des Français, des Allemands, des Australiens et des Japonais au mont Talau, aux sources de Makave, sur les plages de Holonga et dans la ferme de la mission de Tuafa, où l'on cultivait la vanille. Quant aux gens du port, ils ne souriaient plus en voyant Descartes. Un homme qui boite ne manque pas d'une certaine dignité...

Puis il s'était senti suffisamment rétabli pour repartir sur l'*Ecole*. Il n'aurait pas besoin de se déplacer beaucoup à bord ; si seulement ces sacrées douleurs le laissaient en paix, tout irait bien...

Descartes se dirigea vers le grand bar d'Olga. Ce jour-là, l'équipe habituelle était au complet. Il y avait là les deux insulaires qui travaillaient comme chauffeurs de camions pour le compte des plantations locales de canne à sucre et de vanille, Bannister, le directeur du centre des arts appliqués, le verre à la main comme d'habitude et déjà à moitié ivre, Morris, le vendeur de chez Burn Philps et Toni, un garçon de l'île qui faisait les livraisons par bateau de Burn Philps. Toni n'avait pas encore dix-neuf ans et il était très fluet, mais c'était déjà l'un des meilleurs navigateurs de l'île. Assis devant le poste de télévision installé au-dessus du bar, il fixait l'écran, la bouche légèrement entrouverte et avec une expression aussi recueillie que s'il assistait à la messe.

Hans, un jeune Allemand, se tenait derrière le bar. C'était lui qui faisait cuire le pain de l'établissement, permettant à Olga d'approvisionner tout Neiafu et les équipages de yachts. A cet instant, il servait des demis pression.

« Un pour toi aussi, Gilbert ? »

Descartes hocha la tête et songea aux caisses entreposées dans la cale de l'*Ecole*. Il n'en déchargerait pas à Tonu'Ata. En revanche, il viderait quelques canettes avec le vieux chef. Ce Tapana, c'était quelqu'un ! Il descendait tranquillement ses bières tout en interdisant aux autres d'y toucher, car cette... comment s'appelait-elle, déjà, cette déesse de Tonu'Ata ?... ah oui, car Onaha avait décidé que ce que le grand chef peut se permettre n'est pas forcément bon pour les autres...

« Là ! » Hans poussa la bière vers lui. Descartes essuya un peu de mousse qui débordait et but voluptueusement sa première gorgée. Il était heureux de revoir bientôt Tonu'Ata. Ils en feraient une tête, quand ils le verraient débarquer ! Est-ce qu'ils avaient toujours le même genre de vie ? L'île était-elle toujours inconnue ? Lui-même n'en avait soufflé mot à personne et, à sa connaissance, le nom de l'île n'était apparu ni sur les cartes de navigation ni dans les bulletins d'informations diffusés sur les ports.

« S'il te plaît, ferme la porte, Toni », fit Hans.

Bannister s'était rapproché de la télévision, son verre de gin à la main. Les autres hommes s'avançaient également, formant un demi-cercle. Tous avaient le même sourire idiot.

Cependant, Toni ne bougeait pas d'un millimètre. Que regardaient-ils donc avec cet air béat ? Descartes leva lui aussi la tête vers l'écran, puis il ôta ses petites lunettes rondes cerclées de métal, les remit comme s'il voulait s'assurer qu'il avait bien vu, et tous hurlèrent de rire.

Sur l'écran de télévision, on voyait une piscine, et au bord de cette piscine, renversée sur une chaise longue, une blonde opulente et nue s'employait à satisfaire trois hommes bruns tout aussi nus qu'elle...

« Pornos du matin, plus d'chagrin ! » cria Morris en levant son verre.

Personne n'avait jamais vu d'être de sexe féminin sur l'*Ecole* de Descartes, mais les jolis garçons de l'île ne semblaient pas l'intéresser non plus. Que fabriquait-il, alors ? A vrai dire, toutes sortes de rumeurs couraient sur Gilbert Descartes. On racontait entre autres qu'il n'avait pas seulement été professeur, mais qu'il s'était aussi engagé dans la Légion étrangère. On prétendait qu'il avait combattu en Indochine dans une unité spéciale, mais au fond, personne ne voulait croire à de telles histoires. Et puis, il y avait cette croix qu'il portait au cou : c'était peut-être un ermite ou un saint un peu excentrique...

« Ben dis donc, regarde-moi ça, Gilbert ! » Morris, qui ne buvait que de la limonade, avait la même lueur dans les yeux que les autres : « Tu as vu tout ce qu'elle sait faire ? Et vise un peu ces pare-chocs !

– Je ne vois rien du tout. » Gilbert Descartes avait repris sa Heineken. « Je ne vois qu'un organe et un tas d'idiots qui ne sont pas fichus de faire quoi que ce soit de valable. »

Les uns éclatèrent de rire, les autres restèrent stupides. Quant à Hans, il hocha la tête d'un air résolu et éteignit le poste. « Gilbert a parfaitement raison.

– Oh non, laisse ! » supplia Toni. Il se frotta les yeux comme s'ils étaient fatigués d'avoir trop fixé l'écran.

« Oui, fit Gilbert. Rallume, mais pas la vidéo. Peut-être qu'il y a la météo sur une des chaînes.

— Dis donc, tu as drôlement chargé ton *Ecole*, lança Morris. Tu veux vraiment sortir aujourd'hui ?

— Pourquoi pas ?

— Pourquoi ? Parce qu'une tempête se prépare.

— Et alors ? » Descartes eut ce sourire qui n'appartenait qu'à lui. « T'en fais pas, j'avais remarqué.

— Mais tu n'as pas vu la météo. A Sava'i, ça a bardé. La tempête a soufflé des plantations et des villages entiers.

— Un ouragan ?

— Non. » Morris secoua la tête. « Un orage du tonnerre, avec une tempête en prime.

— Samoa, c'est loin d'ici.

— Ah, tu crois ? Bon, tu sais ça mieux que moi.

— Moi ? » Descartes sourit. « Dieu me préserve de mieux savoir quelque chose que qui que ce soit ! »

Il plongea la main dans la poche de son jean et jeta deux dollars de Tonga sur le comptoir. Hans voulut lui rendre la monnaie, mais Descartes secoua la tête avec un sourire.

« Tu voulais encore regarder le bulletin météo...

— Cela ne changerait rien, de toute façon, répliqua Descartes. Vous ne croyez pas ? »

Ils le suivirent des yeux tandis qu'il clopinait entre les tables vers la sortie. Un drôle de saint ? Peut-être, mais aussi un type bien.

Dehors, le vent s'était levé et rabattait des papiers et du sable sur la jetée. Le cargo blanc de la Warner Pacific lâcha un jet de vapeur que le vent happa aussitôt, le courbant vers l'est.

Gilbert Descartes se dirigeait clopin-clopant vers son *Ecole*...

Le Pai porta la longue-vue à son œil. A l'intérieur du cercle bleuâtre de la lentille, il vit ce qu'il cherchait : la bande grise du môle, les yachts amarrés près des embarcadères et le bateau, ce cotre informe et noirâtre que l'on avait chargé toute la journée.

S'il tournait un peu la longue-vue vers la droite, il pouvait également voir l'homme, un gros à tête chauve. Maintenant, il allait vers son bateau et − enfin ! − il larguait les amarres. Mais il fallait attendre encore un peu. Le temps que Crâne d'œuf traverse le port et atteigne le phare d'Ululei avec son vieux diesel, il y en avait pour une bonne demi-heure. Où irait-il ? Vers Hunga et Tongatapu, ou au nord, vers Vava'u ? Il peut aller où il veut, se dit le Pai, on l'aura ! Satisfait, il rangea la longue-vue dans son étui en cuir et sauta de son rocher pour rejoindre ses hommes. Mais il s'immobilisa brusquement et son visage parut encore plus plat et plus figé que d'habitude. Puis il se mit à hurler.

Quatre hommes surgirent. Ils ne comprenaient pas ce que criait le Pai − c'était probablement du malais −, mais ils n'avaient pas besoin de comprendre car ils savaient ce qui allait arriver. Pourtant, cette fois-ci, ils n'avaient allumé qu'un petit feu, et à l'abri des rochers, parce qu'on ne pouvait pas faire autrement avec le vent qui s'était levé. Les deux cousins de Suva voulaient faire cuire un poulet acheté au supermarché, mais visiblement, cette idée ne plaisait pas au Pai. Il restait immobile et les foudroyait du regard.

Tanoa, le plus jeune des cousins de Suva, piétina le feu pour l'éteindre, mais rien n'y fit : le Pai recommença à hurler. Il était petit, c'était le plus petit de ses compagnons, qui avaient des carrures d'athlètes comme tous les hommes des Fidji. Il était également mince et effilé comme un poisson. Avec son visage de Malais lisse et presque imberbe, il parais-

114

sait encore plus jeune que Levuka, le cadet de la bande, qui avait tout juste dix-huit ans. Mais ses yeux obliques comme ceux des esprits paraissaient sans âge.

« Ici, personne ne peut nous voir. » Ma'afu, un pêcheur de Lautoka, osait au moins dire quelque chose. « Nous avons faim. »

Mais, au même moment, le Pai arrivait sur eux. Ils ne l'avaient même pas vu prendre son élan, et il était déjà en l'air. Sa jambe gauche se détendit et atteignit au menton Levuka, qui atterrit dans un buisson en hurlant. Presque en même temps, la main du Pai décrivit un demi-cercle et frappa Ma'afu à la gorge. Celui-ci s'affaissa sans un murmure.

Ils se regardèrent les uns les autres. Respirant péniblement, Ma'afu se frottait la gorge.

« Bande de singes sans cervelle, grondait le Pai, Dieu seul sait pourquoi je m'occupe de vous. » Il s'exprimait dans un polynésien impeccable.

Le vrai nom du Pai était Ramusa. Il était né à Kukup, un petit village de pêcheurs, à environ soixante kilomètres à l'ouest de la ville de Muar, en Malaisie. Dans sa famille, on était pêcheur de père en fils. Mais tout changea le jour où de grandes firmes de bois arrivées d'abord d'Australie, puis du Japon, construisirent un port et déboisèrent la région. Il n'y eut désormais plus de place pour les pêcheurs. Et comme de nombreux insulaires ne souhaitaient ni abattre des arbres ni mourir de faim, ils trouvèrent de nouvelles prises : les navires !

Ramusa rejoignit une bande de pirates qui attaquaient des bateaux, des fermes, des *kampongs* et des villages isolés. Cette bande était commandée par Hitam, qui devait bientôt devenir célèbre dans toute la région pour sa cruauté. Il achetait le silence de la police et du gouverneur de Muar à l'aide de dessous-de-table.

Au commencement, Ramusa divertit beaucoup les hommes de la bande en leur chantant les psaumes qu'il avait appris à l'école de la mission. Dans la même année, il reçut aussi le surnom de « Kriss-des-deux-mains ». Ramusa pouvait en effet manier le *kriss*, le poignard malais, de la main gauche aussi bien que de la droite. Il le prouva de manière particulièrement spectaculaire au cours d'une nuit de juin, lorsque Hitam et ses hommes attaquèrent un *kampong*.

Sans montrer la moindre trace d'émotion, Ramusa trancha la gorge aux neuf habitants – cinq hommes et quatre femmes – qu'ils avaient faits prisonniers. Ramusa s'occupa d'abord des hommes. Il les saisit par les cheveux, appuya le genou droit contre leur dos, leur tira la tête en arrière et leur coupa la gorge de la main droite. Pour les femmes, il procéda de la même manière, mais cette fois-ci, avec le genou gauche et la main gauche.

Ramusa n'eut pas l'occasion de faire d'autres démonstrations de son habileté. Trois semaines après ce massacre, son groupe fut arrêté par une unité spéciale de la police pendant une visite au quartier chaud de Muar. Hitam avait probablement trop tardé à déposer son enveloppe chez le gouverneur.

Sur les onze hommes de la bande, seul Ramusa réussit à s'enfuir. Il se cacha dans la salle des machines d'un cargo nigérian et parvint à Kuala Lumpur. Comme il avait suffisamment d'argent sur lui, il put s'envoler ensuite pour Papeete, puis pour Nandi, dans les îles Fidji, l'un des grands carrefours du Pacifique.

A Nandi, il vivota pendant un certain temps en travaillant comme docker et comme serveur dans des hôtels miteux, jusqu'au jour où il rencontra les hommes de sa bande actuelle. Tous étaient pêcheurs et fils de guerriers : ils savaient se battre et ils connaissaient bien la mer. Il suffisait d'avoir les bons esprits de son côté ou de prier Jésus et sa mère, comme Ramusa, et une bonne occasion ne tardait pas à se présenter. A Samoa, par exemple, ils avaient eu de la chance à trois reprises et ils avaient amassé un beau butin. Depuis quelque temps, néanmoins, c'était plus calme.

La bande appelait Ramusa « *Pai* », c'est-à-dire « capitaine ». Ce nom lui convenait parfaitement. En effet, tel le chef d'une pirogue de guerre, il ne tolérait pas la moindre contestation, et pour se battre, il était toujours le premier.

Le Pai portait chance à ses hommes, et ils le savaient. Lorsqu'ils auraient liquidé ce gros homme rouge, cet imbécile de *Palangi* qui avait passé toute la matinée à charger des caisses sur son bateau, alors, il y aurait de nouveau des boîtes de nuit, du rock, du whisky, de la bière et des femmes. Oui, des femmes à la pelle...

La station radio de Lifuka avait annoncé la formation d'une zone de basses pressions au nord-ouest, dans la région de Sava'i et de Pago Pago, et prédit du mauvais temps.

Descartes bourra sa pipe. Tant qu'on n'annonçait pas un ouragan, il ne se faisait pas de bile. C'est ainsi que l'*Ecole* poursuivit son trajet vers le nord, en direction de l'équateur.

Ce que Descartes ne voyait pas, et qui l'aurait de toute façon encore moins intéressé que la météo, c'était le bateau de pêcheurs progressant, loin derrière lui, dans le bras de mer entre les îles Utungake et Tuanuku. Ce bateau était couvert d'une couche de peinture sombre, presque bleu-noir, si bien qu'il était difficilement repérable. Il était extrêmement étroit et possédait une étrave élevée. Des deux côtés de la proue, on avait peint un œil rouge et blanc pour chasser les démons.

Cinq hommes étaient à bord. A peine furent-ils hors de

vue du port et des maisons de Puerto de Refugio qu'ils soulevèrent une bâche militaire délavée, faisant apparaître un puissant moteur de hors-bord Johnson et des armes : trois fusils automatiques chinois, une Sten tchèque sur le canon de laquelle un tuyau avait été fixé en guise de silencieux, et un vieux pistolet mitrailleur Browning. Deux pistolets de l'armée étaient rangés dans une caisse de munitions pleine de pièces de rechange, de grenades et de chargeurs.

Les cinq hommes prirent leur armes avec un flegme qui prouvait qu'ils avaient l'habitude de s'en servir. Aucun d'eux ne prononça une parole.

Le Pai portait un bandeau rouge trempé de sueur qui retenait ses longs cheveux noirs et lisses et dissimulait la grande cicatrice mal soignée qui s'étendait de la naissance de ses cheveux à son sourcil droit. Sur sa poitrine frêle, lisse et imprégnée de sueur pendaient trois colliers. Les deux premiers étaient des porte-bonheur en noix de bétel et en dents de requin comme on en voit couramment sur la route de Malaka, et le troisième était une chaîne d'argent à laquelle était accrochée une médaille de la Vierge Marie.

Le Pai était assis près de la proue. Lorsque l'un des hommes lui apporta la Sten, il hocha la tête, enclencha la culasse, vérifia la sûreté et regarda de nouveau devant lui. Ses yeux sombres et obliques, frangés de longs cils, cherchaient le bateau du *Palangi*, ce vieux cotre au nom étrange.

A peine avaient-ils quitté le port que la mer était devenue plus agitée, et leur petit moteur Yamaha devait lutter contre la houle. Devant eux, la grand-voile de l'*Ecole* était gonflée au maximum. Le bateau tourna à tribord, faisant cap vers le nord-est.

Les hommes déposèrent le lourd moteur Johnson près de la poupe.

« Que se passe-t-il, Pai ? »

118

Le Pai ne répondit pas. Il avait posé l'index gauche sur son nez et retroussé la lèvre supérieure. Ils attendirent. Le Pai leur avait appris à être patients, ainsi qu'à survivre et à se battre pour obtenir toutes les choses avec lesquelles les riches se la coulent douce dans les villes et sur les plages : chaussures, vêtements, radiocassettes, bons repas, bière, whisky et filles. On pouvait tout avoir à condition de savoir s'en emparer, de ne pas avoir peur et de posséder les armes et le chef qu'il fallait.

Ma'afu rompit le silence.

« Qu'y a-t-il, Pai ? On ne monte pas le Johnson ? »

Oui, que se passait-il ? Le Pai jura... Où allait donc ce Français ? Pourquoi son rafiot fonçait-il à cette allure ? Il était pourtant chargé jusqu'à la ligne de flottaison !

« Alors, quand est-ce qu'on y va, Pai ? »

On y va ! Que connaissaient ces singes stupides à la stratégie ? Tout ce qu'ils savaient faire, c'était foncer dans le tas ! Cependant, à quatre bons milles marins devant eux, l'*Ecole* maintenait obstinément sa trajectoire, vers le nord. Il n'y avait pourtant rien dans cette direction...

Le Pai leva la main. Cela voulait dire : installez le moteur de hors-bord. Ils le firent en quelques minutes. Mais à quoi bon ? Le réservoir ne pouvait pas contenir plus de cent litres. Si seulement le Français avait obliqué vers le sud, en direction des îles Ha'apai, ç'aurait été un jeu d'enfant de le liquider et de cacher le butin sur l'un des nombreux atolls déserts...

Furieux, le Pai abattit le poing sur le plat-bord.

Le soleil s'était complètement retiré derrière un voile de brume et des montagnes de nuages sombres s'élevaient dans la direction que prenait le Français. Le Pai n'aimait guère cela. Il n'aimait pas plus la haute mer. Son domaine, c'étaient les côtes des îles, les lagunes ou les embouchures de rivières au bord desquelles poussent les mangroves ; c'étaient les routes de navigation de l'Indonésie, où les caboteurs étaient obligés de longer la côte de si près qu'on pouvait les aborder au passage, et les versants montagneux couverts de jungle sur lesquels on pouvait se réfugier après une embuscade. Mais maintenant, le Français était presque hors de vue, ce n'était plus qu'un point minuscule sur la mer houleuse et grise. Et le Johnson entraînait la pirogue toujours plus loin en haute mer.

Lassé de jurer, le Pai se mit à chanter, comme à chaque fois que la colère le prenait à la gorge. Il entonnait alors des psaumes que les pères portugais lui avaient appris dans son enfance. « *Dominum nostrum Jesum Christum Filium tuum* », chantait le Pai. Puis : « Louez le Seigneur, chœurs célestes, louez-le tous, ses anges, louez-le du plus haut des cieux... »

Pourtant, les pieux pères se seraient signés ou même évanouis s'ils avaient pu entendre le Pai altérer leurs textes en y mêlant des mots orduriers. « Jésus t'aime, Musa, lui avaient-ils dit autrefois. Sinon, pourquoi t'aurait-il donné une voix aussi belle ? » « Oui, Jésus m'aime ! » hurla le Pai dans sa langue maternelle. Puis il cria en anglais : « *Fuck me, Jesus !* »

Il éclata de rire tandis que ses complices le fixaient, stupéfaits. Ces bouffeurs de noix de coco n'avaient donc pas encore compris ? « Jésus m'aime ! leur hurla-t-il. Sa mère aussi ! Ils sont en train de faire un miracle pour moi, sous vos yeux ! » Et, de son bras tendu, le Pai désigna le grand yacht blanc qui surgissait, toutes voiles dehors, derrière la pointe orientale de l'île de Hunga, et faisait cap sur Puerto de Refugio.

José Ramon Jimenez avait rêvé de faire un vrai petit déjeuner à Puerto de Refugio, dans l'un des bars que ce gentil couple néo-zélandais rencontré à Pangai lui avait recommandés. Malheureusement, il allait devoir renoncer à son rêve : le vent s'était levé, la mer était devenue houleuse et il n'avait pas particulièrement envie de s'y aventurer avec le catamaran. En face de lui, les contours du mont Ungalafa étaient déjà très distincts. José Ramon Jimenez, commandant de la Marine royale espagnole à la retraite, fit démarrer le moteur de l'*Estrella*. Il vérifia encore le cap et se rendit ensuite sur la plate-forme arrière du grand catamaran. Il était très content, plus même : ce voyage avait été une merveilleuse aventure, comme le couronnement de ce que l'on nomme si volontiers « une carrière bien remplie ». De quoi pouvait-il d'ailleurs se plaindre ? Le commandant avait passé de nombreuses années dans plusieurs pays d'Amérique du Sud comme attaché de la Marine. Lorsqu'il était fatigué du travail de bureau, il allait faire un tour en voilier. Depuis sa retraite, il pouvait même s'offrir de grands voyages, comme cette croisière dans les mers du Sud.

Il se jeta dans sa chaise longue. Sa femme Elena et lui avaient pris le thé cet après-midi et les quelques biscuits à la confiture qu'il avait mangés lui suffiraient largement jusqu'au repas du soir. On devient moins exigeant en mer. Elena l'était devenue elle aussi. Elle supportait avec humour et placidité la vie un peu rude que l'on mène à bord. José Ramon Jimenez avait d'abord pensé emmener avec eux un homme d'équipage, mais Elena, qui n'était pourtant qu'une femme d'intérieur, s'était révélée être un compagnon de navigation idéal. Cependant, José estimait qu'il ne pouvait quand même pas lui imposer de naviguer par mauvais temps, et encore moins par tempête.

L'*Estrella* tenait le cap grâce au pilotage automatique,

mais il décida qu'il était temps de faire un tour dans la cabine de pilotage. En traversant le salon, il prit au passage sa longue-vue car il croyait avoir aperçu un point à l'horizon. Il vérifia : oui, c'était bien un bateau, un bateau informe avec un gréement de cotre. Mais où se dirigeait-il ? Droit vers les nuages qui s'amassaient au nord, menaçants : en plein dans la zone dangereuse ! Cela devait être un bon navigateur, très sûr de lui qui plus est. Mais qu'est-ce que ça veut dire au juste, une zone dangereuse ? pensa-t-il. Si je n'avais pas Elena avec moi, je ne m'en ferais pas, moi non plus. Et le pilote doit bien connaître le coin. Mais enfin, pourquoi va-t-il dans cette direction ? Par là, il n'y a que de l'eau...

C'est probablement cette énigme qui détourna son attention d'un danger plus immédiat... Il en alla tout autrement pour Elena Maria Jimenez. Elle comprit rapidement que quelque chose n'allait pas, même si elle ne mesura pas tout de suite l'étendue du danger. Elle se tenait dans la petite cambuse de l'*Estrella,* et elle s'apprêtait à ranger dans le réfrigérateur la marmelade d'oranges amères sans laquelle, selon José, aucun petit déjeuner ne méritait ce nom : Catalina, sa vieille cuisinière, l'avait elle-même préparée. Il en raffolait tellement qu'il en avait emporté à l'autre bout du monde : « Tu comprends, Elena, ces oranges, c'est toute la saveur de mon enfance... », lui répétait-il souvent.

L'une des deux fenêtres de la cambuse s'ouvrait à tribord de la cabine. Elena Maria Jimenez tenait le pot de marmelade à la main lorsqu'elle regarda par cette fenêtre. Sa main s'ouvrit brusquement et le pot s'écrasa sur le sol. Elle n'y prit pas garde.

Un bateau s'approchait du catamaran. Avec ces yeux terrifiants peints de part et d'autre de la proue, c'était sans doute une pirogue locale. Elle était cependant équipée d'un puissant moteur de hors-bord. Cinq hommes bruns, jeunes et nerveux étaient assis dans la pirogue. Des indigènes, des « Canaques », comme disait toujours José. Un homme frêle, coiffé d'un bandeau rouge, était accroupi à la proue. Il portait plusieurs chaînettes au cou – elle pouvait tout voir dans les moindres détails. Et cette chose noire et luisante qu'il tenait au poing, c'était bien une arme, une mitraillette, plus précisément.

« *Dios mio*, chuchota-t-elle, Sainte Vierge, viens-nous en aide. »

Elle saisit l'écouteur de l'interphone de bord : « José... José, viens vite ! Tu m'entends ?... José, réponds-moi donc ! »

Mais personne ne répondit...

Lorsque le commandant comprit ce qui se passait, il était déjà trop tard. Le grappin de la corde d'abordage avait déjà mordu le bastingage.

L'*Estrella* remorquait son canot de sauvetage. Rapides et adroits, les hommes sautèrent dedans et s'approchèrent du catamaran. Ils atteignaient déjà le flanc tribord...

Le commandant s'était levé. Un grand vide l'envahissait, il n'y avait plus place chez lui que pour cette pensée : tu es en train de rêver, c'est du cinéma ! Quelqu'un va bientôt dire : « Coupez ! »

Mais le film continuait. L'un des types se hissa par-dessus le bastingage et brandit une arme automatique. Il fut immédiatement suivi d'un deuxième homme, celui qui se tenait à la proue de la pirogue. Il resta immobile sur le pont. Il portait un bandeau rouge. Des chaînettes et une amulette pendaient sur sa poitrine étroite et des éclaboussures d'huile maculaient ses épaules luisantes de sueur. Un sourire aimable jouait sur ses lèvres à la moue enfantine, autour desquelles poussaient quelques rares poils de barbe fins et noirs. Les mots ROCK YOU – LUCKY EDDI'S DISCOTHEK – SUVA, imprimés sur le T-shirt rouge du premier homme, sautèrent aux yeux de Jimenez. Suva? C'était la capitale des îles Fidji...

Puis le commandant vit le lourd pistolet de l'armée passé dans la ceinture de cet homme. Une Makarov, pensa-t-il avec une objectivité machinale. Et un calibre 9 mm qui plus est. Jusqu'à présent, il n'avait vu cette arme que sur des illustrations pendant sa période d'instruction – mais celle-là était bien réelle. Il avait affaire à des pirates!

« *Hello, mister, morning!* fit l'homme au bandeau rouge.
– *Hello, hello!* » renchérit le deuxième homme en agitant gaiement la main gauche. La droite tenait l'arme automatique.

« *Morning...* » Le commandant avait décidé d'agir avec calme et circonspection. Il se força même à sourire. A cet instant, d'autres têtes noires apparurent au-dessus du bastingage. Des cheveux ruisselants d'eau, des bandeaux trempés de sueur, des épaules brunes... Un troisième homme se tenait maintenant sur le pont; plus grand que les autres, il avait un torse puissant et musclé. Lui aussi tenait une arme automatique à la main.

José Ramon Jimenez était un homme courageux, mais à ce moment il ne ressentait plus que de la peur. Ses pensées tourbillonnaient follement. Qui avait entendu parler de pirates dans les mers du Sud? Il y en avait à Malaka: c'était une forme de criminalité liée à la misère. Mais la scène actuelle se déroulait à plusieurs milliers de kilomètres de Malaka....

L'homme au bandeau rouge fit un pas vers lui, toujours souriant. Mais Jimenez vit que le silencieux qui surmontait le canon de son arme était braqué sur lui, et l'expression qu'il lut dans les yeux de cet homme lui donna le frisson.

« *You money ?* » demanda l'homme.

Naturellement, pensa Jimenez, qu'est-ce que ça pouvait être d'autre ? Mais il n'avait pas emporté d'argent liquide, par mesure de précaution. Ils le lui avaient bien dit, au yacht-club de Panama : « Fais attention aux vols, ça peut arriver partout dans ce coin. Prends seulement des cartes de crédit. »

« *You want money ?* » Il réussissait encore à sourire.

« *Yes ! Much money... You got money, Mister ?* »

Le commandant lança un regard vers l'île en face de lui. Bon Dieu, la côte était toute proche ! Un bateau de la police pouvait apparaître d'un instant à l'autre. C'était un beau port, lui avait-on dit, et un beau port est toujours surveillé par des gardes-côtes ou des autorités portuaires...

« *I have some money*, s'entendit-il dire. J'ai un peu d'argent à bord. »

L'homme au bandeau ricana : « Un peu seulement ? » Puis il tourna la tête, cracha quelques mots de dialecte indigène, et les autres éclatèrent de rire. José Ramon Jimenez sentit lui aussi les coins de sa bouche se relever dans son visage pétrifié. Dans de telles situations, il fallait hurler avec les loups... Puis il se rappela Elena et c'en fut fini de toute pensée rationnelle. Permettre à cette bande de rats de terroriser Elena ? Les voir poser leurs sales pattes sur elle ? Jamais ! Qu'est-ce qu'ils étaient, ces types, après tout ?

Le commandant pivota brusquement pour saisir la gaffe du catamaran posée sur le bastingage. Des Canaques ! De pauvres types ! pensa-t-il. Jamais ils n'oseront te tirer dessus... ils sont bien trop lâches pour ça !

Il allait saisir la gaffe... durant la fraction de seconde où les balles le transpercèrent, l'espoir et l'horreur se mêlèrent une dernière fois dans sa conscience.

La première balle se logea profondément au-dessus de l'os iliaque gauche, la seconde fit éclater les reins, la troisième atteignit la colonne vertébrale et la quatrième l'un des poumons. Le commandant ne sentit rien. Il était mort sur le coup.

Pourtant, le Pai ne s'estima pas satisfait : il devait éduquer ses hommes, surtout les plus jeunes. D'un mouvement lent et nonchalant de la pointe du pied, il fit rouler le cadavre sur le dos. La mâchoire pendait, affaissée, la bouche était remplie de sang et les yeux fixaient le ciel gris. Le Pai cracha sur le cadavre. Le crachat atterrit au milieu du front.

« Voilà, à toi maintenant ! Montre ce que tu sais faire ! »

Le visage de Levuka était livide et ses lèvres tremblaient, mais le jeune homme obtempéra aussitôt. Il prit son pistolet et se pencha en avant...

Le Pai le tira en arrière : « Espèce d'abruti ! Bouffeur de coco ! Tu veux percer la coque ? Tiens, prends ça ! » Il lui tendit son *kriss*.

Lorsque les coups de feu éclatèrent, Elena se tenait devant l'évier de la cambuse. Elle avait posé les mains à plat sur la surface froide en acier et ne pouvait les en détacher. Elle était comme paralysée. Tout en elle se refusait à admettre l'évidence : ils avaient tiré sur José ! Ils l'avaient sûrement abattu...

Elle cherchait des mots pour exprimer son angoisse. Une prière ? Le *Misericordia*... A quoi bon, maintenant ? pensa-t-elle. José est mort et ils vont venir...

Puis elle se rappela le revolver de fonction de son mari. Elle ne l'avait utilisé qu'une fois, pendant ce séjour dans la propriété d'Antonio, près de Jaén, lorsque les hommes avaient tiré sur des boîtes de conserve. José lui avait passé le revolver...

Ses mains laissèrent sur le métal de l'évier des contours nets et humides où l'on pouvait distinguer chaque doigt. Dans la table des cartes! se rappela-t-elle. Le revolver était dans le tiroir du haut...

Soudain, elle se sentit très calme. Il y avait six balles dans le revolver. Pour cinq hommes, c'était peu, mais elle arriverait bien à en tuer un. Peut-être même deux... Ce qui pouvait arriver ensuite lui était bien égal...

Elena n'avait que trois marches à monter pour arriver dans la cabine de pilotage de l'*Estrella*. Elle repoussa le rideau de la fenêtre et vit la chaise pliante de José. Il n'y avait personne sur le pont. Puis la porte s'ouvrit derrière elle, et une voix douce et claire dit : « *Hello, Lady! Good morning...* »

Elena réagit immédiatement, mue par un seul sentiment : la haine. Elle tenait encore à la main la lourde poêle qu'elle avait instinctivement arrachée de son crochet, au-dessus du réchaud. Elle la lança de toutes ses forces. Elle entendit un tintamarre de ferraille, puis un juron, un gémissement et des mots dans une langue étrangère.

Elena était déjà dans la cabine de pilotage. Elle ouvrit le tiroir de la table des cartes : il était là, lourd et luisant d'un éclat bleu-noir. Elle crut entendre de nouveau la voix de son mari : « Tu armes d'abord le chien, Elena. Et si tu n'y arrives pas avec le pouce, utilise aussi l'index. Comme ça... »

Elena parvint à armer le revolver avec le pouce, mais elle devait tenir l'arme à deux mains : la droite serrant la crosse et la gauche refermée sur le poignet droit. Soudain, elle entendit un bruit derrière elle. Sans distinguer sa cible, elle fit feu. Le recul projeta son bras vers le haut et l'odeur âcre de la poudre lui piqua les narines.

Cette fois-ci, aucun cri ne retentit. Tout était calme, si calme qu'on pouvait même entendre au-dehors le murmure léger des vagues frôlant la coque.

« *Lady ? What are you doing ?* »

C'était la voix de gorge chantante de tout à l'heure. Maintenant, elle l'entendait même rire, ou plutôt glousser.

« Tu veux tout démolir, *lady* ? Devine plutôt où je me cache ! »

Il parlait anglais afin qu'elle comprenne ce qu'il mijotait dans son cerveau de malade – car il était malade, cela ne faisait pas de doute... c'était la voix d'un fou.

« Par ici, *lady*, par ici... Tu brûles ! »

Elena fit pivoter son bras et sentit contre son index le métal dur et coupant de la gâchette.

« Là ! C'est ça ! C'est beau ce pistolet-là, hein ? Beau comme une grosse queue. Allez, cherche ! »

Un petit escalier menait de la cabine au salon, où une porte s'ouvrait sur la chambre à coucher et la salle de bains. Mais le couloir était étroit. Elle ne pouvait entrevoir qu'une partie du salon : la moitié de la table où était posé le grand cendrier en bronze, le dossier du fauteuil tendu de cuir noir derrière le bureau et la photographie encadrée sur le mur. Elle représentait une bande d'iguanes gris sur des rochers tout aussi gris.

« Alors, *lady*, tu ne joues plus ? Allez, un petit effort... »

Et de nouveau, ce rire répugnant ! Elena restait cependant très calme. Sa respiration ne s'était même pas accélérée et son cœur battait normalement. Elle attendait.

« Ton vieux mec est mort, *lady*, mais tu as encore sa queue à la main. Qu'est-ce que tu dis de ça ? »

Elle serra les dents. Son dos se raidit. Je vais le tuer ! se dit-elle. Il faut que je le tue ! Mais le revolver était devenu lourd comme du plomb au bout de son bras tendu. Lorsqu'elle plia le bras, les larmes ruisselèrent sur sa figure. Elle se méprisa pour cette faiblesse. *Ton vieux mec est mort...*

Une forme ronde et noire apparut au-dessus du dossier

du fauteuil. Elle fit feu aussitôt et entendit un bruit de verre brisé. La photo était tombée. La forme noire s'envola. C'était le béret basque de José...

Ton vieux mec est mort. Et ils jouent au chat et à la souris avec toi...

Quelqu'un s'exclama : « Ooooh ! » Ce n'était plus la voix de tout à l'heure. Le revolver contenait encore quatre balles. Quoi qu'elle fît, il resterait au moins un homme... Je n'y arriverai pas, José, pensa-t-elle. Je n'en aurai pas un seul... Je préfère aller au salon – pour en finir...

Elena fit un pas vers l'escalier et heurta l'entretoise en aluminium sur laquelle le radiotéléphone était installé. Elle tendit la main vers le combiné. Mais quelle fréquence devait-elle choisir ? Quel bouton presser ? C'était trop tard, de toute façon. Elle voulait seulement tuer les assassins de José...

Soudain, elle vit l'homme.

Il était au milieu du salon, à dix pas d'elle au plus. Elle vit sa paume étroite, osseuse et luisante de sueur. Il était jeune – comment quelqu'un de si jeune pouvait-il se montrer aussi ignoble ? Une médaille de la Vierge pendait sur sa poitrine et dans ses yeux dansait une lueur de folie...

« Vas-y, *lady*, tire ! »

Elle leva le bras, mais le revolver était si lourd que sa main tremblait. Au-dessus de la ligne de mire, elle distinguait un visage lisse et imberbe aux yeux obliques, un visage immobile et ricanant.

Elle fit feu et le manqua. Je suis désolée, José, pensa-t-elle, j'ai essayé trois fois. Trois fois à côté...

Elena descendit l'escalier. Arrivée en bas, elle les vit tous. Le fou se balançait en oscillant sur la plante des pieds comme un enfant espiègle. Les deux autres hommes – l'un grand, large d'épaules et d'âge plutôt mûr, l'autre plus jeune – étaient postés de part et d'autre de la porte de la cabine.

Pour la première fois, Elena eut un sanglot, qu'elle ne put étouffer. Le fou se balança plus vite et ricana. Elena pointa le pistolet vers ces hommes et rassembla toutes ses forces. Elle tirerait sa dernière balle sur le fou...

Mais au moment où elle allait appuyer sur la gâchette, le jeune la frappa au bras avec la crosse de son arme automatique. Le revolver de José vola à travers le salon. Elena Jimenez tomba à genoux et inclina la tête. C'est aussi bien ainsi, pensa-t-elle. Au moins, toi, tu n'as tué personne... Elle attendait la fin. Alors, elle les entendit rire...

Elena releva la tête. Ses yeux étaient secs. Elle voyait leurs jambes nues, leurs visages, et en face d'elle, la porte. Elle se leva et sortit de la pièce sans que personne tente de la retenir, entra dans la chambre et referma la porte derrière elle. Elle se sentait si faible qu'elle eut à peine la force de pousser le verrou. Puis elle se jeta sur le lit.

Dans le salon, les hommes échangèrent un regard. Le Pai se passa le bout de l'index sur les incisives. Il ne ricanait plus et il avait cessé de se balancer. Levuka et Tanoa savaient que le jeu était loin d'être terminé, mais ils n'y prenaient plus plaisir.

Tanoa fut le premier à parler : « Bon sang, ça aurait pu mal tourner ! »

Le Pai le dévisagea. « Tu ne comprends rien à rien, Tanoa. Tu joues au dur, mais au fond, tu crèves de trouille. »

Mais cette fois-ci, il ne réussit pas à impressionner Tanoa.

« Pourquoi tu ne l'as pas refroidie tout de suite ? Pourquoi faire tant d'histoires pour une vieille ? »

Le Pai ricana de nouveau et lui lança un regard perçant. « Parce que je préfère une vieille chaude à une vieille refroidie... »

L'instant d'après, il tenait la lourde kalachnikov de Tanoa à la main. Pendant une seconde, Tanoa crut qu'il allait la pointer sur lui, mais il n'eut pas le temps de réfléchir davantage. Il resta bouche bée. Le Pai s'était dirigé vers la chambre. Il brandit l'arme et l'abattit contre la porte, crosse en avant. Les deux panneaux en contre-plaqué éclatèrent aussitôt. Le Pai passa la main par l'ouverture et tira le verrou.

La femme était là, accroupie sur une couverture bleue, et elle le regardait. Le Pai laissa tomber la kalachnikov et se jeta sur elle. Elle ne cria pas, mais lorsqu'il arriva sur elle, elle tendit deux doigts et, avant qu'il ne puisse détourner la tête, visa ses yeux.

Il hurla. Elle n'avait pas fait mouche cette fois non plus, mais la douleur et la fureur le mirent hors de lui. Il chercha son *kriss*, puis il se rappela qu'il avait un poignard à sa ceinture... Il l'arracha de son fourreau, renversa la tête de la femme et lui trancha la gorge.

Il ne put empêcher le sang d'éclabousser son bras. Maintenant, le sang ruisselait, le visage de la femme devenait de plus en plus blanc et la tache sombre sur la couverture bleue de plus en plus large. Il enveloppa le corps dans la couverture en prenant garde à ne pas se tacher et le jeta au bas du lit.

Levuka entra, suivi de Tanoa. Il battit des paupières et sa bouche se tordit comme s'il allait vomir.

« Levuka ! Tanoa ! Vous nettoierez par terre. »

Tanoa hésita, puis il croisa le regard du Pai et hocha la tête. Il était visiblement impressionné. Et c'était une excellente chose, pensa le Pai.

Dans le salon, Ma'atu, le cousin de Levuka, fouillait les tiroirs.

« Tu as vraiment une cervelle de tortue, gronda le Pai.

131

Laisse ça ! C'est dans la cabine qu'il faut chercher, mais il n'y aura pas grand-chose, de toute façon. Ces gens-là n'emportent pas de bijoux et ils n'ont que des cartes de crédit. »

Il aimait faire la démonstration de sa supériorité, et dans la langue de ses hommes qui plus est. Après tout, les dialectes des îles Fidji, de Samoa et de Tonga étaient très proches. Au cours des trois mois qu'il avait passés en prison à Tahiti, après avoir emporté la caisse d'un restaurant où il faisait la plonge, il avait appris le polynésien sans difficulté.

« On a bien mieux que de l'argent », reprit-il. Il frappa du poing la table du salon. « On a un bateau. Et avec, on ira chercher tout ce qu'il nous faut, partout où on voudra... »

Le Pai entraîna ses hommes à l'arrière du bateau. Ils restèrent groupés là, immobiles sous un soleil de plomb. Les vagues étaient plus hautes, mais le grand catamaran les fendait avec aisance, bien que le moteur fût coupé.

« Qu'est-ce qu'on fait d'eux ? » Du canon de son arme, Osea désignait les deux cadavres couverts de sang. C'était la première fois qu'il ouvrait la bouche depuis l'abordage.

« On les balance par-dessus bord. Bonne pâtée pour les requins. »

En disant ces mots, le Pai leva les yeux vers le drapeau du catamaran. Il était jaune et rouge et un blason était cousu au centre. Un blason avec une couronne.

« En fait, non. Nous sommes trop près de la terre. »

Osea reprit la parole : « Tu veux dire que le courant pourrait les pousser vers la côte ?

— Oui. Il vaut mieux attendre un peu. D'ici là... »

Il laissa sa phrase en suspens, se dirigea vers le mât, coupa la corde du drapeau et le jeta sur les morts. Puis il prit sa médaille, la baisa et joignit pieusement les mains. Les autres restèrent perplexes et le contemplèrent d'un air gêné. Ils ne comprenaient pas les mots que le Pai murmurait, mais ils leur étaient pourtant familiers, car ils les avaient déjà entendus à l'église. Tanoa gloussa, puis il baissa la tête comme les autres.

« Seigneur, nous te recommandons les âmes de tes serviteurs, disait le Pai, et nous te prions de bien vouloir les recueillir en ton sein. Amen. » Puis il prononça son éternel *Kyrie eleison.*

Les autres restèrent silencieux. Après un moment, Osea demanda : « Et le canot ? Qu'est-ce qu'on en fait ? »

Le Pai se racla la gorge. « Attachez ces deux-là au bastingage. On verra ensuite. Pour le canot, on n'a qu'à couper la corde... On garde seulement le Johnson. On pourrait en avoir encore besoin.

– On laisse le canot ici ? Pourtant, il est bon... »

C'était Ma'afu, évidemment ! Toujours à le contredire ! Parce qu'il était le plus vieux de la bande, il se croyait obligé de jouer les fortes têtes.

Encore un problème à régler, pensa le Pai. Mais on le réglera en temps voulu. On a tout le temps...

« Tu n'as pas de cervelle, Ma'afu. S'il y avait quelque chose dans ton crâne épais, tu comprendrais. Le canot va dériver vers la côte. Et ensuite ? Que se passera-t-il ?... On va le trouver la quille en l'air ou à moitié coulé, complètement disloqué par les vagues. Et alors ? »

Il laissa errer son regard sur les visages de ses hommes. Personne ne lui répondit.

« Alors, on découvrira que le canot a été volé. Et si un de ces types de Vava'u nous a vus charger les armes dessus, eh bien, on dira : " Alléluia ! Ces inconnus pas très nets ont disparu dans la tempête... " Et ce serait parfait qu'on pense ça. »

Ils hochèrent la tête avec admiration. Ce Pai! Il pensait à tout – comme au mah-jong.

« Bon, maintenant, vous ne bougez pas d'ici. Personne n'entre dans la cabine. C'est compris? Je vais faire un tour sur le bateau. »

Le Pai monta les marches qui menaient à la cabine de pilotage et inspira profondément avant de commencer l'inspection. Surtout, ne rien toucher pour l'instant. Tous ces boutons! On aurait dit le tableau de bord d'un avion. Mais il n'avait pas besoin de tout ça. Il suffisait de trouver le starter. Après, il se débrouillerait, il avait l'habitude de naviguer.

Le Pai jeta un regard à travers la fenêtre de la cabine. Les nuages s'étaient encore épaissis et se découpaient comme des tours noires sur le gris laiteux du ciel. Le Pai saisit sa longue-vue et la pointa vers l'ouest, puis il fixa longuement la mer qui devenait de plus en plus agitée.

Là-bas! Ce petit point clair qui dansait sur les vagues, c'était bien une voile... Le Français avait baissé la grand-voile, mais on distinguait clairement le triangle de la brigantine. Et il avait déjà une bonne avance sur eux...

Au milieu de tous les boutons du tableau de bord, la tête ronde d'une clé attira son regard : le starter! Il tourna la clé vers la droite et entendit aussitôt le grondement sourd du moteur, puis il sentit le sol vibrer sous ses pieds. Il passa la première vitesse.

Le Pai releva la tête et fixa du regard les vagues grises couronnées d'écume qui déferlaient à sa rencontre : J'arrive, petit Français! Cours toujours, je te tiens déjà à la gorge, seulement tu n'en sais rien. Bientôt, tu pourras dire adieu à ta cargaison, mon gros. Et aussi à la vie, si tu te conduis aussi bêtement que le vieux...

Le butin comprenait entre autres une série de cartes marines et de photographies, une caméra vidéo, un compact Pentax avec flash et un superbe poste de radio. Le disc-jockey de Neiafu s'en tenait résolument au rock. Tanoa dansait dans le salon, coiffé d'un bonnet de pilote, et il puait comme un salon de coiffure car il s'était frotté et aspergé avec tout ce qu'il avait pu trouver dans la salle de bains...

Mais leur plus belle prise était une impressionnante collection de fusils. Ils avaient également découvert des livres et un étrange sac qui contenait une demi-douzaine de longs bâtons. Ils les avaient d'abord pris pour des massues de guerrier, puis pour des ustensiles de pêche d'un genre nouveau. Alors, le Pai les avait traités d'abrutis et leur avait expliqué que ces bâtons étaient utilisés dans un jeu de *Palangis* nommé golf, qui consistait à envoyer une balle dans un trou à travers une prairie. Les balles étaient dans un petit sac à fermeture adhésive au fond du grand sac. Mais à quoi pouvaient-elles bien leur servir en ce moment ?

Ils étaient surtout déçus de ne pas avoir trouvé d'argent, ou si peu – comme le Pai le leur avait prédit. Ils avaient fouillé tous les tiroirs, feuilleté tous les livres, fourragé dans les pots et les casseroles, pour arriver à une somme dérisoire : soixante-douze dollars américains, quelques billets en francs français et vingt dollars de Tonga.

« Mais qu'est-ce qui vous prend ? s'exclama le Pai. Et le bateau, ce n'est rien, peut-être ? Et ça ? »

Il arracha du mur une photo sous verre et la brandit au-dessus de sa tête en dansant. Tanoa gloussa et cria de plaisir. Les autres rirent à gorge déployée. Sur la photo, il y avait un homme en uniforme. Le ruban bleu d'un ordre barrait sa large poitrine. Il était blond et il avait des yeux bleus. C'était le roi d'Espagne, leur dit le Pai.

Ma'afu leva la bouteille de whisky qu'il avait trouvée dans le bar. Il y avait là toutes les boissons imaginables et il avait tout de suite repéré le Vat 69. Mais le Pai jeta la photo du roi d'Espagne sur la banquette et leva l'index. « Pas de whisky aujourd'hui. Demain seulement... »

A la seconde même, comme si les esprits étaient avec lui, une lueur bleue illumina la cabine et un violent coup de tonnerre retentit. Le catamaran, qui avait jusque-là paisiblement poursuivi sa route malgré une mer de plus en plus houleuse, oscilla violemment.

« Vous voyez ? L'envie de boire va vous passer vite fait. »

Puis les brisants balayèrent le bateau à des intervalles de plus en plus rapprochés, et lorsque les flots d'eau salée déferlèrent sur les vitres, on ne distingua plus que les hachures d'une pluie grise et cinglante.

Et le bateau fonçait droit devant lui, à la rencontre de montagnes d'eau qui se succédaient sans répit...

En haut, dans la cabine de pilotage, le Pai gardait les yeux fixés sur le compas. Il avait repéré la direction que prenait le Français, maintenant il allait lui coller au train ! Entre un catamaran et un cotre, il y avait la différence qui sépare un éléphant d'une souris. Le lendemain, avec un peu de chance, il n'aurait pas coulé et on pourrait le coincer !

Une lueur blafarde illumina de nouveau le ciel, suivie d'une série d'éclairs. Le fracas du tonnerre couvrit le grondement de la mer.

... Et nous aurons de la chance, se dit le Pai en se cramponnant au volant. Il écarta un peu plus les jambes pour garder l'équilibre. Et quand bien même je devrais rester debout toute la nuit, bon Dieu ! jura-t-il. En guise de pénitence, il récita rapidement deux *Ave Maria*. Puis il approcha la tête de la vitre. Là-bas, le Français devait drôlement danser! Il avait allumé ses feux de position, mais on ne pouvait les voir par un temps pareil. Et ça allait encore empirer! Il fallait absolument faire quelque chose pour que cette tempête s'apaise.

« Osea, viens voir un peu! »

Une ombre se détacha de la chaise pliante et le large visage d'Osea apparut dans la lumière. Un cigare éteint était planté entre ses dents. Il l'avait trouvé en bas dans une boîte en argent.

« Regarde, Osea, tu vois cette aiguille? Elle est sur dix-huit. Essaie de la garder dessus. Compris? Je reviens tout de suite. »

Osea hocha simplement la tête. Lui, au moins, il savait la fermer, c'était pourquoi le Pai le préférait aux autres. De plus, Osea était le seul de la bande à qui l'on pouvait confier la barre dans de telles situations.

Le Pai traversa le salon et se dirigea vers l'arrière du bateau. Dès qu'il eut repoussé la porte coulissante, la tempête l'assaillit. Des milliers de démons semblaient hurler dans les haubans. Puis les vagues s'abattirent sur lui. En une seconde, il fut trempé jusqu'aux os. Les brisants balayaient le navire dans la lueur blafarde du demi-jour. Il était impossible de distinguer la mer de la pluie. Par chance, l'un de ses hommes avait pensé à tendre une corde de manœuvre d'un bord à l'autre. Plié en deux, luttant pour reprendre son souffle, le Pai s'y cramponna. Encore un éclair. Puis un autre. Alors, il les vit.

Dans cette lumière crue, ils avaient l'air encore plus misérables que tout à l'heure. Le vent avait depuis longtemps arraché le drapeau qui leur couvrait le visage. Leurs vêtements noirs et trempés collaient à leurs membres tordus et leurs yeux démesurément agrandis semblaient leur manger le visage.

Il n'y a rien de plus mort que les morts... C'était Hitam, son ancien chef, qui avait dit ça juste avant de mourir. Par la suite, le Pai avait souvent repensé à cette phrase. Pour la première fois depuis de nombreuses années, il éprouva ce qui ressemblait à une émotion : cette vieille femme, la manière dont elle l'avait regardé avant de mourir... Il se cramponna, lutta pour garder l'équilibre, se mit à jurer et tenta de réciter l'*Ave Maria*, mais il avait oublié les paroles. Il fallait en finir avec ces morts...

C'étaient leurs esprits qui déchaînaient les éléments. Il avait beau se moquer des autres quand ils débitaient leurs insanités là-dessus – Ma'afu en parlait sans arrêt, il ne pouvait pas ouvrir une canette de bière sans remercier un esprit –, chez lui c'était exactement pareil. Là-bas, les esprits s'appelaient démons ou dieux, et ils étaient partout... Pourtant, ils ne pouvaient pas éternellement demeurer les plus forts.

La proue du catamaran s'éleva et retomba avec fracas. Une trombe d'eau balaya le navire et faillit l'emporter. Le Pai avait de l'eau dans les yeux, dans le nez et dans les poumons. Il la recracha en toussant. Il était tombé à genoux et il avait refermé la main gauche sur la corde ; de la main droite, il tâtonnait vers les corps. Enfin, il se pencha sur leurs visages trempés aux yeux grands ouverts... Il coupa la corde en nylon qui les arrimait au bastingage. Les cadavres bougèrent... Ils roulaient et glissaient sur la bâche en plastique trempée, et leurs bras écartés semblaient chercher à saisir le Pai. Il ne pensait plus qu'à une chose : les balancer par-dessus bord ! Ils veulent m'emporter... Ils veulent tous nous emporter... Qu'ils disparaissent !

Il lâcha la corde et se cramponna aux tuyaux d'aération. Son cœur battait violemment. Il saisit le cadavre de la vieille femme avec son bras droit, mais il ne réussit pas à le hisser

138

par-dessus le bastingage. La tête aux yeux exorbités frappait le montant avec un horrible son creux, ce qui accrut encore sa rage. Ses doigts glissaient sur la main courante. Il s'agenouilla entre les deux corps, juste devant le mât, empoigna l'homme et essaya de le soulever en s'aidant du genou. Une vague vint à son secours en faisant pencher le catamaran sur le côté, et il put pousser le cadavre...

Maintenant, au tour de la femme. Elle ne pesait pas lourd. Bon vent ! Une nouvelle vague faillit emporter le Pai. Crispé, rassemblant toutes ses forces, il se cramponna au mât.

« *Kyrie eleison*, hurla-t-il lorsqu'il put respirer de nouveau. Au nom du Père, du Fils et du Saint-Esprit ! »

Après tout, ç'avaient été des chrétiens, et les chrétiens, eux aussi, ont leurs esprits, pensa-t-il en se dirigeant vers la cambuse.

Derrière lui, il n'y avait plus que des embruns fouettés par la tempête...

Chapitre 5

Lorsque Ron Edwards s'éveilla, les coqs chantaient, les poules caquetaient et les chiens aboyaient. Il se demanda d'abord quel jour on était. Mercredi ? Jeudi ? On était jeudi – quant au mercredi, mieux valait l'oublier. Il avait simplement fait un peu de plongée. Le reste n'était qu'un cauchemar...

Par la fenêtre, Ron voyait le ciel rayonnant et le vert vif des bambous et des feuilles de pandanus, qui luisaient comme s'ils avaient été laqués. L'air embaumait le café, et dans l'encadrement de la porte, Tama lui souriait.

« Ton café est prêt, Owaku. Le petit déjeuner est servi ! »

Ron s'étira. « Et à part ça ? demanda-t-il en grimaçant un sourire.

– A part ça, il y a des œufs au lard. » Elle s'approcha de lui. Ron déforma son sourire en une grimace de satisfaction qui faisait partie de leur jeu. Il caressa tendrement les bras de la jeune femme et sentit la fermeté et la douceur satinée de sa peau.

« Et ça, c'est au menu ? » Elle lui donna une bourrade et s'esquiva avant qu'il ne puisse ouvrir sa jupe-portefeuille.

« Tu sais ce que tu es, Owaku ?

– Oui, je sais, dit-il en hochant la tête. Un crâneur.

141

— Et un menteur aussi. Je te connais : tu tiens à ton café bien plus qu'à moi!

— Non, tu oublies les œufs sur le plat. »

Il dévora son petit déjeuner avec appétit, ajoutant à ses œufs une pile de galettes de pain frais. Il devait avoir encore plu cette nuit, pas beaucoup cependant, car les flaques d'eau s'étaient déjà à moitié évaporées. Des cimes des arbres s'élevaient des traînées de brume, et les fleurs et les plantes du jardin étincelaient de rosée. Au pied de l'escalier, Coral, une petite chienne blanc et marron que Tama avait recueillie, somnolait béatement au soleil. Oui, tout était rentré dans l'ordre ; seule la barrière extérieure de récifs semblait plus basse face aux puissantes crêtes des brisants.

« Il y a eu une belle tempête, cette nuit, dit Ron en étalant de la marmelade de papaye sur une galette.

— La foudre a même dû tomber sur la montagne, fit Tama. J'ai voulu te réveiller, mais tu t'es seulement retourné en marmonnant des choses bizarres. Puis tu t'es rendormi, alors je suis sortie pour couper le courant.

— Parfait. Tu es une bonne fille, Tama.

— La tempête venait de Samoa, d'après la radio. Ici, elle est restée au large. »

Ron but une gorgée de café et annonça : « Je vais quand même aller en mer. Tu viens avec moi ? »

Tama le dévisagea. Ses yeux étaient grands ouverts et attentifs. « Dans la baie ? »

Il posa son couteau et la regarda. Puis il lui prit la main. « Non, Tama, c'est terminé... pour toujours. Il faut me croire. »

Elle ne répondit rien.

« Non, je veux sortir parce que le village a besoin de bois. Après un orage pareil, il y a toujours un tas de bois flottant, d'arbres et de branches, et pas seulement dans la lagune, en mer aussi. Qu'est-ce que tu en penses ? On y va ? Tu peux demander à Lanai'ta si elle a envie de venir avec nous.

— Non, elle plante des patates, aujourd'hui. Et puis elle veut aller sur la tombe de Jack.

— Très bien, alors ce sera seulement toi et moi. Peut-être que ça va secouer un peu en pleine mer, mais ça ne fait rien.

— Comment, ça ne fait rien ? Tu oublies qu'il faudrait nettoyer le *Paradis* à fond, et comment veux-tu que je le fasse s'il tangue dans tous les sens ?

— Tu ne vas rien nettoyer du tout, répliqua-t-il, tu vas juste me tenir compagnie. »

Dehors, le paysage ressemblait à un tableau fraîchement peint par Gauguin : des ocres de toutes nuances se mêlaient au rose et au rouge des fleurs, à la blancheur du sable et au vert intense des feuilles. Sans oublier le brun velouté des corps...

La lagune s'étendait, vert turquoise sous une lumière éblouissante. Ses eaux paisibles contrastaient étrangement avec le tumulte de la mer.

Dans la cabine de pilotage, Ron alluma une cigarette, puis il appuya sur le starter. Le *Paradis* démarra.

Les pères avaient raison : il faut garder la foi même lorsque tout semble désespéré... C'est seulement comme ça qu'on peut s'en sortir.

Comme cette fois-là, par exemple. La nuit dernière, les vagues étaient hautes comme des maisons et les boîtes de conserve volaient de tous côtés dans le catamaran. Tanoa vomissait et Levuka s'était mis à pleurer. Ah, ces vaillants Fidjiens, ils avaient moins fière allure en pleine tempête ! Et dire que c'était un peuple de navigateurs !

Finalement, deux heures à peine après que le Pai eut jeté les cadavres par-dessus bord, les rafales diminuèrent et il réussit à maintenir le cap.

Lorsque enfin le jour se leva, un véritable miracle eut lieu ! *Kyrie eleison !* Oui, les esprits de la tempête avaient été chassés, la Sainte Vierge avait entendu ses prières ! Et il vit à l'horizon un point qui dansait sur la houle : ça ne pouvait être que le Français !

Le Pai sauta de joie, et comme toujours en de telles occasions, le psaume 126 lui revint en mémoire : *Si le Seigneur ne protège pas la ville, alors la sentinelle veille en vain.* Le Seigneur les avait protégés ! Il le savait bien !

Le Français n'avait pas coulé, mais il avait été rudement secoué. Grâce à sa longue-vue, le Pai put constater que la tempête avait étêté son mât pendant la nuit ; néanmoins, il était sain et sauf, de même que sa marchandise.

Le Pai ralentit pour le laisser prendre de la distance et se pencha sur la carte marine. Hitam lui avait appris à lire une carte, mais à cet instant, cela ne l'avançait guère : le Français allait toujours dans la même direction, vers nulle part...

Mais alors, moins de trois heures plus tard, un second miracle eut lieu. Au moment où le soleil chassait les dernières brumes, trois montagnes apparurent à l'horizon, comme surgies du néant, et les contours d'une île se dessinèrent.

Ce n'était ni un tour des esprits ni un mirage – c'était la terre !

Peu après, un puissant yacht de haute mer se détacha de la barrière de récifs et se dirigea vers le Français. Le Pai mit le moteur au point mort. Il ne fallait surtout pas se faire remarquer, pas encore...

La dernière image qu'il vit dans la longue-vue fut celle du yacht remorquant le Français vers l'île. Deux bateaux, alors ? Tant mieux !

Mais que l'île pût être habitée – cela, le Pai ne parvenait pas à y croire.

Ils avaient déjà repéré de nombreux troncs d'arbres rejetés sur les récifs par les vagues. Mais dans une anse à l'extérieur des récifs, sous un rocher que les gens de Tonu'Ata nommaient la « citrouille », le butin était encore plus considérable. Leurs racines rondes et luisantes d'eau tournées vers le large, une douzaine de troncs de tiuna flottaient paisiblement côte à côte. Et le bois de tiuna était sans aucun doute le meilleur bois dur que l'on pût trouver sur l'île. Ron fut tenté de se précipiter sur le radiotéléphone pour appeler Tapana. Le chef possédait lui aussi un appareil, celui que Ron lui avait offert. Mais à quoi bon ? Tapana refusait d'y toucher !

« Tu le connais... » Tama hocha la tête. « Ce n'est même pas la peine d'essayer. Dès que le téléphone sonne, il secoue la tête et sort de la maison en courant – quand il est à la maison !

– ... Si je le connais ! Mais je me connais aussi. Je lui reprendrai l'appareil dès que nous serons de retour.

– Non, tu ne feras pas ça. » Tama lui jeta l'un de ses redoutables regards aussi calmes que résolus. Elle avait raison ! Le combiné noir, avec ses petits boutons et ses voyants lumineux, occupait une place de choix dans la collection du chef.

Ron vira à tribord et guida le *Paradis* vers le large. Les vagues étaient moins fortes, mais elles frappaient encore la quille assez violemment pour rendre impossible toute conversation. Lorsqu'il eurent contourné la pointe sud-ouest de l'île, ils arrivèrent sous le vent et le tangage s'apaisa. La mer était constellée de moutons à perte de vue, mais ici, à proximité du rivage, le courant refrénait la violence du ressac.

« Tu n'as pas faim, Owaku ? »

Il secoua la tête : « Moi ? Après tous ces œufs au lard ? Pourquoi ?

— Parce que moi, j'ai faim. Je vais chercher des biscuits à la maison. »

Au moment même où il s'apprêtait à mettre le cap sur la lagune, Ron aperçut le bateau. Plus exactement, il vit au sud-est quelque chose se dessiner sur les vagues. Avec beaucoup d'imagination, on pouvait deviner que c'était un bateau – ou une épave à la dérive.

Ron saisit la longue-vue... Oui, c'était bien un mât, la partie inférieure d'un mât dont le sommet avait disparu. On distinguait très clairement, flottant çà et là, les haubans déchirés et une partie du palan qui pendait.

Bateau ou épave, cette vision lui causa un choc : en dehors du *Roi de Tahiti*, c'était le premier signe du monde extérieur qu'il voyait depuis son arrivée sur l'île. Combien de fois en avait-il rêvé ! Combien de fois s'était-il usé les yeux à scruter l'horizon ! Et maintenant, qui pouvait bien dériver ainsi, solitaire et chassé par la tempête comme lui-même deux ans plus tôt ?

Il décrocha le téléphone de bord : « Tama ! »

Elle ne répondit pas dans le téléphone car elle était déjà de retour, un paquet de biscuits à la main et un biscuit enduit de marmelade entre les dents.

« Cette saleté de marmelade ! J'en ai jusque dans les cheveux !

— Sur le nez aussi.

— Qu'est-ce qui t'arrive ? Pourquoi tu fais cette tête ? Tiens. » Elle lui tendit les biscuits. « Je descends me nettoyer.

« — Attends, prends ce chiffon. Maintenant, regarde dans la longue-vue : là-bas, tu ne vois rien ?

— Quoi donc ?

— Un bateau ! »

Elle le regarda, et il reconnut sur son visage l'agitation et l'étonnement incrédule qu'il ressentait lui-même.

« Où ça, Owaku ?... Je ne vois rien.

— Plus à droite. »

La peau se tendit sur ses pommettes et tout son corps se figea : « Je sais qui c'est, Owaku !

— Mais tu ne vois pourtant que le mât.

— Je vois aussi la coque. Cette couleur... c'est Chibé, Owaku ! »

Chibé ? – Gilbert Descartes... Ron respira profondément.

« Eh bien, tant mieux ! dit-il. J'ai toujours été curieux de le connaître... »

Ron n'avait encore jamais vu un bateau aussi hybride : l'étrave était presque ronde et la coque, massive et très incurvée, était bordée de briques hollandaises vernissées. Cette coque était d'un noir verdâtre tacheté de brun : visiblement, le propriétaire n'avait pas eu assez de peinture de la même couleur à sa disposition. Cette combinaison de couleurs était elle-même semée de taches qui faisaient l'effet d'une maladie de peau. Sur la proue se détachait en lettres blanches : L'ECOLE II.

Qu'est-ce que ça voulait dire, au juste ? Cette masse sombre et trempée sur le toit de la cambuse devait être la grand-voile. Le foc était également abaissé. Le bateau naviguait au moteur.

De fait, il se dirigeait vers eux à une allure de tortue, traînant derrière lui un nuage noir de fumée de diesel.

« Qui a-t-il à bord avec lui, Tama ?

– Personne. Chibé part toujours seul.

– Comment ça ?

– Quoi, " comment ça " ? Toi aussi, ça t'arrive !

– Pas avec un bateau de l'âge de pierre comme celui-là ! Personne ne pourrait !

– Chibé, si », répondit-elle.

Ron pressait l'embout de la longue-vue contre son œil au point d'avoir mal. Un seize mètres, estima-t-il. Et vu sa largeur, il devait bien peser cinquante tonnes. Tama avait raison : il ne voyait qu'une silhouette solitaire, qui venait de sortir de la cabine de pilotage et s'accrochait à un hauban.

Ron redémarra, décrivit un demi-cercle autour de cet étrange bateau et débraya.

« Je n'arrive pas à le croire. » Tama était pensive. « Il est revenu ! Oui, c'est bien lui, c'est Chibé. Regarde donc ! »

Mais le pilote avait de nouveau disparu dans sa cabine. Cependant, Ron pouvait maintenant distinguer les moindres détails du bateau. Ce rafiot-là devait avoir au moins soixante-dix ans, et il avait finalement l'air en bon état malgré sa peinture désastreuse. Ron avait déjà vu des photographies de ces vieux cotres qui transportaient autrefois du coprah. Dès les années vingt, ils allaient d'île en île récolter les écorces de noix de coco avec lesquelles on fabriquait de l'huile et de la margarine. Et maintenant, il avait devant lui l'un de ces bateaux légendaires et, à son bord, un homme qui était lui-même une légende...

Il sortait à l'instant de la cabine de pilotage.

« Hé ho, Chibé ! »

Dressée sur la pointe des pieds, Tama gesticulait et riait.

« Lance-lui le câble, Tama. »

L'imagination de Ron lui avait représenté Descartes sous tous les aspects possibles, mais l'homme qu'il vit s'approcher le sidéra. Ce crâne à la Yul Brynner, ces épaules de lutteur de foire, cette chemise rouge en lambeaux aux pans noués sur le ventre et ce pantalon de clown à rayures, coupé au genou... jamais il n'avait rien vu de semblable !

Dans le visage rond, presque sans rides, les yeux clignaient derrière de minuscules lunettes en acier. C'était un visage de mandarin chinois brûlé par le soleil. On lui aurait donné n'importe quel âge, mais quelque chose en lui rappelait un enfant, ce qui le rendit tout de suite sympathique à Ron.

Maintenant, il les saluait dans un tongaïen parfait : « Hé, Tama ! Comment ça va ? Que devient le grand chef ?

— Tapana sera très heureux de te revoir, Chibé. Et toi, comment vas-tu ?

— Très bien. Et Lanai'ta ? Toujours aussi jolie ?

— Tu verras bien toi-même. »

Ron fit redémarrer le *Paradis* en douceur. Avec ces vagues, il pouvait être dangereux de trop s'approcher du cotre.

Maintenant, il savait pourquoi Gilbert Descartes l'impressionnait à ce point : pendant vingt-quatre heures, il était resté debout à la barre et il avait essuyé une tempête qui lui avait démoli la moitié de son bateau. Et que faisait-il ? Il riait et plaisantait comme s'il revenait d'une balade par un dimanche ensoleillé.

« Où as-tu dégoté ce vapeur de luxe, Tama ? criait-il à ce moment. Et en plus, il s'appelle le *Paradis* ! Ma parole, Tonu'Ata est devenue un paradis pour millionnaires !

— Lance-lui donc le câble, Tama. »

Ron luttait pour maintenir l'intervalle entre les deux coques. La remarque de Descartes ne lui plaisait pas du tout... Il prit le micro pour contacter Descartes par haut-parleur et se sentit aussitôt comique. A peine arrivé, ce type lui donnait des complexes. C'était ridicule !

149

« Descartes ! Il n'y a pas de millionnaire ici, mais pour l'instant, vous devez avoir d'autres soucis. Vous avez été drôlement secoué.

– Oh, j'ai vu pire. »

Descartes n'avait pas besoin d'un haut-parleur, ses deux grandes mains rapprochées en entonnoir devant sa bouche lui suffisaient. Et il aurait aussi bien pu s'en passer : sa voix, un baryton puissant, correspondait au volume de sa cage thoracique.

« Au fait, à qui ai-je l'honneur ? cria-t-il à Ron.

– Je m'appelle Ron Edwards. Votre moteur est noyé ?

– Je pense que c'est le calfatage. Je réparerai ça chez vous. Il faut aussi que je redresse le mât.

– Je peux vous donner un coup de main pour le moteur. Maintenant, attachez ce câble à votre bateau, je vais vous remorquer.

– *Ai-ai*, pilote ! D'accord. » Descartes leva la main et l'agita d'un air réjoui.

Lorsque l'*Ecole* flotta paisiblement dans la lagune, où elle avait jeté l'ancre, Descartes monta à bord du *Paradis*. Ron remarqua alors qu'il boitait. Il se déplaçait certes avec l'agilité d'un singe, mais son genou semblait raide. Ma foi, s'il avait réussi à piloter tout seul ce vieux rafiot, son genou ne devait pas le gêner beaucoup.

Ils se serrèrent la main. Descartes le fixait de ses yeux bruns et amicaux : « Pour être franc, je ne m'attendais pas à vous rencontrer là !

– Mais moi, je m'attendais à vous voir un jour – et cela depuis bientôt trois ans.

– Vous êtes ici depuis tout ce temps ?

– Depuis deux ans et huit mois, pour être plus précis.

– Et vous avez débarqué ici à bord de ce paquebot ? Et par-dessus le marché, ce bijou s'appelle le *Paradis*, quel symbole ! Où l'avez-vous trouvé ? »

150

Gilbert Descartes regardait vers la plage où les habitants étaient accourus et avaient mis les premières pirogues à la mer. Il les salua de la main.

« " Trouvé " n'est pas le mot qui convient, répliqua Ron. Et je ne suis pas arrivé ici en paquebot, mais comme vous auriez pu arriver vous-même : à moitié noyé dans un canot pneumatique... Mon bateau a disparu. La tempête en a fait du petit bois. Et moi, j'ai échoué à Tonu'Ata. Je ne pouvais pas en croire mes yeux, mais j'étais rudement soulagé... »

Derrière les verres de lunettes, le regard de Descartes devint grave. Il fixait Ron comme s'il voulait l'évaluer.

« Oui, j'imagine. Et d'où veniez-vous ?

– Oh, c'est une longue histoire. Je peux vous la raconter si ça vous intéresse, mais maintenant... vous avez autre chose à faire ! »

Descartes frotta son gros nez court. Pour la première fois, Ron put lire ses pensées sur son visage. Des taches blanchâtres apparaissaient sous son hâle, ses yeux semblaient soudain plus profondément enfoncés et des rides se dessinaient à leurs coins. Mais il se détourna presque aussitôt, boita jusqu'au bastingage arrière auquel il se cramponna, et hurla à pleins poumons vers les pirogues qui arrivaient : « *Malo e lelei* », le salut de bienvenue tongaïen.

Entouré de pirogues scintillantes d'eau et d'hommes bruns et rieurs, le canot se dirigea vers la plage. Pour saluer un événement tel que le retour de Chibé, Tapana avait revêtu sa tenue d'apparat : un pagne de chef et un nombre impressionnant de colliers de coquillages, de coraux et de dents de requin.

Derrière lui se tenaient ses fils, les anciens et le reste du village. Les jeunes hommes brandissaient leurs lances et gesticulaient, impétueux et rieurs, tandis qu'Afa'Tolou, le fils aîné de Tapana, aidait Descartes à sortir du canot. Des-

151

cartes, rayonnant, contemplait les villageois comme si son cœur allait à chacun d'eux.

Après quelques pas claudicants sur le sable, il fit un geste qui parut incroyablement pathétique, et, comme tout ce qui est pathétique, à la fois ridicule et touchant. Ron n'avait vu faire ce geste qu'au pape lorsqu'il sortait de son Boeing Alitalia : Descartes s'agenouilla, se pencha en avant et embrassa le sol de Tonu'Ata.

Le silence se fit dans l'assemblée. Les villageois regardaient le vent jouer avec la chemise en lambeaux du gros Français. Puis ils poussèrent une grande clameur. Descartes bondit, rit et leva les bras vers le ciel, comme s'il voulait les bénir. Ils l'entourèrent et tous se dirigèrent en procession vers la maison de Ron. Celui-ci expliquait aux villageois que Chibé avait absolument besoin de dormir, car il s'en était fallu d'un cheveu que G'erenge ne l'envoie par le fond, lui, son navire et toutes les belles choses qu'il apportait...

Osea avait coiffé son crâne rond de la casquette du commandant. C'était un bel objet kaki avec un écusson brodé de feuilles d'or, une vraie casquette de navigateur.

Le Pai se pencha en avant, la saisit et la lança par-dessus bord. Personne ne dit mot et Osea secoua simplement la tête. La casquette de l'homme qu'ils avaient tué ne pouvait que leur porter malheur.

La mer s'était un peu calmée. Les heures s'écoulaient, interminables. Le matin, ils avaient ouvert la moitié des boîtes de conserve qu'ils avaient trouvées dans la cuisine et s'étaient offert le petit déjeuner de leur vie. Puis ils avaient de nouveau fouillé le salon et les deux cabines sous les yeux méfiants du Pai. A part une poignée de pièces dans un vase en terre et d'autres monnaies de pays qu'ils ne connaissaient pas, il n'y avait que des cartes de crédit et des carnets de chèques. Mais ce catamaran était un merveilleux bateau. Le cœur du Pai saignait à la pensée de devoir s'en débarrasser. Pourtant, il n'avait pas le choix : ils auraient été repérés au premier contrôle dans un port. Non, ils embarqueraient leur butin et chercheraient une planque. Pas dans cette île, qui était trop éloignée de toute civilisation, mais sur une autre île inhabitée, plus accessible, à proximité de laquelle ils saborderaient le catamaran.

L'après-midi, ils dormirent quelques heures. Le Pai avait jeté l'ancre flottante : ils devaient faire attention à rester dissimulés. Les autres, sur leur île, apprendraient bien assez tôt à qui ils avaient affaire.

Après la sieste, le Pai et ses hommes nettoyèrent leurs armes. Ils démontèrent les pistolets mitrailleurs et les fusils d'assaut, y compris les canons et les magasins, les nettoyèrent, les huilèrent, contrôlèrent le nombre des balles dans les magasins et examinèrent les pièces de rechange. Puis le Pai entassa des grenades dans un petit sac qu'il portait à la ceinture.

Le crépuscule arriva. Le Pai interdit à ses hommes d'allumer la lumière, et comme il les connaissait bien, il fit basculer l'interrupteur de sécurité. Le moment de l'attaque approchait...

Peu après, le Pai fit démarrer le catamaran et se dirigea vers l'île. Il saisit sa longue-vue. Les deux bateaux étaient ancrés à l'endroit où la lagune formait un port naturel. On reconnaissait facilement le bateau du Français et, à côté, le yacht de haute mer, probablement celui d'un *Palangi*. Un *Palangi* qui avait découvert cette île inconnue...

Là-bas, face au catamaran, la lueur rose du couchant

nimbait les sommets. Pas si petite que ça, cette île, et vraiment jolie, en plus.

« C'est l'île, fit Osea à côté de lui.

– Qu'est-ce que tu racontes ?

– J'ai déjà entendu parler de cette île.

– Encore ces histoires ! Et qui t'en a parlé ?

– Mon grand-père. »

Le Pai haussa les épaules. Il avait plus important à faire que d'écouter les histoires d'Osea. Cet étranger, là-bas – son bateau était de belle taille. Il avait peut-être un équipage de deux, voire trois hommes. Parfait. Autant de butin en plus.

Mais que racontait donc Osea ? Il tourna la tête : « Qu'est-ce que tu disais ?

– Je dis que cette île est habitée.

– Tu es cinglé ! Pourquoi elle serait habitée ? Elle n'est sur aucune carte.

– Mais moi, je sais qu'elle est habitée. »

Comme d'habitude, le Pai dut faire preuve de patience. Osea ne lâchait ses paroles qu'à contrecœur, comme des objets précieux, mais finalement, le Pai réussit à le faire parler. Ce qu'il parvint à recueillir était une histoire succincte et plutôt compliquée sur le grand-père, l'arrière-grand-père et les ancêtres d'Osea. Autrefois partis vers le nord dans leurs pirogues de guerre, ils avaient débarqué sur une île solitaire et éloignée. Ils s'emparèrent de la *mana* des habitants : ils les massacrèrent, les dévorèrent et emmenèrent les plus belles femmes avec eux.

« Fantastique, commenta le Pai. Alors comme ça, vous n'étiez pas seulement des bouffeurs de coco, mais aussi des cannibales. Et pour ce qui est des belles femmes, vous n'avez jamais été les derniers !

– Tu l'as dit », répondit Osea en riant. Il riait rarement d'habitude, mais il semblait très fier de ses ancêtres. Puis il ajouta quelque chose qui fit dresser l'oreille au Pai. Son grand-père lui avait raconté que les femmes de cette île n'étaient pas seulement belles, elles avaient en plus quelque chose de particulier.

« Et c'était quoi, Osea ?

— Des perles. Les plus belles perles des mers du Sud, répliqua Osea. Des perles comme on n'en a jamais pêché sur aucune autre île. »

Le Pai se tut longuement. Puis il reprit la longue-vue. Des perles... songeait-il. Et si c'était vrai ?... Mais qu'y avait-il là-bas ? Ces points lumineux... Oui, maintenant il les voyait très distinctement. Des lumières brillaient sur l'île !

Il tendit la longue-vue à Osea, qui poussa un cri clair, à demi étouffé, comme un sifflement. Puis il se mit à rire. « Tu vois ? Je te l'avais bien dit !

— Qu'est-ce que c'est que ces lumières ? Qu'est-ce que ça veut dire ?

— Ces lumières ? C'est pour une fête, Pai. Quand on se rapprochera de l'île, tu entendras le son des tambours. Ils donnent une fête en l'honneur du Français. Tu sais ce qu'ils vont faire ? Ils vont boire comme des trous toute la nuit et ils iront dans les buissons avec les femmes. Et nous, tu sais ce qu'on va faire, Pai ? C'est simple : on va foncer dans le tas et se servir ! »

C'était le plus long discours que le Pai eût jamais entendu dans la bouche d'Osea. « On fonce dans le tas et on se sert. » Ça ne serait sûrement pas si facile. Beaucoup de lumières, cela voulait dire beaucoup de gens... mais aussi beaucoup de perles !

Le Pai débraya et appuya la tête sur ses poings. « *Kyrie eleison* », hurla-t-il en essayant de se représenter tout ce qui les attendait là-bas...

Cela durerait un jour, peut-être deux. Ou même trois, qui sait ? En tout cas, ce serait une sacrée fête ! On avait déjà égorgé des cochons et cueilli des racines de *kawa*. Les pêcheurs avaient attrapé des homards dans les rochers et ramené des poissons. Une atmosphère d'attente joyeuse et fébrile régnait dans le village.

Les préparatifs durèrent toute la journée. Les poules et les gorets caquetaient et couinaient sur le chemin des fours en terre, que l'on avait recouverts de nouvelles pierres afin que le feu prenne mieux.

On sortit les lourds tambours en bois pour les essayer. Les femmes et les jeunes filles se lavaient les cheveux, s'oignaient d'huile et se fardaient. Dans les tonnelets, on touillait le *kawa*, la boisson des dieux qui réjouit les cœurs et donne son plein essor à la fête.

Dès le matin, Tapana avait ordonné de mettre à l'eau les deux grandes pirogues de guerre. Ses fils et les fils des anciens devaient monter la garde à tour de rôle devant l'*Ecole* afin que personne ne grimpe dans le bateau. Ils s'ennuyaient ou, plus exactement, ils rongeaient leur frein. Ils étaient furieux que tout le monde sauf eux puisse participer aux préparatifs de la fête. Mais le bateau de Chibé était tabou. Personne n'aurait rien volé, bien sûr, mais prudence est mère de sûreté. Les gens de Tonu'Ata étaient tout simplement trop curieux de savoir quelles merveilles Chibé leur apportait après trois ans d'absence. Il y avait probablement de ces boîtes qui font de la musique comme celle d'Owaku. Chibé avait sûrement apporté des cisailles et des semences, et ils en avaient grand besoin. Et aussi des tissus, des aiguilles, du fil, des cordes en nylon et des filets de pêche.

Mais la fête venait en premier...

« Cette saleté de palan coinçait, racontait Gilbert Descartes. Je n'avais encore jamais vu ça : pas moyen de le baisser. Il ne faisait pourtant pas très sombre, mais juste à ce moment-là, la tempête a éclaté, quelque chose de mignon ! Alors j'ai encore essayé et, bien sûr, la voile s'est déchirée et la moitié du mât a suivi. Qu'est-ce que je pouvais faire d'autre que continuer avec la quille ? Et là, évidemment, j'ai un peu surmené ce pauvre vieux Freddy. D'abord, une soupape a lâché, et puis j'ai eu des ennuis avec le calfatage. En fait, j'avais trop à faire pour pouvoir m'occuper de Freddy, et il a assez mal encaissé la tempête. Faut dire aussi qu'il n'est plus de la première jeunesse.

— Qui est " Freddy " ? demanda Ron en souriant.

— Au départ, c'est un type que j'ai connu — quelqu'un de pas commode. Mais le " Freddy " de mon bateau est un Cummings de 1924. Ce sont toujours les meilleurs diesels du monde.

— Ah oui ? » Ron tourna de nouveau les yeux vers la lagune étincelante et paisible. On distinguait nettement la forme massive du bateau ancré là-bas.

Ils étaient assis sur la terrasse de la maison de Ron. La nuit tombait mais à l'ouest, un soupçon de lumière rose s'attardait au-dessus des palmiers. Du village montaient des voix excitées, et un fumet savoureux s'échappait des fours en terre.

Descartes reposait sur sa chaise. Six heures de sommeil semblaient lui avoir suffi.

« Ron Edwards. » Le visage rond et aimable devint pensif. « Américain, c'est ça ? D'où venez-vous donc ?

— Américain d'origine allemande, rectifia Ron, évitant une réponse directe. Et vous, d'où venez-vous ?

— Oh, ce n'est pas une question facile. Quand on a vécu ici pendant un certain temps, on doit se creuser la tête pour y répondre, vous ne trouvez pas ?

— Si, fit Ron. C'est vrai. Mais on peut toujours raconter...

— Je suis né à Lyon et j'ai enseigné là-bas. La ville des marchands et des épiciers. Et pour moi, la ville où l'on ressent la plus grande force centrifuge du monde. Avez-vous déjà entendu parler d'un certain Nikolaus von Kues ? »

Ron secoua la tête.

« C'était un Allemand, lui aussi. Il vivait quelque part au bord de la Moselle, je crois. Enfin bref, Nikolaus von Kues a formulé la théorie selon laquelle une ligne n'est que l'extension d'un point. Lyon était mon point, mais aujourd'hui, je me vois plutôt comme une ligne, vous comprenez ? »

Ron n'était pas tout à fait sûr de comprendre. « Qu'avez-vous donc enseigné à vos élèves ? La philosophie ?

— Tout juste ! Vous êtes voyant, ma parole ! C'étaient pour la plupart des écolières. De petits animaux effrontés et sans cervelle. Je peux en ravoir un peu ? » Il désigna la bouteille de Courvoisier. « Il m'arrive de me sentir fier d'être français. On a réussi au moins ça : fabriquer du bon cognac. »

Ron lui remplit de nouveau son verre. La bouteille était maintenant à moitié vide. C'était la dernière qu'il lui restait, celle qu'il avait ouverte après avoir vu le requin.

« Santé ! » Gilbert Descartes leva son verre. « Pourquoi me vouvoyez-vous, Ron ? C'est la tradition allemande ?

— Mon Dieu, vous êtes plus âgé que moi, et philosophe, qui plus est.

— Plus vieux, c'est sûr, fit mélancoliquement Descartes. Mais philosophe ? Et puis vous m'avez remorqué jusqu'ici. Et vous vivez avec la plus belle femme de Tonu'Ata. Vous devez donc être quelqu'un de rudement bien ou avoir des trésors en votre possession, sans parler de votre yacht. Mais dites-moi, que devient Lanai'ta ?

— Ça fait déjà deux fois que tu me le demandes.

158

« — Pourquoi pas ? Après tout, les filles de Tapana s'amusaient à grimper dans mon bateau alors qu'elles n'étaient pas plus hautes que ça. C'étaient déjà des nageuses et des plongeuses remarquables. Lanai'ta est-elle mariée ?

— Elle a un enfant. Le père est mort.

— J'en suis désolé...

— Elle habite juste en face. » Ron montra du doigt le fronton brun qui s'élevait derrière les bosquets de bambous délimitant le jardin. Il se demandait s'il devait raconter à Descartes la mort de Jack dans la baie, mais il y renonça : ça pouvait encore attendre.

Là-bas, dans le village, les premiers tambours résonnaient. C'étaient les plus petits, au son plus clair, sur lesquels s'entraînaient les adolescents. Les yeux de Descartes se fermèrent derrière ses drôles de petites lunettes. Il avait l'air parfaitement détendu.

« As-tu aussi connu Nomuka'la, le guérisseur ? demanda-t-il.

— Oui.

— C'était quelqu'un d'intéressant. Un vrai philosophe, à sa manière. Il était très intelligent. Nous avons souvent discuté ensemble. Tama m'a dit qu'il était mort. »

Ron acquiesça. Il repensa alors au requin blanc, à la journée précédente et au cauchemar qu'il avait eu cette nuit...

« As-tu déjà eu affaire à des requins, Gilbert ? demanda-t-il, poursuivant sa pensée.

— Moi ? » Le visage rond de Descartes était levé vers le ciel. Il gardait les yeux fermés et il avait un air rêveur. « Je crois bien, oui : j'ai beaucoup plongé, autrefois.

— Plus maintenant ?

— Tu m'as demandé pourquoi je suis resté si longtemps sans revenir ici. Voilà la réponse. » Il se pencha en avant et releva son pantalon sur sa jambe droite, découvrant un

159

genou tordu couvert de cicatrices bleuâtres. « Le coup classique : j'ai glissé sur une peau de banane sur le pont de mon bateau. Et voilà le résultat. Hors service pendant deux ans... J'ai d'abord passé six mois à la clinique de Pangai. Il y avait là-bas un jeune médecin très gentil, le docteur Hendrik Merz – encore un Allemand, entre parenthèses. Il s'est démené pour rafistoler ma jambe. Il n'a réussi qu'en partie... enfin, dans la vie, il faut prendre les choses comme elles viennent. J'ai pensé que c'était peut-être un signe du destin. Lorsque je suis revenu à Puerto de Refugio, j'ai laissé l'*Ecole* à quai, j'ai acheté des pantalons blancs et une chemise blanche, et je me suis dit : maintenant, que vas-tu faire ? Naviguer d'île en île est un boulot sans avenir – l'avenir, c'est le tourisme. Alors j'ai joué au moniteur en donnant des leçons de voile aux touristes. Il faut dire qu'il y en avait un sacré paquet, j'ai même vu des gens de Lyon et de Toulouse. Pour eux, j'étais une sorte d'original. Chaque fois qu'ils me demandaient ce que je faisais dans les mers du Sud, je leur posais la même question... »

Il leva son verre et le contempla en souriant. « Mais trêve de digressions, pourquoi m'as-tu interrogé sur les requins ? »

Ron lui raconta son aventure dans la baie.

– Ah, c'est donc ça ? » Le sourire de Descartes s'était soudain effacé. « Tu es entré dans la baie avec ton vapeur de luxe ? Tu es souvent allé là-bas ?

– D'abord, arrête avec le " vapeur de luxe ", Gilbert. Sans lui, tu serais probablement encore en train de tourner en rond sur l'océan. Et pour répondre à ta deuxième question : oui, je suis souvent allé dans la baie.

– Il y a donc des requins là-bas ? Celui dont tu m'as parlé devait être un requin blanc. Ce sont les plus grands, et parmi les plus dangereux. Mais ça m'étonne : en général, ils évitent ce genre d'endroits.

160

– C'est ce que je croyais aussi – avant de me retrouver face à lui.

– Et depuis quand vas-tu là-bas ? »

Ron hésita. « Depuis environ deux ans », répondit-il finalement.

Descartes posa son verre et le regarda droit dans les yeux. Son regard était froid, aigu et insistant. Ron se sentit soudain mal à l'aise.

« Savais-tu que pour les gens d'ici la baie est sacrée ?

– Oui, enfin..., commença Ron.

– Tu le savais, oui ou non ?

– Je... comment dire... je l'avais plus ou moins deviné.

– Je t'ai demandé si tu le savais !

– Oui – et tu sais très bien ce que j'allais faire là-bas. Bon Dieu, on peut arrêter de jouer à cache-cache comme des idiots ?

– Tu as raison. » Gilbert Descartes avait retrouvé son sourire amical, tout en conservant une expression impénétrable. « Tu cherchais des perles, c'est ça ?

– Tu vois, toi aussi, tu sais où les trouver.

– Bien sûr ! Maintenant, je vais encore te poser une question. Tu n'es pas obligé d'y répondre. Après tout, nous nous connaissons à peine... Toi et moi, nous sommes les seuls étrangers à connaître l'existence de cette île. Et, je l'ai bien senti, nous l'aimons tous les deux. Et nous sommes heureux que personne ne puisse dire : " Ah oui, Tonu'Ata ! Il faut absolument aller là-bas ! Il faut avoir vu ça ! Une île idyllique des mers du Sud ", etc.

– Où veux-tu en venir ?

– Je veux dire que nous avons tous deux intérêt à garder le secret sur Tonu'Ata.

– Et ta question ?

– Ah oui, ma question... » Descartes ferma de nouveau

les yeux. « Tu es arrivé ici en canot. Ensuite, tu es reparti dans le même canot pour Pangai ou Papeete. Et là-bas, Ron ? Ce qui t'a permis d'acheter ton yacht et tous tes gadgets, c'était un compte en banque bien garni ?

— Non. » Peut-être était-ce une erreur monumentale de se confier à cet homme, mais il en éprouvait un besoin impérieux.

« Tu vois (Descartes posa la main sur le genou de Ron et sa voix devint basse et confidentielle), je peux te raconter la suite : tu as vu les perles et tu as demandé à Tama d'où elles venaient. Puis tu es allé avec elle dans la baie et vous avez plongé ensemble. Dès son enfance, c'était l'une des meilleures plongeuses de l'île. Vous avez pêché autant de perles que vous le pouviez, puis tu les as emportées dans ton canot et tu les as revendues quelque part... Est-ce que je me trompe ? »

Ron ne répondit pas. Au-dessus des palmiers, le rose du soleil couchant s'était mué en un rouge flamboyant. Là-bas, dans le village, les roulements de tambour s'amplifiaient.

« Et avec tout cet argent, tu t'es offert un magnifique bateau et tu es revenu ici, plein d'illusions », acheva Descartes.

Tous deux se turent.

« Alors toi aussi, tu savais, pour les perles ? demanda Ron après un moment.

— Naturellement ! Qu'est-ce que tu crois ? Toutes les femmes de l'île en portent ; on finit par se poser des questions.

— Mais... alors pourquoi tu... ?

— Pourquoi je n'ai pas fait la même chose que toi, alors qu'on ne trouve presque plus de vraies perles dans les mers du Sud ? C'est ça ?

— Oui, fit Ron.

162

– Eh bien, Ron, la réponse la plus simple serait peut-être : parce que je ne suis pas comme toi. Mais ça sonne un peu trop pharisien à mes oreilles. Je laisse chacun vivre comme il l'entend. Comment apprendrait-on à se connaître soi-même, sinon ? Et moi aussi, je vis comme je l'entends. Entre autres, j'accepte ce que des gens d'une autre civilisation considèrent comme juste et bien, c'est-à-dire leurs traditions, leurs croyances et leurs lois. Naturellement, j'ai vu les perles et j'ai su d'où elles venaient. Mais pour les gens d'ici, ces perles représentent quelque chose qui n'a rien à voir avec l'argent. Pour eux, elles sont sacrées – ou taboues... Alors, elles le sont pour moi aussi. »

Ron garda le silence.

« Ecoute-moi, Ron ! Ne prends pas ce que je viens de dire comme un reproche. » De nouveau, Descartes posa la main sur son genou. « Je ne veux pas jouer les donneurs de leçon. Surtout pas avec toi. » Il rit. « Seulement moi, je n'ai pas besoin de goniomètre satellite, et je ne pense pas grand bien du pilotage automatique, ni de toutes ces précieuses inventions que tu m'as déjà énumérées. Et le progrès ? me diras-tu. C'est l'opium de l'humanité. Moi, mon vieux, je me contente de mon petit frigo. Bien sûr, il faut une batterie pour le faire marcher, mais Freddy y suffit largement.

– Ah oui ? demanda Ron. Et ton Freddy, à quoi il te servira si je ne polis pas la culasse à la machine ?

– Oh, tu vas rire, mais ça aussi on peut le faire à la main ! »

Le début de cette soirée promettait une fête mémorable. Six feux brûlaient sur la place du village, illuminant la forêt de palmiers. Un fumet appétissant s'échappait des fours. Devant la maison du chef, les jeunes hommes se rassemblaient, massue de guerre au poing, pour le *kailao*, la danse de guerre traditionnelle.

Les tambours retentirent. Les guerriers formèrent un cercle, les massues s'élevèrent, les cuisses musclées et brillantes tressaillirent, les ceintures étincelèrent et les pagnes volèrent. Les pieds martelaient le sol en cadence de plus en plus violemment, ils piétinaient les ennemis, les démons et les mauvais esprits et les enfonçaient dans le sable, tandis que les tambours résonnaient de plus en plus fort et de plus en plus vite.

Alors, Tapana apparut. Il était entouré de ses aînés, les nobles de la tribu. Chacun occupait la place qui convenait à son rang. Tapana avait vraiment l'air d'un roi. De sa coiffe brodée s'élevaient de grandes plumes colorées, et les disques de nacre cousus aux fibres de pandanus de sa tenue de cérémonie étincelaient. Il tenait à la main son sceptre, une massue d'apparat magnifiquement sculptée. Il était le souverain de l'île et il le montrait.

« Il est splendide, hein ? » murmura Descartes.

Ron hocha la tête et repensa au jour où Tapana était étendu dans sa maison, le ventre ouvert, tandis que Jack et le docteur Rudeck tentaient d'en extraire le pus. Ce jour-là, personne n'aurait donné cher de la vie de Tapana...

Ron et Descartes s'étaient assis sur une natte, un peu à l'écart de la fête. Ils avaient emporté quelques canettes de bière. « Tu sais, avait dit Descartes, ce *kawa*, c'est pas tellement mon truc... »

Ron n'en raffolait pas non plus. Le *kawa* était peut-être un fameux excitant, mais il lui trouvait surtout un goût d'eau de vaisselle poivrée. Là-bas, les hommes faisaient circuler les écorces de noix de coco contenant la boisson.

« Maintenant, Gilbert, tu vas avoir droit aux discours.

— Eh oui, le discours fait partie de la fête. Combien de fois crois-tu que j'aie dû endurer cela ? »

Tapana parla le premier en leur adressant de la main un salut plein de dignité. Son discours évoquait la déesse Onaha et tous les bons esprits des ancêtres de Tonu'Ata qui avaient sauvé le frère Chibé et l'avaient escorté jusqu'à l'île, lui et son bateau, après une si longue absence... Ils étaient tellement nombreux, ces esprits, que Ron se surprit bientôt à somnoler. Il se retourna et fouilla dans le carton à la recherche d'une autre canette.

« Mon Dieu, qu'elle est belle ! » dit alors Descartes.

Ron tourna la tête. Tama s'avançait sur la place du village. Ma Tama, mon amour, pensa-t-il tendrement.

La chevelure de la jeune femme semblait étinceler et son corps svelte aux cuisses longues, à la taille fine et aux seins hauts et fermes était aussi délié qu'une flamme.

Les tambours résonnèrent de nouveau. Les bras de Tama s'élevèrent et ses hanches tournoyèrent, faisant onduler son pagne de danseuse. Les perles de sa parure semblaient s'animer et jeter des étincelles.

« Elle est vraiment merveilleuse ! » Descartes avait une expression enthousiasmée. Il ôta les lunettes de son nez et les nettoya, comme s'il ne pouvait en croire ses yeux.

Et Tama dansait...

Il faisait maintenant nuit noire. Il n'y avait plus rien à ajouter désormais. Chacun savait ce qu'il avait à faire. Ils avaient monté le Johnson sur le canot du catamaran. C'est Osea qui le conduirait et qui monterait la garde pendant l'attaque.

Plus le catamaran se rapprochait de l'île, à l'abri des montagnes, plus le tam-tam sourd et rythmique des tambours s'amplifiait.

« Ecoutez un peu ça ! »

165

Le bruit était maintenant plus fort et plus rapide. Il était presque minuit. Ils caressaient leurs armes. Dans une heure, tout serait terminé, avait dit le Pai. On verrait bien. Il y avait certainement des femmes là-bas...

Avec un léger grincement, le bateau glissait sur l'eau. Le bruissement des vagues couvrait maintenant le son des tambours et les chants.

« Ils sont nombreux, chuchota Levuka.

— T'as la trouille, gamin ? Ils ne seront plus qu'une poignée quand on se sera mis au boulot... ça sera aussi facile que de jeter une pierre dans un seau ! »

Le Pai caressa le sac en toile qui pendait à son côté, alourdi par les dix grenades. Il aimait sentir ce poids.

« Ça, ça va les expédier en enfer, et en musique ! Amen.

— Amen, répétèrent les autres.

— D'abord, on s'occupe des *Palangis*. Ils assistent à la fête, elle a été organisée pour eux. Puis, quand on aura trouvé les autres, on les rassemble dans une hutte. Et s'ils ne se montrent pas raisonnables, on leur joue un grand solo de tambour : bong-bong-bong... »

Ils hochèrent la tête, mais personne ne riait plus.

« La mer a recraché Owaku, Chibé ! Oui, elle l'a recraché comme un paquet d'algues ! »

Antau était en verve. Au cours de la fête, il était venu s'asseoir en face d'eux. Il tenait la tête très droite et riait de toute sa bouche édentée. A un moment, il avait essayé de se lever et était aussitôt retombé : trop de *kawa*. Qu'importait ? Son esprit avait des ailes. C'était une nuit merveilleuse. Ils avaient festoyé comme des rois – cochons de lait, poulets, langoustes, poissons et fruits. Et maintenant, il devait absolument parler.

166

« Il était misérable, Chibé... un pauvre *Palangi* à moitié mort. Il n'avait plus de bateau, hein, Tama ? C'est bien la vérité ? »

Tama était allongée, la tête dans le giron de Ron. Elle hocha la tête pour approuver, mais elle aurait probablement approuvé n'importe quoi. Elle était à moitié endormie, comme un enfant, et à croquer. Je vais bientôt la mettre au lit, se promit Ron.

« Mais nous l'avons accueilli parmi nous, reprit Antau, à présent très solennel. Nous l'avons accueilli comme un frère. Et pourquoi ? Parce que nous avons nos traditions. Nous lui avons donné une hutte, de quoi manger et des vêtements. Nous lui avons construit une pirogue. Tapana lui a donné Tama, sa fille. Et Owaku a récompensé Tapana de ses présents : il l'a guéri ! Il lui a sauvé la vie.

— Arrête, Antau ! D'abord, ce n'était pas moi, mais Jack Willmore et ce docteur de Pangai.

— Ils sont morts tous les deux, Owaku, répliqua Antau avec une sereine objectivité. Toi, tu es vivant. Et tu as guéri ma mère et l'enfant de ma sœur, la petite Nia. Tu as guéri beaucoup de gens. Et tu as pêché des perles... Aujourd'hui, tu n'es plus seulement notre frère, mais aussi un homme riche et puissant. Tu as fait sortir la lumière de petites boîtes blanches, de la musique d'autres boîtes, et tu nous as apporté un tas d'autres choses merveilleuses. Ton nouveau bateau est plus beau que le palais de ce roi qui vit quelque part au-delà des mers. Et nous savons aussi ce que tu fais dans ton bateau, quand tu t'y rends la nuit avec Tama. Nous entendons la musique... »

Descartes éclata de rire comme lui seul pouvait le faire, d'un rire tellement énorme que les hommes assis un peu plus loin levèrent la tête.

« Arrête, Antau !

– Mais je vais encore te dire autre chose, Owaku. Ton idée d'installer ce tuyau noir qui doit apporter l'eau dans le village et dans ma maison... »

Ron leva la main, mais à cet instant, il ne savait plus très bien pourquoi... lui aussi avait la tête lourde. Seulement, ce n'était pas le *kawa* mais la Spätenbrau. Par forte chaleur, ses effets devenaient redoutables.

« Qu'est-ce que tu regardes, Owaku ? »

Ron ne répondit pas. Il éprouvait inexplicablement la sensation qu'une menace planait dans l'air. Son regard se tourna vers le feu qui brûlait en début de soirée. Maintenant, ce n'était plus qu'un amas de braises rougeoyantes...

Des jeunes filles étaient assises autour du foyer. Elles venaient de danser, le haut du corps nu, montrant leurs jeunes seins. Elles avaient ri et fait tourner leurs *tapas*, ces pagnes en tissu peint de fleurs et de poissons. Maintenant, elles claquaient des mains et chantaient ; autour de leurs cous sveltes luisaient les perles dont leurs mères leur avaient fait présent. Derrière elles s'élevaient des palmiers. Comme les corps des jeunes filles, ils rougeoyaient à la lueur des flammes. Et c'était là que Ron avait vu des ombres...

Tama poussa un soupir, somnolente et heureuse. Antau fixait Ron du regard. Descartes intervint : « Alors, Ron, on te raconte de belles histoires et tu n'écoutes même pas ? Qu'est-ce qui te prend ? Tu regardes les jeunes filles ? Laisse tomber : tu as déjà la plus belle.

– Tais-toi... Regarde, près des palmiers – tu ne vois rien ? »

Il avait d'abord cru à un couple d'amoureux, mais les deux ombres qui s'approchaient de la place n'avaient rien de sensuel.

« Tama ? » Ron la secoua. « Tama... réveille-toi ! »

Elle ouvrit les yeux et sourit. A l'instant même, un coup de feu partit. Tama poussa un cri étouffé et Descartes se retourna, l'air étonné.

Tama s'était levée d'un bond. Ron la plaqua au sol et fixa du regard les deux hommes qui sortaient de l'ombre et s'avançaient sur la place. Ce spectacle lui paraissait parfaitement invraisemblable. C'était comme si deux spectres venaient de se matérialiser. Cependant, ils étaient bien réels et ils tenaient au poing des armes automatiques. Le plus petit était coiffé d'un bandeau rouge. En plus du chargeur de rechange qui pendait à son épaule, il portait à la ceinture un sac bien rempli.

D'autres munitions ? pensa Ron. Ou des grenades ?

A cet instant, il était heureux d'avoir choisi l'endroit où ils se trouvaient pour passer la soirée : deux énormes bananiers les dissimulaient. Il réfléchit à toute allure. Il savait déjà ce qu'il avait à faire mais il préférait attendre encore. Qui étaient ces hommes ? Combien étaient-ils ? Et surtout, que voulaient-ils ?

Après le tapage de la fête, le silence qui s'abattit sur le village était oppressant. L'homme au bandeau rouge regardait les jeunes filles avec un sourire grimaçant. Puis il s'avança lentement au milieu de la place, balançant avec désinvolture son arme à bout de bras, nonchalant comme un promeneur. Il s'arrêta, tourna la tête, leva son pistolet mitrailleur et tira en l'air, juste au-dessus des têtes des villageois qui suivaient ses mouvements, comme pétrifiés. Puis il leva le bras gauche et hurla d'une voix perçante : « Tout le monde à plat ventre ! Dans le sable ! Les mains en avant ! »

Tous obéirent et se jetèrent à terre.

Il ne nous a pas vus ! pensa Ron, respirant le plus doucement possible.

« Allez, on fout le camp ! chuchota-t-il à Tama et à Descartes.

— Où, à la lagune ?

« — Non. A la maison, Gilbert. Là-bas, j'ai une petite surprise pour eux. »

Il saisit le poignet de Tama et il l'entraînait, quand il entendit un cri. Il regarda par-dessus son épaule et son cœur se serra.

Près du *fale*, une forme s'élançait. C'était l'un des jeunes hommes, et il tenait une lance à la main... Ron crut d'abord reconnaître Afa'Tolou, le frère de Tama. Puis une autre image resurgit : Fai'fa, le fils aîné du chef, le jour où il avait lancé son javelot avant de tomber sous les balles de Pandelli...

Mais celui qui courait maintenant vers la place était Alatu, l'un des fils de Seiva. Ron l'aimait bien. La semaine précédente, il lui avait ôté de l'avant-bras un long éclat de bambou qu'il s'était enfoncé en réparant le balancier de sa pirogue. La plaie était si profonde que Ron avait dû lui faire des points de suture. C'était au bras droit, il s'en souvenait, ce même bras qui brandissait maintenant la lance.

Alatu n'eut même pas le temps de la lever au-dessus de sa tête. De nouveaux coups de feu retentirent. Les gens de Tonu'Ata criaient, allongés au sol, les mains crispées dans le sable, et leurs voix s'unissaient en un chœur d'impuissance et de douleur. Mais Alatu ne pouvait plus les entendre. La salve l'avait atteint de plein fouet. Ce fut comme si une main géante l'avait soulevé et jeté à terre. Le sang jaillit de son corps déchiqueté et se répandit sur le sable. Sa main eut un dernier tressaillement, comme si elle cherchait encore la lance.

Presque au même instant, une forme se détacha du cercle des jeunes filles et se rua, bras levés et poings serrés, vers le meurtrier...

La suite fut comme une répétition effroyable de la mort d'Alatu : l'arme cracha une flamme et les balles frappèrent le corps svelte et à demi nu, l'arrêtant dans son élan comme un mur invisible...

Tama éclata en sanglots : « Vanaia!... C'est Vanaia, sa sœur!... Ils l'ont tuée... »

Nomuka'la! Dans son désespoir, Ron s'adressait au guérisseur. Tu as vu ce qui est arrivé! Où sont tes dieux? Pourquoi ne viens-tu pas à notre secours? On assassine ton peuple...

Et les deux tueurs n'étaient pas seuls : les premiers coups de feu étaient partis de la forêt de palmiers...

Ron et Tama s'élancèrent. Ils coururent pliés en deux, en s'efforçant de faire le moins de bruit possible. Lorsqu'ils arrivèrent devant leur maison, elle était plongée dans l'obscurité.

Et si d'autres tueurs les attendaient à l'intérieur? Non, la corde qui fermait la porte du jardin était comme ils l'avaient laissée. Ron la souleva.

« N'allume pas, Tama.

— Tu me prends pour une idiote?

— Où est passé Chibé?

— Il arrive. »

Oui, il arrivait en tanguant comme un bateau par forte houle.

« C'est pas trop tôt!

— Qu'est-ce que tu mijotes, Ron?

— Tu vas voir ça tout de suite. »

Descartes grommela quelque chose que Ron ne comprit pas. Il écoutait. Aucun son n'arrivait du village. Qu'est-ce qu'ils fabriquent, ces sales rats? pensa-t-il. Chaque fois qu'un étranger débarque à Tonu'Ata, c'est un bandit ou un pirate. Au mot de pirate, Ron repensa aux informations qui l'avaient incité à acheter les kalachnikov. On avait parlé d'une bande menée par un Malais qui terrorisait les habitants de Samoa. Le type au bandeau rouge était-il malais ? Ce n'était pas un Polynésien, en tout cas, ni un Mélanésien. Peut-être venait-il d'Indonésie... Mais pour l'instant, une seule chose comptait : les arrêter avant qu'ils ne tuent encore.

« Ecoute, Ron, qu'est-ce qu'on fout ici ? Pourquoi on ne va pas sur ton bateau ? Ou sur l'*Ecole* ?

— Tu as des kalachnikov à bord de l'*Ecole*, Gilbert ?

— Quoi ?

— Des kalachnikov, des armes d'assaut russes, et des munitions... Tu as ça ?

— Non. J'ai seulement un petit calibre, pour tirer sur les chèvres sauvages.

— Ici, tu pourras tirer sur des rats, Gilbert. Allez, viens... »

Ils montèrent par l'escalier principal. Tama était déjà dans le débarras situé entre la cuisine et la chambre à coucher, et elle avait poussé de côté les matelas, les draps et les coussins empilés sur les caisses de munitions. Elle ouvrit une première caisse, adroite, calme et réfléchie comme un soldat.

Ma Tama... ! En cet instant, Ron l'admirait plus que jamais. Le sang des guerriers... l'héritage de ses ancêtres, ces grands conquérants polynésiens dont on pouvait lire les exploits dans les livres. En réalité, c'étaient des pirates, tout comme ces tueurs là-bas...

Elle lui tendit le chargeur rempli. « Je prends le revolver, Owaku.

— Pas question ! Tu restes ici.

— Moi ? Pas question ! D'ailleurs, qu'est-ce que je ferais s'il venaient ici ? »

Elle avait raison. Ron donna à Gilbert l'une des kalachnikov et trois chargeurs.

– Tu pourras t'en sortir avec ça? Regarde, ça, c'est le levier d'armement.

– Merci du renseignement, Ron, mais je connais ce genre d'instrument.

– Je te prenais pour un paisible commerçant...

– En effet, le plus paisible qui soit. Je me suis toujours demandé pourquoi je m'étais engagé trois ans dans la Légion. Maintenant, je le sais. »

Ce Descartes était étonnant : marchand, philosophe, et maintenant, légionnaire...

« Eh bien alors, montre-moi un peu ce que tu as appris... »

Ils s'approchèrent de la place du village en passant par la lagune. De ce côté-là, les palmiers étaient beaucoup plus clairsemés. Sous le clair de lune qui illuminait le paysage et les sentiers que les pêcheurs de Tonu'Ata empruntaient pour rejoindre leurs bateaux étaient presque blancs. Ron repéra un gros tronc qu'un ouragan avait fait ployer jusqu'à terre, si bien qu'il formait une barrière. Ron et Tama s'accroupirent derrière lui. Descartes arriva quelques secondes plus tard, beaucoup trop insouciant pour le goût de Ron.

« Bon Dieu, Gilbert, penche-toi, fit-il, et baisse la tête. »

Descartes s'exécuta en soufflant. Ron écarta des branches pour voir la place du village. Son cœur battit plus vite à la vue du spectacle qu'elle offrait.

Alatu et sa sœur gisaient à une dizaine de mètres à gauche du *fale* de Tapana. Les pirates avaient retourné Alatu sur le dos, bras et jambes étendus. Il avait l'air d'un crucifié.

Ils avaient séparé les villageois en plusieurs groupes. Les hommes et les femmes les plus âgés étaient toujours étendus. Autour d'eux, les enfants étaient accroupis en cercle, immobiles comme de petites poupées.

Mais ce fut le groupe des jeunes femmes et des jeunes

filles qui bouleversa le plus Ron. Elles formaient une longue file devant l'entrée du *fale* de Tapana. Les pirates avaient trouvé les torches fabriquées pour la fête et en avaient planté quelques-unes en demi-cercle devant l'entrée du *fale*. Sous leur lueur rouge et sinistre, le groupe des femmes semblait encore plus désarmé et pathétique.

« Ce ne sont pas des hommes, chuchota Tama à côté de lui. Ce sont des bêtes, non, des démons. »

Et eux-mêmes devaient se contenter de rester accroupis dans l'ombre et de regarder cette scène en retenant leur souffle. Ils ne pouvaient rien faire. Absolument rien.

L'homme au bandeau rouge était malais, cela se voyait à la forme de ses yeux. C'était sûrement le Malais dont parlait la *Dépêche*. Il tenait son pistolet mitrailleur à hauteur de hanche, le doigt sur la gâchette. Le canon était pointé vers les femmes. Ron ne douta pas une seconde que si quelque chose ne lui plaisait pas, il ferait feu. Il en était capable.

« Ils les poussent vers la maison, Owaku !

— Tais-toi, Tama...

— Comment, tais-toi ? Nous ne pouvons pas regarder ça sans rien faire ! Et s'ils les tuent tous ? Que veulent-ils faire d'eux ? » Des larmes brillaient dans les yeux de Tama. Il était sûr de ne jamais oublier son regard.

« Tu as vu ça ? » demanda Gilbert à voix basse.

Dès que l'une des femmes passait l'entrée, elle penchait la tête en avant et le deuxième homme, un type athlétique, lui arrachait son collier et le lançait dans un panier posé sur le sable.

« Ce sont des démons... G'erenge a appelé tous ses mauvais esprits sur nous, Owaku. »

Il comprenait l'indignation de Tama : ces colliers de perles faisaient la joie des femmes de Tonu'Ata. Elles se les transmettaient de génération en génération ; ces perles n'étaient pas seulement une parure, mais aussi des talismans et des souvenirs. Et maintenant, on les en dépouillait! Et pas un des guerriers de Tonu'Ata ne pouvait empêcher cela. Peut-être cette humiliation pesait-elle encore plus lourd que la perte des colliers.

Ron se força à retrouver son calme. Il inspira profondément et réfléchit. Bon, il y avait ces deux porcs-là, mais où était le troisième, celui qui avait tiré sur Alatu de la forêt? Ils avaient conçu leur plan intelligemment : deux d'entre eux agissaient ouvertement, tandis que les autres demeuraient dans l'ombre, prêts à intervenir.

« Combien sont-ils, à ton avis, Gilbert? »

A côté de lui, le gros homme haussa les épaules. « Aucune idée. Sûrement pas beaucoup. Trois ou quatre, peut-être. Je pense que tu as raison : il a des grenades dans son sac. C'est la guerre – non, c'est Oradour... »

Une réminiscence fugitive traversa l'esprit de Ron : Oradour? C'était pendant la Seconde Guerre mondiale... Les SS avaient enfermé les habitants d'un village français dans l'église et les avaient tous massacrés...

« Qu'est-ce que tu fais, Gilbert? demanda Ron en voyant le Français se lever. Où vas-tu? »

Descartes se contenta de lever la main. Le clair de lune illuminait son visage, un visage différent de celui que Ron lui connaissait : toujours rond et détendu, mais figé comme un masque.

Soudain, il s'élança avec une agilité dont Ron ne l'aurait jamais cru capable, traversa le sentier menant à la lagune et disparut dans l'ombre des buissons.

« Tama! Tu ne bouges pas d'ici, tu m'entends? »

C'était parfaitement absurde de lui donner cet ordre, car elle n'écoutait jamais de telles injonctions. Il s'élança et, effectivement, elle le suivit aussitôt. L'un derrière l'autre, ils

175

traversèrent le chemin et arrivèrent aux buissons. Gilbert était là. Ron reconnut son souffle puissant et saccadé avant même de le voir. Et il n'était pas seul.

Devant lui, les épaules plaquées au sol par les genoux de Gilbert, les jambes agitées de soubresauts comme des poissons hors de l'eau, un homme était étendu. Ron ne pouvait voir son visage caché par le ventre de Descartes ; il aperçut seulement le menton, que la main puissante de Descartes étreignait. Puis l'autre main descendit, empoigna la nuque de l'homme et on entendit un craquement bref. Les jambes qui battaient frénétiquement retombèrent, devinrent flasques, tressaillirent une dernière fois puis s'immobilisèrent.

Descartes se releva et essuya ses mains sur l'étoffe de son pantalon sale, comme s'il voulait les nettoyer.

« Mon Dieu, Gilbert...

— Oui, mon Dieu ! Tu l'as dit ! » Les verres de lunettes de Descartes étincelèrent. « Où est-il, ton Dieu ? Il a encore fait du beau travail ! » Sa voix n'était plus qu'un souffle et les mots coulaient, monotones et tristes : « Il m'aura tout de même longtemps laissé en paix. Cela fait trente ans que je n'ai pas été obligé de faire une chose pareille. Depuis l'Indochine... Tu crois peut-être que ça me fait plaisir ? »

Ils s'accroupirent de nouveau dans le sable. Un rayon de lune éclairait le visage du mort. C'était un visage jeune, presque enfantin. Il avait l'air paisible.

Gilbert secoua la tête et poussa un soupir. « Cela ne servirait à rien de retourner maintenant sur la place du village. Ils ont dû planquer leur bateau quelque part en y laissant une sentinelle. On va s'occuper d'elle tout de suite.

— Dans ce cas, tu leur coupes le chemin du retour, fit remarquer Ron.

— Tu parles, que je vais le leur couper ! Pas un seul ne

s'en sortira vivant! Ce qui s'est passé ne doit plus jamais recommencer! »

Ron rencontra le regard de Tama. Il ne trouva rien à répondre. Il pensait aux femmes, là-bas dans la hutte. Et aux grenades que l'homme au bandeau rouge, le chef de la bande, portait sur lui.

Gilbert avait raison...

Le bateau était amarré à l'ouest de la barrière de récifs, à un endroit où l'on pouvait traverser la lagune à gué. La montagne plongeait à pic dans la mer, masquant la lune de son ombre gigantesque. Ils ne distinguaient pas l'homme posté sur le rivage, mais ils voyaient à intervalles réguliers rougeoyer le bout de sa cigarette. Et cette ombre longiligne qui se détachait à peine de l'obscurité, c'était leur bateau.

La kalachnikov pesa soudain plus lourd dans la main de Ron. Elle était parfaitement inutile. Une simple détonation et, dans le village, les grenades exploseraient, les mitraillettes hurleraient, donnant le signal du massacre.

« Gilbert ? »

Le Français émit pour toute réponse un grognement morose en forme de soupir. La lune dominait la mer, blanche et indifférente, la lagune scintillait et seul le bruissement des vagues déferlant sur la barrière de récifs venait rompre le silence. Tout était si paisible... N'était-ce pas une nuit de fête ?... Et maintenant... non, pas un seul de ces assassins ne devait repartir d'ici vivant!

La main de Ron se crispa sur la crosse de son arme. Accroupie à côté de lui, Tama posa la main sur son genou. Elle tremblait.

« Tout va bien se passer, Tama. » Cette phrase sonnait comme un serment. Elle ne répondit pas.

« Ron, chuchota Gilbert. Est-ce qu'on arrive directement aux récifs en longeant la montagne ? Ou est-ce qu'on doit se mettre à l'eau ?

— Oui, en passant à droite, il faut nager. La paroi de la montagne tombe directement dans la mer.

— Il faut nager sur combien de mètres ?

— Pas beaucoup. A peu près cent mètres.

— C'est de la roche ou des galets ?

— Du rocher, fit Ron.

— Bon, allons-y. »

Gilbert posa la main sur l'épaule de Tama pour qu'elle reste accroupie. Cette fois, elle ne protesta pas...

Ron partit en éclaireur. Il connaissait chaque arbre et chaque détour de ce chemin, il aurait pu le parcourir les yeux fermés. Parfois, il s'arrêtait et attendait Gilbert, les nerfs à vif. On n'entendait toujours aucun son en provenance du village. Ici non plus, sauf de temps à autre le craquement d'une brindille sous la semelle de Descartes, mais le clapotis de l'eau couvrait le bruit.

Tous deux portaient des chaussures de voile aux semelles en caoutchouc. Lorsque la fête avait commencé, ils les avaient gardées aux pieds afin de se protéger des scorpions et des épines. Maintenant, ils s'en félicitaient. Les semelles leur permettaient de marcher en silence et sans risque de déraper.

Ils avaient atteint le premier des blocs de basalte que le volcan avait projetés sur la plage, il y avait très longtemps de cela. Il gisait à l'oblique dans le sable, couvert de flaques d'eau. Derrière ce bloc, une saillie rocheuse qui avait l'allure d'une plate-forme descendait jusqu'à l'eau.

Soudain, Descartes s'immobilisa et sa main agrippa

l'épaule de Ron : le bateau des pirates ! Il était bien amarré à l'extrémité de la lagune et au pied de la montagne. On ne voyait plus rougeoyer la cigarette de la sentinelle : l'homme était maintenant dissimulé par le gros bloc de roche volcanique qui fermait la baie...

Ils se regardèrent.

« Saleté de genou, chuchota Gilbert. Aide-moi un peu.

– C'est à moi d'y aller, Gilbert.

– Non, Ron, tu ne peux pas faire une chose pareille. Allez, aide-moi ! »

Peut-être était-ce l'accent de résolution inébranlable dans la voix de Descartes, ou peut-être sa propre incertitude, mais Ron se laissa convaincre.

Ils étaient tout près du rocher qui dissimulait la sentinelle. Ron se préparait à faire la courte échelle à Gilbert, mais celui-ci secoua la tête. « Ton épaule suffira. Agenouille-toi. »

Ron obéit, sentit sur ses épaules un poids qui fit trembler tous ses muscles, puis il entendit un raclement. Maintenant, il ne sentait plus rien ; le Français s'était hissé sur le rocher.

Tout se passa très vite. Il y eut un cri. Ce n'était pas la voix de Descartes. Ron essaya à son tour de se hisser, mais il glissa en arrière. Il vit alors à côté du bateau une forme inerte à moitié immergée. Les vagues la déplaçaient d'avant en arrière. Ron sentit la sueur couler le long de son dos et un frisson le secoua.

Reprends-toi, se dit-il. Gilbert a raison : des rats ! Pas un ne doit s'en tirer !

Puis il entendit la voix étouffée du Français : « Ron, aide-moi à remonter !

– Et le bateau ? chuchota Ron.

– Merde ! Tu as raison ! J'y vais. »

Gilbert était dans l'eau jusqu'aux genoux. Il se courba,

souleva une rame et la lança à Ron : « Là ! Maintenant, je m'occupe du moteur. »

Ron voulut d'abord briser la rame sur le rocher, mais il pensa que cela ferait trop de bruit. Il la jeta entre deux blocs de rocher.

Gilbert réapparut, noir et trempé. Il dit d'une voix basse, indifférente et comme étrangère : « Il a failli avoir mes lunettes. Il n'aurait plus manqué que ça... Maintenant, il faut rentrer immédiatement au village. Le diable seul sait ce qui peut encore leur passer par la tête...

— Et s'ils réussissent à mettre la main sur nos bateaux ?

— Pour l'instant, ils ont autre chose à faire. Et de toute façon, ils prendront leur propre canot, pas le nôtre. S'ils venaient maintenant, on pourrait les coincer... mais ils ne vont pas nous rendre la tâche aussi facile. Ils doivent être encore en train de fouiller le village ou d'embêter les femmes. Allez, rapplique ! »

Ils revinrent en courant. Tama les attendait à l'endroit où ils l'avaient laissée. Elle se leva et les regarda avec une expression où se mêlaient la peur et l'espoir : « Tout à l'heure, quelqu'un a crié dans le village. C'était terrible... et je... je ne peux pas m'empêcher de penser à Lassai' ta... »

La sœur de Tama était restée chez elle. Depuis la mort de Jack, elle ne participait plus à aucune fête. De plus, ce soir-là, le petit Jacky avait la fièvre.

« Ils sont encore au village, je te dis. Allons-y. Et surtout, pas de bruit, Tama.

— Et ensuite ? »

Ron réfléchit. Il avait une vague idée de ce qui allait suivre et il avait même en tête une ébauche de plan. Ils devaient agir rapidement, avant d'être repérés, car il ne fallait pas se faire d'illusions : dès que les tueurs auraient conscience d'un danger, ils tireraient dans le tas ou ils prendraient des otages. Il fallait les avoir par surprise, par exemple en pénétrant dans le *fale* de Tapana et en ouvrant le feu là, au milieu des prisonniers.

Il exposa son plan à Gilbert, qui leva la main en signe d'approbation : « D'accord. Mais s'il en débarquait un nouveau, que nous n'aurions pas encore vu ? »

Il n'y avait rien à répondre à cela.

« Bah, ça ne sert à rien de spéculer, décida Descartes. Un mauvais plan vaut mieux que pas de plan du tout. Il faut tenter le coup. »

Mais quand ils arrivèrent devant la place du village, ils comprirent que la situation avait changé et qu'ils devaient immédiatement passer à l'action. Les pirates avaient ranimé le feu qui brûlait devant la maison de Tapana, ou peut-être avaient-ils contraint les villageois à le faire. Les flammes s'élevaient presque à hauteur d'homme et éclairaient la place, le *fale* et les hommes, comme dans une mise en scène infernale.

Le chef des pirates, le Malais au bandeau rouge, se tenait presque au centre de la place. Les pirates étaient trois à présent. Un géant aux pieds nus, vêtu d'un jean blanc sale et d'un T-shirt vert, s'était posté devant le *fale* de Tapana et en gardait l'entrée, le fusil à la main. Le troisième homme se penchait sur deux corps d'enfants qui gisaient à terre, recroquevillés et sanglants.

Ron eut l'impression que le temps s'arrêtait... L'image de la place semblait s'estomper. Il ne voyait plus que cet homme, son visage figé, obtus et indifférent, et son pied nu et sale qui repoussait un enfant mort comme un morceau de bois, en le faisant rouler sur le côté. Après tout, ce n'était qu'un enfant à la gorge tranchée...

181

Ron entendait le martèlement sourd de son cœur. De très loin lui parvint le son d'un gémissement. C'était Gilbert Descartes, et Ron entendit de nouveau le mot « Oradour »...

Soudain, la mitraillette se mit à danser dans sa main. Ron ne sut jamais qui avait tiré le premier, de Gilbert ou de lui-même. Dans son souvenir, c'était Descartes qui avait ouvert le feu. Mais tout s'effaçait devant cette impression écrasante de simultanéité – simultanéité des événements, de l'action et de cette haine dévorante qui ne lui laissait pas d'autre solution que d'agir ainsi, quelles qu'en fussent les conséquences !

La puanteur âcre de la poudre lui piquait le nez et les détonations menaçaient de lui déchirer les tympans. Ils avaient déjà vidé la moitié de leur chargeur. Les deux hommes gisaient depuis longtemps à terre, la chair déchiquetée par les balles.

Alors, le troisième homme, celui qui gardait l'entrée du *fale*, émergea d'un nuage bleuâtre de poudre. L'arme contre la hanche, le doigt sur la gâchette, il courait vers eux en zigzags brusques et déments, et il tirait sans s'arrêter... Ron distinguait nettement les flammes minuscules que son arme crachait. Il ne ressentait plus qu'un grand vide et une impression de déjà-vu... comme lorsque Pandelli était arrivé dans la baie et que des événements aussi déments et aussi invraisemblables s'étaient déroulés – aussi invraisemblables qu'une scène de violence dans un film américain sur la guerre du Vietnam. Cette scène-là ressemblait à une séquence au ralenti : l'homme qui courait et tirait sur eux, et tout près de lui Gilbert, qui faisait de nouveau hurler son arme, la place, et les hommes qui gisaient au sol... La peur, leur peur, sa peur...

Puis une balle atteignit Ron. Il ne ressentit aucune douleur ; l'impact ne lui parut même pas violent, ce fut comme si quelqu'un l'avait frappé avec un bâton à l'épaule, puis au bras. Ce bras devint faible, si faible que Ron ne pouvait plus tenir son arme. Lui non plus ne pouvait plus tenir : il vacilla et s'effondra dans le sable. Il vit des feuilles et de l'herbe devant lui, puis il entendit quelqu'un hurler : « Ron ! Ron ! »

Et il fut heureux que tout fût terminé − tellement heureux...

Chapitre 6

Patrick Lanson, le vieil ami de Ron, fut le premier à s'élancer sur le quai de Pangai. Ron était heureux de revoir ce visage familier, bien qu'il le distinguât à peine : sa vision devenait floue et même les sons semblaient lui parvenir de très loin... Il réussit tout de même à entendre ce que Lanson lui hurlait : « Bon Dieu, pourquoi tu es venu sur ce rafiot au lieu de prendre un hélico ?

— Un prêtre ne jure pas, répliqua Ron, mais il doutait que Lanson pût entendre sa réponse.

— Et ce pansement ! s'exclama Lanson, qu'est-ce que ça veut dire ? Tu as l'épaule en charpie !

— Le bras aussi, renchérit Gilbert.

— Bon sang, Ron, je savais déjà que tu avais un grain, mais ça, ça dépasse tout ! Ah, toi et ton " paradis inconnu "... ! »

Puis deux hommes en blouse blanche arrivèrent avec une civière sur laquelle ils installèrent Ron.

« C'est à l'asile psychiatrique qu'il devrait aller, grondait Lanson... mais faites quand même attention, ménagez-le. »

Pourquoi criait-il ainsi ? Et que faisait-il à Pangai ? Mais Ron cessa bientôt de se poser ces questions. Au fond, ça lui était indifférent. Tout lui était indifférent. Il ne souhaitait qu'une chose : pouvoir se reposer dans un lit, ne plus souffrir, dormir et oublier. Oui, oublier...

Ils étaient partis à Pangai avec le *Paradis* trente-six heures auparavant. C'était de la folie, dans l'état de Ron. Dans sa riposte suicidaire, le dernier des pirates l'avait touché à deux reprises : une première balle avait traversé l'épaule, brisant la clavicule ; la seconde avait atteint l'avant-bras, ouvert la veine et pulvérisé l'os. Gilbert avait réussi à arrêter l'épanchement de sang avec un bandage, après quoi Ron avait refusé catégoriquement de faire appel à l'hélicoptère des secours d'urgence de Pangai. Il ne voulait plus jamais voir un hélicoptère sur l'île. Après ce qui était arrivé à Jack Willmore et ce qui s'était passé le jour même...

« Ecoute, Gilbert, avait-il dit. Avec le *Paradis*, ça ne prendra qu'un jour et demi. Ce n'est vraiment rien du tout. Je tiendrai très bien le coup.

— Mais bien sûr... après tout, tu n'as que deux blessures..., ironisa Gilbert.

— Mais j'ai aussi des calmants...

— Tu es un parfait idiot ! »

Et Tama renchérit, suppliante : « Tu es un idiot, Owaku. Comment veux-tu continuer comme ça ?

— Il peut y avoir des complications. Une embolie, de la fièvre..., reprit Gilbert.

— Je prends le risque. Je ne veux plus jamais revoir d'étrangers sur l'île, et toi non plus, j'imagine. »

Puis il avait fermé les yeux et ressenti une lassitude qui ne laissait plus de place qu'à une pensée : personne ne doit savoir que Tonu'Ata existe ! Evidemment, c'était absurde de croire que l'isolement de l'île durerait éternellement, mais il se cramponnait à cette idée.

Les voix et les chants funèbres du village étaient parvenus jusqu'à sa conscience engourdie par les calmants et la pénicilline. Trois enfants! avait-il pensé. Et par-dessus le marché, Alatu et sa sœur Vanaia... et ni moi ni Gilbert n'avons pu empêcher cela. Nous avons fait de notre mieux, bien sûr, et si Gilbert n'avait pas été là, ç'aurait été encore pire... mais les morts s'en moquent bien... »

Malgré sa faiblesse, la conviction restait ancrée en lui que Gilbert devait l'emmener à Pangai avec le *Paradis*. Cependant, au cours des trente-six heures qui avaient suivi, Ron avait plus d'une fois maudit sa décision.

Tama était restée à Tonu'Ata pour les cérémonies funèbres, mais aussi pour prendre soin de sa sœur. Lorsqu'elle avait entendu les premiers coups de feu, Lanai'ta avait couru vers la place du village. Dissimulée derrière des palmiers, elle avait tout observé. Depuis, elle demeurait prostrée et agitée de tremblements convulsifs. Cela passerait, mais on ne pouvait la laisser seule dans cet état. Et qui aurait pris soin de Jacky?

A peine Tonu'Ata fut-elle hors de vue que Ron eut un accès de fièvre. Il avait voulu rester aux côtés de Descartes pour lui tenir compagnie et lui expliquer le pilotage. Descartes s'était en effet refusé à utiliser le pilotage automatique : « Ne me demande pas ça, Ron. Gouvernail automatique, prise de relevés automatique, et puis quoi encore? Comme ça, on peut se vautrer dans son salon ou sur un lit style Hollywood pendant que le rafiot va s'écraser sur le premier bac qui passe? Ton pilotage automatique, ça ne vaut rien. Encore une de ces trouvailles avec lesquelles l'humanité détruit tout, à commencer par elle-même! »

Gilbert était donc resté à la barre et Ron sur son pliant. Cependant, il avait si froid qu'il claquait des dents. Bientôt, Gilbert n'y tint plus. « Mon petit vieux, tu vas me laisser t'examiner. » Il saisit le poignet de Ron. « Allez hop ! Au lit, tout de suite ! Tu peux marcher ?

– Evidemment que je peux ! » Soutenu par Descartes, il parvint jusqu'à son lit. Descartes ouvrit un flacon d'antibiotiques et prépara une seringue.

« Gilbert... est-ce que tu as... ? »

Le gros homme le regarda par-dessus son épaule. « Bien sûr que je l'ai fait. Tu m'as donné la trajectoire. Et tu m'accorderas quand même que je suis capable d'appuyer sur un bouton. Oui, le pilotage automatique est branché. »

Descartes contemplait la seringue qu'il tenait, l'air furieux. Le bac entre Tongatapu et Pangai ne fonctionnait qu'une fois par semaine, mais c'était une question de principe. Il prépara l'injection presque avec tendresse et planta si adroitement l'aiguille que Ron ne sentit absolument rien.

« Je vais quand même jeter un coup d'œil là-haut. »

Ron hocha la tête. « Je suis drôlement content que tu sois là, Chibé... Est-ce que je te l'ai déjà dit ?

– Non, fit Descartes, morose. Et tu peux t'épargner cette peine. »

Ron se retourna dans son lit pour trouver une position plus confortable, mais l'élancement sourd persistait dans son bras droit.

L'épuisement eut raison de lui. Il sombra dans le sommeil et rêva de lui-même enfant. C'était en hiver et il étrennait ses nouveaux patins sur un petit lac gelé tout rond. Aux endroits où la neige ne masquait pas la glace, celle-ci paraissait presque noire. Soudain, un léger crissement semblable à un bruit de verre brisé retentit dans l'air. Des fissures apparurent à la surface de la glace, un trou béa, et dans ce trou flottaient trois enfants noyés dont les yeux le fixaient...

Ron ouvrit brusquement les yeux. Descartes se tenait près de lui.

« Qu'est-ce que tu as, p'tit gars ? Je t'ai entendu crier de là-haut. Tu as mal ? »

Ron secoua la tête. J'ai mal, oui, mais ce n'était pas mon bras, pensa-t-il...

« On n'en a plus pour très longtemps, Ron. Et j'ai appelé l'hôpital. J'ai quelques amis là-bas. Je n'ai pas réussi à joindre Hendrik Merz, le jeune Allemand qui m'a rafistolé la jambe, mais j'ai parlé à un autre type qui te connaît. »

Ron se contenta de le regarder. Il se sentait encore très faible, mais la piqûre avait fait baisser sa fièvre.

« Un type qui s'appelle Lanson, expliqua alors Gilbert. Patrick Lanson. Il a l'air d'être prêtre ou quelque chose comme ça. Ce nom te dit quelque chose ? »

Ron hocha la tête. « Oui, je le connais.

— Eh bien, il doit déjà être en train de t'attendre sur le quai. Il appellera une ambulance à notre arrivée. Il ne tenait plus en place quand je lui ai raconté que je l'appelais du *Paradis* et que j'amenais son pilote à l'hôpital. »

Et tout se déroula effectivement ainsi. A peine avaient-ils amarré leur bateau au môle de Pangai que Patrick Lanson accourut. Aussitôt, une ambulance déboucha de la rue principale de Pangai, une petite ville qui avait l'allure d'un village endormi.

Ron sourit à Descartes et tenta de lever la main, mais il n'y parvint pas. « On s'en est sortis, Gilbert.

— A ta place, je ne parlerais pas trop vite », répliqua Descartes...

L'hôpital du Roi Taufa'ahau Tupou était à environ six kilomètres au sud de Pangai, dans une clairière entourée de palmiers. Le site était magnifique. Autour d'une grande cour intérieure qui servait également de piste d'atterrissage, des pavillons modernes donnaient d'un côté sur les frondaisons des palmiers, et de l'autre sur une splendide plage de sable blanc qui s'étendait sur plusieurs kilomètres.

Gilbert Descartes n'eut pas un regard pour le paysage. Perché gauchement sur le bord de son fauteuil en rotin, il attendait. La petite terrasse où il était assis servait de salle d'attente et de consultation au médecin-chef, le docteur Knud Nielsen. Nielsen, un Danois, était un homme trapu et un peu gras avec une barbiche blonde et un front haut au-dessus de lunettes sans monture. Il avait des yeux vert pâle, presque incolores. Descartes le connaissait, il l'avait vu presque tous les jours lors de son séjour à l'hôpital, deux ans auparavant. Il savait donc ce que cela signifiait lorsque Nielsen faisait craquer ses phalanges comme maintenant.

« Ce n'est pas un cadeau que vous me faites là, Gilbert.

— Qu'est-ce que je pouvais faire d'autre, à votre avis ?

— C'est exactement la question que je me pose en ce moment.

— Que voulez-vous dire ?

— Gilbert, vous savez bien comment ça se passe ici. Je suis spécialiste des maladies internes. Bon, je fais aussi un peu de chirurgie... Dans de telles conditions, on devient une espèce de touche-à-tout qui met la main à la pâte dès que c'est nécessaire. Je me suis occupé d'appendicites, de vésicules biliaires et même de problèmes gynécologiques et de tumeurs, mais... » Knud Nielsen décroisa les doigts et se mit à jouer avec son stylobille.

« Je vous en prie, docteur, insista Descartes. C'est si grave que ça ?

— Grave, grave... Dans des cas pareils, on dit toujours : il a eu une sacrée veine. Mais là, je n'en suis pas si sûr. » Il laissa tomber son stylo et se pencha en avant. « Si nous allons à cette table lumineuse, je pourrai vous montrer les radios. La clavicule ne pose pas de problème, on peut la rafistoler et la blessure guérira facilement. Par contre, cette blessure à l'avant-bras... La balle a pulvérisé l'os et des éclats ont pénétré dans les tissus internes. Ce sont eux qui causent la fièvre. Il va falloir les retirer un par un, sans en oublier un seul. Dieu sait ce que c'était que cette balle ! L'extrémité de l'os est comme limée. Je n'avais encore jamais rien vu de pareil, Dieu merci... »

Gilbert le dévisagea. Comme à chaque fois qu'il ne trouvait rien à dire, il ôta ses lunettes et se mit à les nettoyer.

« Tout ça m'amène à une deuxième question, Gilbert : il faut prévenir la police.

— Pour l'instant, j'ai d'autres soucis en tête, docteur.

— Dites donc, vous êtes gentil, vous ! Vous arrivez ici avec un blessé grave, vous me racontez qu'une bande de pirates a attaqué votre bateau, et vous n'êtes pas plus pressé que ça de prévenir la police !

— Je compte bien le faire, mais pour l'instant, il me paraît plus urgent de savoir ce qu'on peut faire pour mon ami. »

Le docteur Nielsen hocha la tête. « C'est son bras qui m'ennuie. Il faudrait réparer l'os, c'est-à-dire poser une broche. Mais je ne sais pas faire cette opération. Je peux seulement amputer le bras.

— Vous plaisantez, docteur ?

— J'aimerais bien...

— Mais vous n'avez pas besoin d'opérer vous-même, vous avez Hendrik Merz. Il est excellent pour ce genre d'interventions. Il a très bien réparé mon genou.

— Je sais, mais malheureusement, on ne peut plus compter sur le docteur Hendrik Merz.

— Qu'est-ce que ça veut dire ?

— Attendez, je vais chercher à boire. »

Nielsen se leva et se dirigea vers son bureau. Il revint quelques minutes plus tard avec une bouteille de whisky, un bol de glaçons et deux verres.

Gilbert secoua sa tête chauve. « Rien pour moi, merci. Pas maintenant.

— Eh bien, pour moi, alors. » Le médecin se versa trois doigts de whisky, y fit tomber un glaçon et but une gorgée. « Quand je pense à Hendrik, je me demande quel besoin j'ai de boire ça. Hendrik... Quelle tragédie ! Quelle déchéance ! Je sais que vous l'aimiez beaucoup. Tout le monde à l'hôpital l'aimait beaucoup, d'ailleurs. Bon, je vais vous expliquer ce qui est arrivé... »

Nielsen ne s'adressait pas à Descartes, il parlait le visage tourné vers la plage, et plus il parlait, d'une voix basse et monotone, plus le visage rond de Gilbert Descartes se figeait. Pour résumer ce que racontait Nielsen, quelques mots suffisaient : le jeune chirurgien Hendrik Merz avait rencontré à la clinique une jeune fille dont il s'était épris, ou, comme le disait le docteur Knud Nielsen, il avait « été victime de l'illusion hélas assez répandue d'avoir rencontré l'amour de sa vie ».

L'objet de cet amour était Mary, une jeune étudiante anglaise venue à Pangai sur le yacht de ses parents. Mary avait dû être hospitalisée au service de gynécologie en raison de saignements mystérieux. Le docteur Hendrik Merz, qui l'avait traitée, avait diagnostiqué un kyste assez bénin, mais qu'il fallait néanmoins opérer. Il avait effectué l'intervention, assisté à l'anesthésie par une infirmière stagiaire.

« Elle a dû verser par mégarde une trop forte dose d'anesthésiant. »

Le docteur Nielsen contemplait la mer. « La patiente a eu un arrêt cardiaque. Il n'a pas pu la ranimer. Elle est restée sur le billard, comme on dit chez nous... Et depuis ce jour, il n'a plus été bon à rien. »

Descartes avala sa salive. « Je comprends, dit-il finalement. Et ça s'est passé quand ?

– Il y a quatre mois. Et ça n'a fait qu'empirer : Hendrik s'est mis à boire, il arrivait ivre à l'hôpital. Puis il a pris des médicaments. Des amphétamines. Il les volait dans la pharmacie de l'hôpital. On l'a pris sur le fait et j'ai été obligé de le mettre à la porte. Il vit encore à Pangai, mais aujourd'hui, c'est une épave – psychiquement et physiquement... »

Gilbert Descartes se tut, puis il montra la bouteille : « Je peux en avoir aussi ?

– Bien sûr. » Le médecin lui remplit son verre.

« Vous m'avez dit qu'il buvait ?

– Comme un trou. Un sale mélange, avec les amphétamines, mais ça fait planer. »

Descartes se tut de nouveau longuement, puis il demanda : « Auriez-vous une cigarette, par hasard ?

– Pas par hasard, hélas. J'en ai toujours sur moi. »

Le docteur Nielsen plongea la main dans sa poche et tendit à Descartes un paquet de cigarettes. Gilbert Descartes en alluma une, aspira profondément la fumée, la souffla et suivit du regard les petits nuages qui dérivaient.

« Cela fait longtemps que je n'avais plus fumé. Neuf ans, pour être exact. Et je ne refumerai pas... Je fais seulement une exception cette fois-ci. » Puis il ajouta : « Planer est un mot étrange, non ? Et qui ne manque pas de justesse. Il en va de même avec la douleur. Elle peut faire planer... Elle nous libère de tout ce qui d'habitude compte pour nous. Mais elle entraîne également la chute. Alors, on cherche une nouvelle compensation, un état aussi intense que la douleur ou l'amour...

– Voilà qui est finement observé... »

Gilbert Descartes secoua la tête. « L'expérience, docteur. J'ai autrefois connu quelqu'un qui a traversé la même épreuve.

– Qui était-ce ?

– Moi-même. »

Le docteur Knud Nielsen hocha la tête. « Je m'en doutais », fit-il.

Lorsque Descartes sortit de l'hôpital, il aperçut un homme qui traversait la cour dans une Jeep rouge vif. C'était Patrick Lanson. Descartes s'arrêta. Lanson sortit de sa Jeep et vint à sa rencontre : « Je peux vous déposer quelque part ?

– Oui, vous pouvez, répondit Descartes.

– Je suis allé voir Ron, fit Lanson. Mais il est si faible qu'il peut à peine parler. Il a dormi presque tout le temps, et c'est tant mieux. Il vous a raconté qu'on avait fait connaissance à la mission Styler de Telekitonga ? Il est arrivé un jour en canoë, il venait d'une île dont il ne voulait pas parler. Je l'aime bien, alors je suis heureux d'avoir été muté ici pour quelques mois. Au moins, je peux l'aider...

– Vous peut-être, mais pas les médecins. Ils ne peuvent ni l'opérer sur place ni le transporter – pas dans son état. Il faut attendre qu'il reprenne des forces.

– Vous avez parlé avec Nielsen ? »

Gilbert Descartes hocha la tête. « Il dit qu'il ne peut rien faire lui-même parce que Hendrik n'est plus bon à rien.

– " Bon à rien " est le mot juste, répliqua Lanson sèchement. On peut tout aussi bien dire que l'alcool et la drogue ont transformé un bon médecin en épave.

– Mon père, on ne peut vraiment plus rien faire pour Hendrik ? »

Patrick Lanson posa la main sur l'épaule de Descartes : « Vous aimiez bien Hendrik, n'est-ce pas ?

– Quelqu'un m'a déjà posé cette question aujourd'hui.

Oui. Je boite peut-être, mais il a sauvé ma jambe. Et c'est un garçon très gentil, seulement un peu trop sensible.

– ... Ce qui n'est pas un défaut en soi. Quoique, parfois... Mais pour ce qui est d'opérer Ron... » Ils étaient arrivés devant la Jeep. Lanson s'immobilisa : « On ne peut pas faire grand-chose dans la situation actuelle. Voyez-vous, le royaume de Tonga manque d'argent, notamment pour financer des services de santé... Et si notre bon roi ne venait pas ici en octobre pour inaugurer la foire agricole et pêcher quelques malheureux poissons, il n'y aurait probablement même pas d'hôpital sur cette île. Les quelques rares médecins du royaume vivent à Nuku'Alofa. Alors, si Nielsen n'a pas assez de cœur au ventre pour prendre le bistouri...

– ... il ne reste plus qu'une personne, c'est ça ?

– Exactement : Hendrik. »

Patrick Lanson prit place derrière le volant. Il mit le contact. Gilbert Descartes s'assit à côté de lui. « Pouvez-vous m'emmener chez lui ?

– Je ne sais même pas où il habite ! Aux dernières nouvelles, il se terrait chez Toto – une sorte de pension pour indigènes. »

Descartes tira un bout de papier de sa poche de chemise. « Le docteur Nielsen m'a donné son adresse. »

Le père Lanson éleva le bout de papier devant ses yeux. « Ce n'est pas l'adresse la plus sélecte, dit-il. Je vais vous accompagner, si vous voulez bien.

– Je préfère le voir seul, fit doucement Descartes.

– Bien sûr, répondit le père Lanson à la hâte. Je vous attendrai dehors. »

Le moteur de la Jeep hurlait, le châssis bringuebalait et les roues s'enfonçaient continuellement dans des nids-de-poule. Pour un prêtre, il conduit comme un dingue, pensa Descartes. Mais il doit savoir ce qu'il fait : il travaille main dans la main avec Dieu.

195

Renonçant à toute conversation, il se cramponna à la poignée avant et regarda devant lui. Le pare-brise était baissé et il pouvait sentir l'air brûlant et poussiéreux des mers du Sud. A sa gauche, l'océan et la plage immense et déserte défilaient ; à sa droite, il voyait seulement des buissons et de l'herbe sèche au-dessus desquels s'élevaient quelques panneaux publicitaires, messagers d'un monde lointain et irréel.

Enfin, le panneau « Bienvenue à Pangai » apparut. Sur une hauteur, à l'ouest de la longue file de maisons qui constituait le village, de vieux arbres assez beaux étaient plantés en carré. Patrick Lanson pointa le bras dans cette direction : « Là, vous pouvez voir en octobre le gros roi Tupou – si on vous y autorise. J'ai eu autrefois l'honneur de regarder Sa Majesté jouer au tennis. Cent cinquante kilos de graisse et des mains aussi grosses que des raquettes... mais il a quand même gagné. »

Une carriole à deux roues tirée par un cheval et chargée de canne à sucre déboucha d'un virage. Elle avançait au beau milieu de la route. Un vieil homme la conduisait, perché au sommet de la cargaison. Son menton s'inclinait si bas sur sa poitrine que l'on ne voyait que le sommet de son chapeau de paille rond. Il dormait.

« Attention ! Cramponnez-vous. » En faisant hurler les pneus de sa Jeep, Patrick Lanson réussit à éviter le cheval effrayé, puis il éclata de rire. « C'est comme ça que ça se passe, ici ! »

Gilbert Descartes hocha la tête. Son genou commençait à lui faire mal. La douleur ramena sa pensée vers Hendrik Merz. Drogué ? Alcoolique ? Un de ces types qui tournent en rond, incapables de faire quoi que ce soit ? Il essaya de se le représenter mais il n'y parvint pas... Puis il vit l'antenne de la station radio et les premiers clochers des chapelles et des missions.

« Combien de gens accourent ici le dimanche en faux col, mon père ? »

Patrick Lanson ralentit. « Ne me le demandez pas. Trop, en tout cas... C'est comme partout sur les îles Tonga : s'il n'y avait que les missions catholiques et presbytériennes, mais non ! toutes les Eglises possibles et imaginables ont pris goût à ces îles.

— Surtout les wesleyens, pas vrai ?

— Ils ont même été les premiers. »

L'Eglise wesleyenne, ses sermons enflammés et ses fameuses émissions de radio, Gilbert ne les connaissait que trop. Qui pouvait leur échapper ? Il suffisait de se brancher sur n'importe quelle station de Tonga pour que l'un de ces puritains vous déverse dans les oreilles ses exhortations bigotes, fulminant contre l'immoralité des Occidentaux, les touristes, les yachts et les femmes qui se promènent « nues » sur les plages, réclamant l'interdiction pure et simple des monokinis... C'était à vomir ! Surtout dans un pays où le corps était considéré autrefois comme un don des dieux...

Mais il pouvait difficilement servir de pareils arguments à un missionnaire catholique. Et pour l'instant, il aimait mieux ne pas penser à Tonu'Ata, la seule île épargnée par les missions, tout simplement parce que celles-ci ignoraient son existence.

Lorsqu'ils arrivèrent au port, ils remarquèrent un bateau assez grand amarré au quai : c'était le bac de la Compagnie de navigation de Tonga, qui jetait l'ancre ici une fois par semaine. Descartes vit un homme énorme à la peau foncée, avec des galons d'officier sur sa chemise blanche, lancer en riant une poignée de chewing-gums en l'air. Les petits rectangles enveloppés de papier aluminium étincelèrent au soleil avant de retomber. Une demi-douzaine de gamins se jetèrent dessus en criant et en se chamaillant.

Une voiture de police, une Land-Rover bleu foncé, tourna au coin de la place. Involontairement, Descartes baissa la tête : mais oui, pensa-t-il, nous allons prévenir la police et je leur servirai une belle histoire, mais au moment qui me conviendra...

Ils continuèrent pendant environ quinze minutes, toujours vers le nord. Ils avaient quitté la route de l'aéroport. Les roues de la Jeep labouraient le sable d'un chemin à charrettes. A un moment donné, Descartes distingua entre les buissons une sorte de panneau, en réalité une planche que l'on avait clouée à un poteau. Mais la pluie avait depuis longtemps délavé l'inscription, qui était devenue illisible.

Cet endroit avait l'air complètement à l'abandon : seuls la jungle et les jeunes palmiers y prospéraient. Descartes vit deux cacatoès s'envoler, puis tout un vol de calaos. Patrick Lanson conduisait plus lentement. Enfin, il s'arrêta et coupa le contact.

Ils étaient arrivés au bord d'une dépression de terrain. Les plantes les plus variées poussaient en contrebas : des arums, des bananiers, un groupe d'arbres à pain, des buissons de manioc et des palmiers. Le sol devait être très fertile. Quelqu'un avait essayé d'aménager un jardin, mais à part un bout de terrain misérable, la végétation foisonnante avait repris le dessus. De ce fouillis végétal émergeaient six bâtiments. Le plus grand était construit en travers de la pente. Un escalier en bois menait à une véranda branlante sur laquelle pendait du linge. Le toit en feuilles de palmier semblait être la seule partie à peu près en bon état. Les cinq autres constructions, plus petites, avaient l'allure des bungalows que louent les *Guest Houses*, les pensions des mers du Sud. Seulement, ici, il n'y avait sûrement plus aucun pensionnaire. Les bungalows étaient en piteux état. Des bambous poussaient dans le premier, et la pluie et le vent avaient passablement endommagé leurs toits.

« Je reste ici, fit le père Lanson, prenez votre temps. Je vais seulement me garer. » Descartes hocha la tête.

Le papier sur lequel le docteur Knud Nielsen avait noté l'adresse portait le nom de « Sunshine Lodge » et celui de « Sione Manukia ». Descartes lut ce dernier nom sur le seau en plastique bleu fixé à un poteau en guise de boîte aux lettres. Mme Manukia arrivait à l'instant. Il ne l'avait pas remarquée tout de suite, car les feuilles d'un grand bananier la dissimulaient.

« Qui êtes-vous ?

— Bonjour, madame Manukia, fit Gilbert. Veuillez m'excusez pour le dérangement. Je m'appelle Descartes. Gilbert Descartes.

— Connais pas.

— Je viens de l'hôpital du Roi Tupou. C'est le docteur Knud Nielsen qui m'envoie. »

C'était le premier mensonge qui lui passait par la tête, et probablement le plus efficace. Il adressa à la femme son sourire le plus cordial, mais elle ne parut guère impressionnée. Elle le contemplait en silence. Elle était grande, très grande même pour une femme des îles. Elle devait avoir cinquante ans ou plus. Sa peau était bien tendue sur ses larges pommettes, mais il remarqua aux coins de sa bouche de nombreuses rides très fines. Ses sourcils noirs étaient hauts et bien dessinés, et ses cheveux dissimulés sous un tissu-éponge violet, troué et très usé, qu'elle avait enroulé autour de sa tête comme un turban. Elle portait des espadrilles, un jean sale et une blouse en nylon mauve à fleurs. Autrefois, ç'avait certainement été une belle femme, mais cet autrefois semblait remonter à très loin. La vie l'avait malmenée, et ce qui devait la blesser le plus dans sa vanité, c'était de n'avoir plus que deux incisives : l'une à la mâchoire supérieure, l'autre à la mâchoire inférieure.

Cela peinait Descartes de la voir dissimuler sa bouche derrière sa main à chaque fois qu'elle parlait, une main longue et brune aux ongles cassés recouverts d'un vernis corail. Elle la porta de nouveau à sa bouche pour dire : « Vous voulez voir Hendrik ?

— Oui. Je suis l'un de ses amis.

— C'est impossible.

— Ah bon ? Il n'est pas là ? »

Elle se tut. Bien sûr qu'il était là ! Le flair de Descartes le lui disait. Sur leur droite, à moins de trente mètres du terre-plein sur lequel ils se tenaient, la fenêtre de l'un des bunga-lows était grande ouverte. Sur l'arête du battant droit, un short d'homme rayé noir et blanc pendait comme un dra-peau.

« Vous pourriez le prévenir de mon arrivée, suggéra Des-cartes.

— Pourquoi devrais-je faire une chose pareille ?

— C'est juste — il vaut mieux que j'y aille moi-même.

— Un instant, dit-elle à la hâte. Il faut que vous compre-niez, monsieur. Ce n'est pas possible. Quand je vais le voir, il me jette dehors. Si j'avais su comment il se conduirait, je peux vous le dire, il ne serait pas ici en ce moment... Vous ne pouvez pas imaginer tous les embêtements que j'ai à cause de lui ! »

Non, il ne le pouvait pas. Il approuva cependant, l'air compatissant.

« Vous m'avez dit que vous étiez l'un de ses amis ?

— Oui.

— Avez-vous de l'argent ? »

Il resta stupéfait pendant quelques secondes. La question était trop brutale. « Pourquoi ?

200

– Pourquoi ! Vous me faites rire ! Parce que j'ai peur de ne jamais revoir l'argent qu'il me doit ! Cela fait déjà plus de onze jours qu'il est ici. Il m'a d'abord donné trente dollars, et puis ça a commencé : pourriez-vous m'apporter une bouteille de gin, madame Manukia ? Et le lendemain, une bouteille de whisky. Et vous savez combien ça coûte ! Je lui ai avancé l'argent trois fois, puis c'est devenu trop cher pour moi. Alors, il a commencé à me supplier. Il me disait d'inscrire ça sur son ardoise au supermarché. C'est ce que j'ai fait, mais ils ont fini par le repérer et ils lui ont coupé le crédit. Et ils ont dit : pauvre gars...

– C'est vrai, fit Descartes.

– Oui, oui, tout le monde ici répète la même chose : le pauvre ! En attendant, c'est moi qui trinque. Et qu'est-ce que ça m'apporte ? Allez toujours le voir, vous verrez bien... »

Gilbert Descartes se dirigea vers le bungalow.

Sur la porte du bungalow dont la peinture verte s'écaillait, on avait punaisé une feuille de papier quadrillé sur laquelle était écrit : *No entry*. Entrée interdite. Il était difficile d'être plus clair !

Descartes frappa à la porte. Pas de réponse, pas un bruit, rien qui pût trahir la présence de quelqu'un. Le plancher de la véranda était pourri et l'une des planches déjà percée. Descartes fit le tour pour arriver devant la fenêtre ouverte. Il y avait un rideau, mais Hendrik ne l'avait pas tiré.

Le Français glissa la tête à l'intérieur. La pièce mesurait environ trois mètres sur quatre, et le plus grand meuble qu'elle contenait était un lit en fer poussé dans le coin opposé. Le matelas était taché et le drap formait un tas gris et froissé sur le sol. Sur le matelas gisait un homme : Hendrik Merz.

Le docteur Hendrik Merz ne portait qu'un slip. Gilbert se souvenait de lui comme de quelqu'un de grand et mince, mais il n'aurait jamais imaginé qu'il pût devenir si maigre. Le jeune homme était allongé en diagonale sur le lit, dans une position tordue et curieusement inconfortable. La tête pendait par-dessus bord de l'autre côté du matelas, si bien qu'on ne voyait d'elle qu'un menton couvert d'une barbe broussailleuse. La cage thoracique, anguleuse comme celle d'un squelette, formait un triangle sombre au-dessus du creux de l'estomac. Les jambes, étendues et tournées vers l'extérieur, étaient si maigres que les genoux semblaient d'une grosseur difforme.

Gilbert Descartes sentit son cœur se serrer. On aurait dit un cadavre ! Et s'il... non, le diaphragme palpitait et le ventre se soulevait doucement et régulièrement.

Il se pencha en avant : « Hendrik ! Hendrik ! » appela-t-il.

Pas de réponse. Puis il entendit un souffle bas, semblable à un râle, et il perçut une odeur forte et désagréable.

Il entra dans la chambre. Hendrik ne remuait toujours pas. En s'approchant, Descartes heurta du pied une bouteille de whisky vide qui roula sur le sol. Les feuilles d'un vieux *Times Magazine* étaient éparpillées dans toute la chambre et le sol était couvert de mégots. L'odeur devint plus forte.

Gilbert Descartes prit une profonde inspiration et lutta contre le sentiment de pitié et d'effroi qui l'envahissait. Il se pencha sur le lit et saisit ce demi-cadavre aux épaules pour le redresser. Hendrik Merz laissa échapper un son bref et aigu qui ressemblait à une protestation. Sa bouche était grande ouverte, et la barbe hirsute qui l'entourait lui donnait un aspect encore plus lamentable.

Descartes réfléchit un instant. Il n'y avait pas de cuisine dans ce bungalow, pas même un robinet ou un seau. Il ne put trouver qu'une bouteille d'eau minérale cassée et à demi pleine. Il renversa la tête d'Hendrik en arrière et lui assena deux gifles puissantes, en veillant à répartir le choc équitablement entre les deux joues. Aussitôt après, il lui vida la bouteille sur la tête.

Hendrik ouvrit les yeux. Ils étaient profondément enfoncés dans les orbites et le voile qui couvrait les prunelles fit peur à Descartes. Il se demanda s'il avait été trop brutal, mais à cet instant, le regard d'Hendrik s'éclaircit... « C'est toi ? » chuchota-t-il. Descartes hocha la tête. Le bras droit d'Hendrik Merz s'éleva, dans un geste touchant, presque enfantin : il avait l'air de mendier de l'aide. Descartes voulut lui prendre la main, mais au même moment, les doigts de cette main se transformèrent en cinq griffes qui s'abattirent sur lui. D'un rapide mouvement de tête, il put éviter l'attaque. Hendrik Merz se mit alors à trembler, d'un tremblement lent et convulsif. Ses poings crispés martelaient le matelas. La salive coulait de sa bouche grande ouverte et ses dents claquaient. Puis sa voix s'éleva, une voix haute et perçante, et Descartes entendit : « ... Tu les as amenées... tu les as fait entrer ici. Elles grouillent sur ta tête... et sur les murs... partout... non !... »

Descartes empoigna les épaules décharnées et les secoua vigoureusement.

« Non... non, je t'en prie... je t'en prie... elles sont sur les murs, par terre... depuis que tu es là... tu ne vois pas ?...

– Quoi, bon Dieu ?

– Les fourmis... des fourmis blanches géantes... »

Hendrik Merz se recroquevilla et donna des coups de genou dans le vide : « Des fourmis... là... des cafards... blancs... tout blancs... »

Descartes laissa retomber Hendrik qui se débattait frénétiquement et recula de quelques pas. *Delirium tremens.* Il connaissait bien ce genre de scène. Stefan, l'Ukrainien de la Légion, et le Petit, l'Algérien, eux, avaient vu des rats... Si on ne peut pas lui administrer tout de suite un calmant, ça va se gâter, pensa-t-il.

Il sortit en courant et prit le chemin envahi d'herbes qui menait à l'habitation principale. Il ne vit la femme nulle part, mais dehors, Lanson attendait dans sa Jeep. Confortablement installé derrière le volant, il fumait sa pipe. Lorsqu'il vit Gilbert, il bondit. « Alors ?

— Mon père, vous voyez ce chemin ? Il mène presque jusqu'au bungalow. Roulez en marche arrière et rapprochez-vous le plus possible de l'entrée.

— Hendrik est là-bas ?

— Oui. Il est en sale état – une intoxication éthylique, ou quelque chose comme ça. Il écume littéralement. »

Lanson hocha la tête, sauta dans sa voiture et démarra. Descartes courut au bungalow. Lorsqu'il ouvrit la porte, Hendrik Merz en déboula à quatre pattes, la tête inclinée en un angle effrayant et la bouche grande ouverte. Descartes le remit debout, mais la tête d'Hendrik retombait sans cesse en arrière. Descartes vit avec effroi que la peau de son visage prenait une teinte cireuse. Un gargouillis incompréhensible s'échappait de sa bouche. Ses yeux se révulsèrent et son corps devint flasque. Descartes le prit dans ses bras et le porta jusqu'à l'endroit où la voiture l'attendait.

« Jésus à la descente de croix, fit le père effrayé. Mon Dieu, dans quel état il est ! » Ils tentèrent d'adosser Hendrik contre la voiture, en vain : ses jambes se dérobaient sous lui.

« Insuffisance respiratoire. » Lanson passa la main sur le visage trempé de sueur. « Regardez la couleur de sa peau. Ses tissus manquent d'oxygène. Il faut le conduire aux urgences immédiatement ! Asseyez-vous à l'arrière, Gilbert, c'est très étroit mais vous pouvez toujours poser sa tête sur vos genoux. Ça ira ? »

204

Descartes hocha la tête. Il était heureux que Lanson fût avec lui. C'était quelqu'un qui gardait son sang-froid et savait prendre des initiatives. Il souleva Hendrik et le déposa dans la voiture. Puis il s'assit et le prit dans ses bras comme un enfant. La Jeep démarra.

Descartes jeta un dernier regard dans le rétroviseur. Là-bas, les maisons semblaient toujours aussi abandonnées...

Ils avaient mis quarante minutes à l'aller, ils refirent le même trajet presque en moitié moins de temps. Lanson conduisait comme un fou. Lorsqu'ils entrèrent dans Pangai, fonçant le long du quai dans un rugissement de moteur, il appuya presque sans arrêt sur le klaxon.

La foule massée près du bac s'écarta précipitamment sur leur passage. Des visages stupéfaits aux bouches grandes ouvertes filèrent comme l'éclair devant Descartes. Il cherchait le pouls d'Hendrik. Parfois, il croyait sentir un martèlement lointain et confus, mais comment pouvait-on en être sûr avec tous ces cahots?

Dans un hurlement de pneus, Lanson arrêta la Jeep devant les urgences. Le visage rond et sombre d'une sœur que Descartes n'avait encore jamais vue apparut à la fenêtre. Elle semblait avoir l'habitude de pareilles scènes. Elle les salua de la main avec un sourire, puis arriva en quatrième vitesse – un ange à l'opulente poitrine, tout de blanc vêtu et prêt à faire face à toutes les situations.

« Toni! hurla-t-elle. Anofu! Vite, dépêchez-vous! »

Deux indigènes apparurent, portant une civière. Ils y déposèrent avec précaution le corps inanimé et l'emportèrent en courant à l'intérieur du bâtiment. Descartes était impressionné.

Le sœur s'appelait Ulla – du moins, c'était le nom qu'on

lui donnait ici. Descartes avait toujours associé ce prénom à de longues jambes et à des yeux bleus, et non à une grosse insulaire compétente. Elle amenait déjà la tente à oxygène.

« Hendrik, Hendrik, fit-elle, et elle ne souriait plus. Hendrik... qu'est-ce que tu fabriques ? Tu vas t'en sortir. Il le faut... »

Puis le masque noir recouvrit la moitié du visage d'Hendrik et Ulla se pencha sur lui. De ses bras puissants comme des massues, dans la chair desquels s'enfonçaient les manches courtes de son uniforme, elle commença à lui faire un massage cardiaque.

« Bon Dieu, haleta-t-elle, où est donc passé ce Nielsen de malheur ? Il n'est jamais là quand on a besoin de lui, ce prétentieux ! »

Décidément Gilbert Descartes aimait bien cette femme, oui, il l'appréciait de plus en plus...

Nielsen arriva, et son visage rouge et adipeux aux lunettes dorées prit immédiatement l'expression avertie du spécialiste. Il donna des ordres à voix basse, prit les seringues qu'on lui tendait et les enfonça. Les piqûres devaient maintenir la circulation sanguine et calmer le patient. Puis on renvoya Descartes. On allait faire un lavage d'estomac à Hendrik.

« Il va s'en sortir ? » demanda Descartes de la porte.

Nielsen releva rapidement la tête : « Evidemment, qu'il va s'en sortir. Pourquoi ne s'en sortirait-il pas ? »

Descartes sortit doucement, alla s'asseoir dans la salle d'attente et se demanda une fois de plus comment un garçon comme Hendrik Merz avait pu se retrouver dans cette situation. Une jeune fille nommée Mary... qu'Hendrik fût ou non responsable de sa mort, dans de telles circonstances, on avait toujours tendance à s'accuser, surtout quand on était aussi sensible que lui.

Descartes se sentit soudain mal à l'aise dans cette salle vide. Le couloir lui rappelait l'antichambre d'une morgue. Il se leva et sortit.

La Jeep rouge de Lanson était toujours garée devant l'entrée de l'hôpital. Descartes se retourna et aperçut la silhouette du missionnaire dans le jardin. Il était assis sous un poivrier, sur un gros bloc de calcaire, les épaules voûtées et la tête inclinée. De loin, on avait l'impression qu'il lisait son bréviaire. Lorsqu'il s'approcha, il vit que Lanson ne lisait pas mais contemplait ses mains.

« Pourquoi n'allons-nous pas nous asseoir sur un banc ? Ce serait plus confortable, surtout pour mon genou. »

Le père leva les yeux, passa ses doigts dans ses cheveux gris, opina et se leva. Pendant un moment, ils contemplèrent en silence les lisérés blancs du ressac sur la plage.

« Hendrik va s'en tirer, dit Descartes. Du moins, c'est ce qu'affirme Nielsen. Nous n'avons pas à nous faire de souci, selon lui.

– Je m'en fais quand même... », avoua Patrick Lanson.

Descartes hocha la tête.

Après un silence, Lanson reprit : « J'étais en train de me dire que dans la vie, tout se déroule par phases. Même dans un endroit aussi reculé et paisible que cette île. Pendant des mois, il ne se passe rien, et puis en un seul jour, deux amis sont frappés... Je pensais aussi à la façon étrange et même effrayante dont les destins d'Hendrik et de Ron sont mêlés : si Hendrik ne se remet pas, Ron risque de perdre son bras... »

Un calao se posa sur le sentier devant eux, picora quelque chose et s'envola. Descartes le suivit des yeux.

« J'espère que vous dramatisez un peu trop, mon père. Ron va se rétablir. Et de toute façon, on peut toujours le transporter à Tongatapu.

207

« – Dieu le veuille. Je passe mon temps à prier pour que ça marche. » Lanson eut un faible sourire. « Ça ne vous dérange pas, au moins ? »

Descartes secoua la tête. Le père posa sa main sur la sienne. « Gilbert, jusqu'ici je ne vous ai rien demandé, mais maintenant, je vais le faire : que s'est-il passé en réalité avec Ron ? D'où viennent ses blessures ?

– Je vous l'ai pourtant déjà expliqué.

– Expliqué ? Vous plaisantez ? Vous m'avez servi en quatre ou cinq phrases une histoire que je passe mon temps à tourner et à retourner dans tous les sens sans rien y comprendre. Et la police, elle, ne se contentera pas de ça, je peux vous le dire tout de suite. Enfin, ça ne tient pas debout : des pirates qui attaquent votre bateau...

– ... On n'a jamais vu ça dans les mers du Sud, c'est ça ?

– Non, il y a bien cette bande menée par un Malais, je l'ai lu dans le journal et on en a parlé à la radio. Ils ont semé la terreur dans les îles Fidji et à Samoa...

– ... Mais c'est tellement loin d'ici, ironisa Descartes.

– Non, je ne considère pas comme invraisemblable qu'une bande isolée opère par ici. On les arrêtera un jour et on aura de nouveau la paix. Ce n'est pas ça.

– C'est quoi, alors ? »

Lanson posa sur Descartes un regard perçant : « Ecoutez, je connais Ron. Nous avons longuement parlé. Au début, je ne voulais même pas croire ce qu'il me racontait – cette histoire à dormir debout d'île inconnue qui n'existerait même pas sur les cartes.

– Il vous a raconté ça ?

– Vous croyez que je mens, peut-être ? Oui, c'est ce qu'il m'a dit. Il voulait amener sa petite amie ici... Il est encore assez conventionnel ou assez croyant pour tenir à ce que je les marie. J'ai rencontré cette jeune fille une fois, lorsqu'il est passé par ici en allant à Papeete... Maintenant, j'aurais une question à vous poser : connaissez-vous cette île ?

Descartes secoua la tête : « Non.

– Non ? Alors, comment Ron est-il arrivé sur votre bateau ? »

Descartes suivit du regard un autre calao.

« Je peux facilement vous expliquer cela, mon père : nous nous sommes rencontrés en haute mer... Lui et Tama, son amie, étaient allés faire un tour sur leur yacht. Ron était fasciné par mon bateau, un vieux cotre qui transportait autrefois le coprah. Je les ai invités tous deux à bord. Je n'ai pas demandé à Ron d'où il venait, mais je pense que nous n'étions pas très loin de son île. Puis, comme son amie voulait rentrer, elle est repartie à bord du yacht, et Ron est resté avec moi jusqu'au lendemain. C'est alors que les pirates nous ont attaqués. Enfin, avec nous, ils se sont trompés d'adresse : nous avons eu le dessus. Malheureusement, ils ont blessé Ron.

– Et vous pensez que je vais avaler ça ? Je devrais vous croire sur parole, peut-être ?

– Me croire ? ricana Descartes. Non, rien ne vous y oblige... »

Par moments, Ron avait l'impression de dévaler des montagnes russes. C'était comme dans les fêtes foraines de sa jeunesse : on plongeait vers l'abîme en hurlant, pour remonter ensuite si rapidement qu'on en avait le souffle coupé. Les sons et les lumières se déformaient comme des serpentins, c'était à la fois merveilleux et terrible. Puis il chuta dans des ténèbres brûlantes et tout s'éteignit...

La fièvre ne baissa qu'au quatrième jour. Les injections étaient restées sans effet tant qu'il n'avait pas repris suffisamment de forces. Un matin, au réveil, Ron eut faim. Mais la douleur réapparut avec la conscience.

Ron avait pris en grippe ces pilules qu'Ulla lui présentait matin, midi et soir avec un sourire maternel. Il refusait de les avaler et serrait les dents jusqu'à en avoir les larmes aux yeux. Il voulait être de nouveau lui-même, il voulait pouvoir penser comme un homme normal, même si son crâne menaçait d'éclater... En tout cas, cet état de somnolence et d'hébétude devait finir ! Parfois pourtant, il ne pouvait s'empêcher de gémir de douleur. Puis la crise se calmait et il se rendormait.

Un jour, on frappa à la porte de sa chambre et une voix lui dit : « Bonjour ! »

Ron tourna la tête et ouvrit les yeux à contrecœur...

Les jalousies étaient tirées, si bien qu'il ne vit d'abord que la tache claire d'une blouse qui s'approchait de lui : un nouveau médecin, qu'il ne connaissait pas encore ? Maintenant, il distinguait le visage – et ce fut comme un choc. Deux yeux sombres le regardaient. L'homme était jeune, mince et très grand. Il lui rappelait tellement Jack Willmore que Ron éprouva un mélange d'étonnement, de crainte et de joie.

« Je suis le docteur Hendrik Merz, dit l'homme. Il vaut mieux que je ne vous serre pas la main. Vous devez avoir très mal. Sœur Ulla m'a dit que vous ne vouliez pas prendre de Dolantine ? »

Ron garda le silence.

« Très courageux, ma foi... » L'homme sourit, et ce sourire apaisa Ron. Il hocha la tête. La voix aussi était la même que celle de Jack. Et ces sourcils sombres, ce sourire un peu timide...

« Je viens de voir vos analyses, monsieur Edwards. La fièvre est tombée et la vitesse de sédimentation s'est considérablement améliorée, elle est même excellente étant donné les circonstances. Peut-être pourrions-nous maintenant réfléchir à la suite, si vous n'y voyez pas d'inconvénient... »

Son accent fit dresser l'oreille à Ron : le médecin parlait un anglais assez dur et heurté.

« Etes-vous hollandais, docteur ?

— Moi ? » Il rit. « Mon prénom me vient de mon grand-père qui était en effet hollandais, mais moi, je suis allemand.

— Vraiment ? Je... j'ai aussi... » Il voulait dire « des ancêtres allemands », mais il n'avait pas envie de mentir à cet homme la première fois qu'il le voyait. Il reprit donc : « Vous avez dit réfléchir... pour l'opération ?

— Oui.

— C'est vous qui allez m'opérer ? »

Le médecin hocha de nouveau la tête et tira de la poche de sa blouse un bloc-notes.

« Voyez-vous, je suis dans cette clinique le seul médecin qui dispose d'une formation relativement solide en orthopédie. Naturellement, nous pouvons vous transporter en avion à Nuku'alofa d'ici quelque temps, si vous préférez. Là-bas, à la clinique de Tongatapu, c'est le docteur Bronstein qui opère. C'est un excellent chirurgien en orthopédie. Mais c'est à vous d'en décider. Et je ne veux pas vous cacher que le docteur Bronstein serait peut-être le meilleur choix. Cela étant, je pense que vous pouvez aussi me faire confiance. De plus, vous courez le risque de faire une rechute si on vous transporte... »

Il parlait lentement, alignait soigneusement ses mots, et pendant tout ce temps ses yeux sombres conservaient un regard attentif et amical.

« Cela fait longtemps que vous êtes à Tonga, docteur ? demanda Ron.

— Je vis ici depuis cinq ans.

— Et vous éprouvez quelque chose qui ressemble au mal du pays ? »

Le médecin secoua la tête. « Non, absolument pas, monsieur Edwards.

— Je vous en prie, laissez tomber le " monsieur "! Appelez-moi Ron.

— Très bien. » Le médecin posa rapidement la main sur le front de Ron. « Non, je n'ai pas le mal du pays. Ou, pour m'exprimer autrement, on peut seulement avoir le mal de *son* pays, et le mien est désormais ici. Ça paraît peut-être un peu sentimental comme formule, mais je ne trouve pas d'autre mot.

— Je comprends très bien cela. C'est exactement pareil pour moi. »

Hendrik Merz regarda son bloc. « Je voudrais vous expliquer l'opération, mais si en ce moment vous ne vous sentez pas très bien... Vous devriez peut-être prendre encore une pilule. Je peux repasser plus tard.

— Merci, mais je n'y tiens pas. Que vouliez-vous m'expliquer, au juste ? » Ron tentait d'ignorer ses douleurs. « Que vous pouvez enlever les éclats d'os, me mettre une broche et ensuite prier avec moi pour que l'os se ressoude ?

— C'est à peu près ça...

— Eh bien alors, fit Ron, restons-en là, Hendrik. Vous vous en tirerez parfaitement, j'en suis sûr. »

La main du médecin se posa de nouveau sur le front de Ron et son sourire timide s'élargit : « Vous pouvez compter sur moi, Ron. »

« J'ai parlé avec lui. Il veut que ce soit moi qui l'opère, Gilbert. C'est un type super, il me plaît beaucoup.

— Parce qu'il te fait confiance ?

— Non, pas seulement... »

Ils se promenaient le long de la plage. Tous deux étaient pieds nus. Le vent faisait entendre un léger sifflement métallique dans les feuilles de palmier. Hendrik Merz s'arrêta et se pencha pour ramasser un morceau de bois. La mer l'avait poli et blanchi comme un os. Il le considéra pensivement, le retourna entre ses mains, en palpa la surface du bout des doigts, puis il l'envoya dans les vagues.

« Pas mal. » Descartes hocha la tête d'un air approbateur. « Ça me surprend de voir que tu as récupéré en cinq jours seulement, Hendrik. Mon Dieu, quand je repense à la manière dont tu es sorti de ta hutte... ça m'a fait un sacré choc ! »

Hendrik Merz eut un léger rictus. « Peut-être que tu as devant toi un dur à cuire. Tu ne sais pas à quel point je suis heureux que tu m'aies tiré de là ! Je n'oublierai jamais ce que tu as fait pour moi.

— Laisse tomber les remerciements et jette plutôt un coup d'œil à mon genou.

— Il faudrait encore l'opérer.

— Encore ? Permets-moi de te donner un conseil : finis-en d'abord avec Ron.

— Oh ça, c'est de toute façon prioritaire. » Hendrik étendit ses longues mains déliées de chirurgien sous le nez de Descartes. « Regarde bien : est-ce qu'elles tremblent ? »

Descartes secoua la tête. « Elles, non – mais moi, oui. »

Hendrik éclata de rire ; c'était la première fois que Descartes l'entendait rire comme autrefois, d'un rire jeune et joyeux qui inspirait confiance. Oui, Hendrik semblait s'être repris en main.

Hendrik Merz se tut et parcourut du regard la mer étincelante. Puis il se tourna de nouveau vers Descartes. Il semblait revenir d'un pays lointain : « Sais-tu pourquoi j'ai bu presque une bouteille entière le matin où tu es venu me tirer de mon trou ?

— Non.

— Parce que je n'avais pas le courage de me tuer. Mais maintenant, c'est terminé. »

Ils repartirent, et Hendrik se mit à parler de plus en plus impétueusement, comme s'il était vital que Descartes le comprenne. « Ces hallucinations... ce n'était pas tant l'alcool que mon état psychique. Je n'étais pas alcoolique, j'étais seulement sur le point de le devenir. Mais, Dieu merci, la phase d'intoxication a été trop courte. J'étais seulement...

— Tu n'as pas besoin de tout me déballer...

— Je ne reparlerai plus de ça. Ni de Mary. Je ne veux pas oublier le passé, elle sera toujours auprès de moi, mais maintenant, je peux vivre avec ce souvenir.

— Et les médicaments ?

— Heureusement, j'ai pris surtout de l'Ephédrine. C'est un médicament qui crée une dépendance mais ne provoque pas d'effets secondaires quand on arrête de le prendre : ç'a été ma chance.

— Et qu'en dit le docteur Nielsen ?

— Oh, lui ! Comme d'habitude. Il m'a dit : " Vous pourrez opérer dès que vous vous en sentirez capable, mais vous en prenez la responsabilité. Et obtenez le consentement écrit du patient... " C'est ce que je ferai, d'ailleurs. Tu sais, Nielsen est un opportuniste : il ne voyait en moi qu'un concurrent à écarter de sa route. Il n'a rien fait pour m'empêcher de dégringoler. Quand je croupissais à Sunshine Lodge, il ne s'est pas dérangé une seule fois pour venir me voir. Tu es le seul à qui il a donné mon adresse. Personne à l'hôpital ne savait ce que j'étais devenu...

— Et après l'opération de Ron, que comptes-tu faire ?

— Je laisse tomber l'hôpital et je fonde mon propre établissement. Je suis connu par ici, j'arriverai vite à me faire une clientèle. Mais je préférerais recommencer ailleurs...

— Où ?

— N'importe où, sur une autre île, où rien ne me rappellera ce qui s'est passé ici. »

Gilbert Descartes resta silencieux.

« Owaku... » Il entendait sa voix, mais ce n'était qu'un son ténu, perdu dans le crépitement du brouillage électrostatique. Il pressa l'oreille contre l'écouteur. « Tama! criat-il. Tama! » Puis plus rien. Le crépitement couvrait tout — pourtant, peu après, il entendit de nouveau sa voix! Elle luttait contre le bruit comme un nageur contre le courant : « Owaku... Je pense à toi... tellement peur... »

Ron voulut rapprocher l'écouteur de son oreille, mais l'éclisse de son bras le gênait. Dans ce mouvement, il renversa la bouteille d'eau posée sur la table de chevet. « Tama, écoute. » Il se força à retrouver son calme. « Sur le socle du téléphone, il y a une petite roue noire. Tourne-la vers la gauche.

– A gauche... oui... »

Sa voix était à présent aussi distincte que si elle parlait du standard : « Oh, Owaku! Maintenant je te comprends parfaitement... c'est merveilleux! »

Oui, c'était merveilleux. Gilbert, ce philosophe raté, pouvait toujours médire sur le progrès technique, celui-ci se trouvait justifié par ce bout de conversation avec Tama...

« Owaku? Qu'est-ce que tu deviens? Tout le monde à Tonu'Ata me le demande. Ils sont dehors, devant le *fale*, et ils attendent de tes nouvelles. »

Il l'imaginait devant lui et ne pouvait retenir ses larmes. Il la voyait assise devant la table de la radio, la main crispée sur l'écouteur, et il voyait son visage, son beau visage effrayé...

« On va m'opérer, Tama. Maintenant, j'ai encore mal, mais après, tout ira bien. Le médecin est allemand. Il est très fort... Ecoute, quand je reviendrai, je serai encore plus costaud qu'avant!

– Oh, ça ne sera pas difficile ! »

Il parvint à rire malgré la douleur.

« Alors, quand est-ce que tu rentres, Owaku ? »

Il attendait cette question. Trois, quatre semaines au moins, avait dit Hendrik Merz. Ron n'osait pas donner de réponse nette, mais il venait de trouver une autre solution.

« Pas avant plusieurs semaines, Tama.

– C'est si grave que ça ?

– Non, bien sûr, mais écoute, Tama, j'ai parlé avec Gilbert. S'ils me gardent ici plus longtemps que prévu, il repartira à bord de l'*Ecole*... » Pour Tonu'Ata, allait-il dire, mais il s'abstint de prononcer le nom de l'île. « Il pourra t'amener à Pangai.

– ... Et je te verrai, Owaku !

– Pas seulement ! » Il rit : « Qu'est-ce que tu crois, tu auras mieux à faire...

– J'imagine ça d'ici... Toujours aussi culotté, Owaku ! Tu dois aller mieux !

– Et comment ! » assura-t-il en serrant les dents.

L'opération devait avoir lieu à dix heures du matin. Une demi-heure auparavant, la grosse Ulla était apparue et lui avait administré une piqûre, puis Gilbert Descartes lui avait fait un long discours qui mêlait plaisanteries et anecdotes de son passé. Ron ne comprit qu'à moitié ce qu'il racontait car l'anesthésiant l'engourdit très vite.

Puis les aides-soignants arrivèrent. Ils le transportèrent à travers un long couloir, poussèrent une porte à battants, et Ron émergea dans le silence et la lumière d'une salle d'opération aux murs carrelés étincelants. Trois formes emmitouflées l'attendaient.

L'une de ces formes vint à lui sans un mot, se pencha vers

216

lui, et dans la bande de visage que le masque laissait à nu, il reconnut le regard chaud et paisible du docteur Hendrik Merz.

« Comment ça va se passer, Hendrik ? chuchota-t-il. Qu'est-ce que je dois faire ? Prier, ou quoi ?

— Prier, ça sera pour plus tard, je te l'ai déjà dit. Maintenant, tu vas simplement penser à quelque chose de beau... »

Il pensa à Tama, mais il ne réussit pas à voir son visage. Alors, il ferma les yeux et une autre image se projeta devant celles de Tama, du *fale* et des récifs de Tonu'Ata : c'était le visage souriant de sa mère qui se penchait sur lui, le jour où on l'avait transporté à l'hôpital après son accident à moto. Il entendait sa voix : « Ne t'inquiète pas, mon petit, tout va bien se passer... »

Cela se passerait bien cette fois aussi – il le fallait !

Ron ne sentit pas la deuxième piqûre. Il entendit seulement Hendrik Merz lui dire : « Commence à compter, Ron. » Il compta jusqu'à trois...

Lorsqu'il se réveilla, il faisait presque sombre. Les rideaux étaient tirés et légèrement agités par la brise.

« Bonjour ! » Le large visage de Gilbert se déforma en une grimace amicale. Puis il raconta à Ron que l'opération avait duré quatre heures, qu'il avait ensuite dormi pendant trois heures, et que tout s'était passé comme sur des roulettes, du moins d'après Hendrik Merz et le reste du personnel. Ron palpa son bras et sentit un nouveau bandage.

« Et maintenant... ? chuchota-t-il.

— Maintenant, tu vas te rendormir. Tu as mal ? »

Ron secoua la tête. « Non, mais j'ai soif. Va nous chercher des bières.

— Sûrement pas ! fit Descartes, féroce. Avec toi, c'est tou-

217

jours la même chose : dès que tu retombes sur tes pattes, tu redeviens culotté.

— C'est ce que m'a dit Tama...

— Alors, si Tama te l'a dit ! » Gilbert caressa la couverture et se leva. « Après tout, elle te connaît mieux que moi. »

Le lendemain, la douleur revint, mais elle restait localisée et supportable. Ron pouvait de nouveau réfléchir.

Patrick Lanson passait le voir presque tous les jours et lui apportait les journaux. Ron apprenait qu'Eltsine devait lutter pour conserver son poste de président et que l'OTAN envoyait désormais des avions en Serbie. En se plongeant dans l'actualité, il oubliait ses propres problèmes. Il se disait alors que, finalement, il n'avait pas seulement eu de la veine, il était heureux comme un roi – non, comme Ron Edwards ! Et il se remettait à faire des projets, comme Ron Edwards.

« Tu repars quand, Gilbert ?

— Eh bien, tu es gentil, toi ! Tu veux déjà te débarrasser de moi ?

— Non, mais je voudrais que Tama vienne ici.

— Ecoute, mon petit gars, quelqu'un devrait t'apprendre un jour que tu n'es pas le nombril du monde, et que celui-ci ne tourne pas autour de ta copine ! Evidemment que je dois repartir, pas seulement pour que tu puisses lui tenir la main, mais surtout parce que je n'ai pas envie de moisir ici en regardant mes affaires aller à vau-l'eau. Il faut que je réappareille l'*Ecole*.

— Mais bien sûr ! Tu as trouvé chez Burn Philps de quoi réparer le calfatage ?

— Oui, enfin, à peu près.

— C'est vraiment dommage que je ne puisse pas te donner un coup de main... »

Ron voulait expliquer à Gilbert où il pourrait trouver dans son atelier l'instrument adéquat pour réparer le calfatage et le diesel de l'*Ecole*, lorsque la porte de sa chambre s'ouvrit.

C'était Ulla, et elle faisait une grimace de mécontentement qui en disait long.

« Ron, il y a là un monsieur de la police – un inspecteur de Nuku'Alofa.

– Merde ! » Gilbert fronça les sourcils.

« Où est-il ? demanda Ron.

– Dans la salle d'attente.

– Ulla, dis-lui qu'on me change mon bandage et que je pourrai le voir dans cinq minutes. »

Elle hocha la tête et disparut. Ils échangèrent un regard. Ron parla le premier.

« Je m'occupe de lui, Gilbert – va-t'en par cette porte et arrange-toi pour qu'il ne te voie pas. »

Gilbert hocha la tête, reconnaissant, et disparut. C'était la première fois que Ron le voyait aussi nerveux.

Deux minutes plus tard, on frappait à la porte de la chambre. Un colosse dans un costume en coton vanille tout froissé apparut dans l'encadrement. Il portait également une chemise blanche à rayures bleues et une cravate noire qu'il caressait amoureusement. Il entra dans la pièce, croisa ses énormes mains devant sa poitrine, fit craquer ses phalanges et dit : « Monsieur Edwards ? Mon nom est Joseph Tagalo. Je suis inspecteur de police de Tongatapu. Si cela ne vous fait rien, j'aimerais vous poser quelques questions. Vous devez vous douter de quoi il s'agit.

– Ah oui ? Et de quoi donc ?

– Oh, à votre avis ? » L'inspecteur souriait toujours ; c'était le genre de sourire que l'on devait apprendre dans les écoles de police – s'il existait à Tonga quelque chose qui ressemblât à une école de police. Ce sourire disait : « On ne me la fait pas, p'tit gars ! »

219

« Prenez donc une chaise, monsieur Tagalo.

— Merci, c'est très aimable à vous, mais je suis resté assis plusieurs heures dans l'avion, puis j'ai dû participer à une réunion de travail avec mes collègues. Si ça ne vous fait rien, je préfère rester un peu debout. » Ses yeux luisaient comme du chocolat fondu. Son regard allait de l'épaule au bras de Ron.

« Deux coups de feu ?

— Et deux blessures.

— Oui... ça va quand même ?

— On fait aller, mais nous ne sommes pas encore fixés.

— Qui ça, nous ?

— Le médecin et moi.

— C'est le docteur Merz, n'est-ce pas ?

— Lui-même. »

Aucun muscle ne bougeait dans ce visage large et plat aux lèvres sombres et proéminentes. Quelles que fussent ses pensées, Tagalo savait les dissimuler.

« M. Descartes a raconté à un collègue de la police locale comment vous avez été blessé. Ce collègue voudrait... hum... compléter son rapport en dressant un procès-verbal de vos déclarations. Et il serait peut-être temps de porter plainte, qu'en pensez-vous ? »

Ron ne répondit pas.

« Malheureusement, M. Descartes a disparu depuis, enchaîna l'inspecteur. C'est regrettable, en vérité. Et quelque peu étrange, aussi – si bien que nous n'avons pas d'autre solution que de nous adresser à vous. »

Ron s'y attendait. L'inspecteur avait parfaitement raison, et il trouverait tout cela encore plus étrange s'il savait que Descartes se cachait dans la petite maison d'Ulla, l'infirmière en chef, où il passait ses journées à nourrir d'innombrables chats et un cacatoès, ainsi qu'à charmer les heures

de loisir d'Ulla avec de profondes conversations philo-
sophiques...

Lui et Ron avaient préparé une histoire pour la police
locale. Descartes avait cependant préféré ne pas la raconter
lui-même, non par lâcheté, mais parce qu'il se savait piètre
menteur. Ron s'estimait nettement plus doué que lui en la
matière...

« Vous auriez pourtant sûrement pu retrouver M. Descartes, fit-il pour gagner du temps.

– Justement, monsieur Edwards. » Les grandes mains
aux paumes roses de l'inspecteur balayèrent l'air. « Mes collègues ont bien essayé, mais il semble s'être purement et
simplement volatilisé. Tout ce que nous savons, c'est que
vous avez été blessé par une bande de pirates qui a attaqué
votre bateau, et que M. Descartes et vous-même avez
riposté.

– Et c'est effectivement ce qui s'est passé, inspecteur. »

La chaise grinça dangereusement lorsque le géant s'assit
dessus.

« Mais ça ne nous suffit pas, si vous n'y voyez pas
d'inconvénient. »

La grimace de douleur de Ron n'était nullement feinte.
Toute son épaule le brûlait et il avait atrocement mal au
crâne.

« Inspecteur, vous comprendrez peut-être qu'en ce
moment je ne sois pas en pleine forme. Mais puisque Descartes ne se présente pas chez vous, je suis à votre disposition. Je vais maintenant essayer de vous faire un rapport
aussi concis que possible... »

Et l'inspecteur Tagalo de Tongatapu eut droit à son rapport !

Au fond, pourquoi n'aurait-il pas cru à l'histoire de
l'Américain qui, au cours d'un voyage dans l'archipel de

221

Vava'u, rencontre le pilote d'un vieux cotre, se lie d'amitié avec lui et l'invite à faire un tour sur son yacht, à bord duquel ils sont attaqués le lendemain par des pirates?...

Le visage de l'inspecteur demeurait impassible. Seules ses phalanges craquaient, et ce bruit irritait Ron encore plus que ses douleurs.

« La bande de pirates que nous connaissons se compose de cinq hommes, dit finalement l'inspecteur. D'après nos informations, ce sont des tueurs professionnels capables de tout. Et vous affirmez les avoir tous abattus? »

Ron sentit la sueur ruisseler le long de ses côtes.

« De plus, monsieur Edwards, nous avons examiné votre bateau et n'y avons relevé aucune trace de balle.

– Puis-je me permettre de donner mon avis, inspecteur? J'estime avoir mérité une médaille plutôt qu'un tel interrogatoire pour avoir éliminé ces tueurs. Mais, si cela peut vous apporter quelques éclaircissements, Descartes et moi-même sommes également des professionnels : j'ai fait mon service aux Etats-Unis dans les Marines et Descartes a combattu dans la Légion étrangère. Au cas où vous ne me croiriez pas, vous verrez bien si vous avez encore des ennuis avec cette bande. Je peux déjà vous prédire qu'elle ne refera pas surface : elle n'existe plus. »

En face de lui, le visage de Tagalo demeurait lisse et inexpressif. Puis l'inspecteur désigna la poche poitrine de sa veste bosselée. « Je me suis permis d'enregistrer votre déclaration sur un magnétophone de poche, monsieur Edwards. Vous devrez aussi signer un procès-verbal. Du reste, vous avez raison : si tout cela est vrai (pour la première fois, il sourit, découvrant de fortes dents blanches), si tout cela est vrai, alors vous méritez effectivement une médaille. »

Quelques secondes après le départ de l'inspecteur, Ron fixait encore du regard la porte qui venait de se refermer. Il se sentait flasque comme un gant de toilette essoré. Un Américain qui, au cours d'un voyage en solitaire, liquide une bande de pirates à bord de son yacht avec l'aide d'un ex-légionnaire... Il essaya d'imaginer comment cela pouvait s'agencer dans un cerveau de policier. Il n'y parvint pas.

C'était une erreur grossière d'avoir promis à Tama ce voyage à Pangai, pourtant il se sentait incapable d'y renoncer. Il avait absolument besoin de la voir !

Ron éprouvait ainsi l'impression désagréable d'être assis sur une bombe à retardement. Il fallait qu'il sorte de cet hôpital le plus vite possible ! Mais d'abord, il lui restait une foule de choses à régler...

Pour Ron, les deux dernières semaines à l'hôpital s'écoulèrent comme dans un rêve. Par la suite, il eut peine à se les rappeler en détail. Quelques heures après l'entrevue avec l'inspecteur, Gilbert avait quitté Pangai de nuit à bord du *Paradis*, direction : Tonu'Ata. Pendant tout l'après-midi, ils s'étaient penchés sur des cartes marines pour déterminer les caps et les vitesses qui devaient permettre à Gilbert de rejoindre l'île le plus rapidement possible.

Dès que Ron put marcher, il se rendit tout droit à l'immense entrepôt en acier et en tôle ondulée de Burn Philps, où l'on trouvait tout le nécessaire pour vivre dans les mers du Sud – et même le superflu...

Cependant, la conversation qu'il eut le matin même avec Hendrik Merz fut plus importante que cette première sortie. Hendrik l'avait emmené en voiture chez Burn Philps, le visage empreint de l'expression sévère et soucieuse du médecin.

Ils avaient beaucoup parlé ces derniers temps. Lorsqu'il en avait le loisir, Hendrik venait s'asseoir dans la chambre de Ron et il l'écoutait avec une expression d'étonnement incrédule, presque enfantin. Ron lui parlait de Tonu'Ata et lui racontait sa propre histoire depuis le jour où il avait échoué sur l'île. Il se confiait sans réserve à cet homme. Il avait ses raisons, bien sûr, mais cela le soulageait aussi de parler...

Ce matin-là, il évoquait les soins médicaux d'urgence qu'il avait tenté de donner aux habitants de l'île.

« Quoi ? » Ron jura. De surprise, Hendrik avait involontairement appuyé sur la pédale de frein de sa vieille Renault. Il regardait Ron d'un air ahuri.

« Tu as bien dit une présentation par le siège ? Alors comme ça, tu joues aussi à l'accoucheur ? Même les gynécologues expérimentés ont le trac quand ils doivent faire un accouchement dans ces conditions, et toi... tu es complètement inconscient !

– Qu'est-ce que je pouvais faire d'autre ? J'ai appris l'obstétrique dans des bouquins que j'ai trouvés à Papeete ! Et toi, qu'est-ce que tu ferais dans une situation pareille ?

– Je le retournerais, fit Hendrik, l'air absent.

– C'est bien ce que j'ai essayé de faire ! Mais je n'y suis pas arrivé.

– Et alors ?

– Ils sont morts tous les deux, la mère d'une défaillance cardiaque, et l'enfant était probablement mort-né – du moins, je l'espère. Le cordon ombilical s'était enroulé autour de son cou. »

Hendrik remit la Renault en marche et appuya sur l'accélérateur.

« Pourquoi me racontes-tu ça, au fait ?

– Pourquoi ? Peut-être parce que tout homme, y compris moi, a besoin de se confier à un moment ou à un autre. » Ron essaya de sourire, mais ses douleurs, comme des lames chauffées à blanc, l'en empêchèrent. « Peut-être est-ce aussi l'un de mes habituels accès d'imbécillité.

— Peut-être bien, fit Hendrik, féroce, mais ce n'est pas la seule raison... Allez, dis-le : Hendrik, les gens de Tonu'Ata ont besoin de toi ! » Il criait presque. « Oui, pourquoi ne me dis-tu pas : Hendrik, tu en as assez de Pangai et tu veux repartir de zéro : je t'ouvre mon paradis ! »

Cette fois-ci, Ron réussit à sourire, puis il appuya la tête contre le dossier de son siège : « Très bien, Hendrik : je t'ouvre mon paradis. Amène-toi !

— J'accepte. » Hendrik Merz éclata de rire. « Autre chose encore : je ne sais pas ce que tu as encore en tête en allant chez Burn Philps. Je sais seulement que tu commences déjà à démolir mon travail de chirurgien, c'est-à-dire cinq heures d'opération épuisantes ! Enfin, on va quand même aller s'en jeter un. Je connais un bistrot par ici. J'y vais et je te rapporte de quoi boire. Qu'est-ce que tu préfères : bière ou whisky ?

— Les deux, gloussa Ron. Même si ça ne va pas très bien ensemble... »

Il lui fallait du fer ! Pas de l'aluminium, mais des barreaux en fer épais d'un pouce, suffisamment solides pour qu'un requin s'y casse les dents.

C'était dur d'esquisser un croquis assis dans son lit, avec un bras en éclisse. Et maintenant, il devait modifier ce croquis : ne serait-ce que pour des raisons de poids, la cage devait être plus petite s'il voulait des barreaux en fer.

On frappa à la porte. Le policier en uniforme kaki bien repassé qui entra était jeune, très jeune même. Il avait un visage presque enfantin avec un air rayonnant et amical tout à fait désarmant. Il posa sur la table de la chambre une serviette en imitation cuir tout éraflée et en sortit d'un air important une liasse de feuilles. C'étaient des portraits-robots. Ils étaient assez maladroits, mais pas au point que Ron ne reconnaisse pas aussitôt le chef de la bande – ce petit Malais mince qui avait gesticulé sur la place du village, son pistolet mitrailleur au poing, tiré en l'air et tué... Pendant quelques secondes, les images terrifiantes de cette nuit resurgirent : les feux illuminant l'obscurité, la file de femmes devant le *fale* de Tapana, les enfants morts...

Et cet autre portrait, ce visage large et ces cheveux crépus, c'était bien l'homme qui, émergeant de la fumée et du tumulte, s'était rué sur eux, l'homme qui avait voulu le tuer et l'avait raté d'un cheveu ! Ron inspira profondément. « Vous savez, capitaine, je vous aiderais avec plaisir, mais il me sera difficile de les identifier. Lorsqu'ils nous ont attaqués, ces types étaient tous masqués, comme je l'ai déjà dit à l'inspecteur Tagalo. J'avais un revolver. Trois des bandits sont tombés à l'eau et nous avons balancé les deux autres par-dessus bord. Vous comprendrez peut-être que nous n'ayons pas eu particulièrement envie de les garder à bord pour être sûrs de nous rappeler leurs visages. »

C'était la seule phrase vraie de toute son histoire. Il ne voulait pas empoisonner sa mémoire avec ces visages. Tout ça, c'était du passé.

Lorsque le policier fut parti, Ron alluma une cigarette et se demanda s'il avait commis une erreur. Mais non, toute identification pouvait entraîner de nouveaux interrogatoires et de nouveaux procès-verbaux. Maintenant, la seule chose qui comptait, c'était de disparaître aussi vite que possible ! Hendrik avait déjà donné sa démission et Gilbert était parti depuis deux semaines. Il avait sûrement eu fort à faire pour remettre son *Ecole* à flot, et le trajet prenait près d'une semaine... Si seulement le *Paradis* pouvait revenir rapidement à Pangai! Sans son bateau, Ron se sentait désarmé et vulnérable.

« C'est toi que ce policier venait voir? demanda Hendrik en entrant dans la chambre.

— Oui. Je suis content qu'il soit reparti, et je le serais encore plus si je pouvais me tirer moi aussi. Quand est-ce que je pourrai me déplacer normalement?

— Dans une semaine, mais pour ton bras... c'est difficile à dire.

— Deux, trois semaines?

— Deux, trois mois, plutôt... Et d'ici là, il vaudrait mieux que tu restes ici. »

Ron eut l'impression d'avoir reçu un coup de poing dans le ventre.

« C'est impossible, Hendrik! » Il se redressa et sentit aussitôt un élancement aigu et violent comme un coup de couteau. « Enfin..., murmura-t-il, luttant contre la douleur. Essaie de comprendre, Hendrik : ce flic voulait que je l'aide à identifier les membres de la bande. Il m'a apporté des portraits-robots, et j'ai dû lui dire qu'ils avaient le visage masqué.

— Pourquoi?

— Tu ne comprends pas? La police va encore revenir me poser des questions idiotes et la presse va débarquer... Pour l'instant, je ne suis qu'un Américain de passage envers lequel ils peuvent être reconnaissants, mais pour combien de temps encore? Il faut partir d'ici, Hendrik, et vite!

— Calme-toi!

— Comment veux-tu que je me calme? Réfléchis un peu! Dieu sait quelles idées peuvent leur passer par la tête. Et je ne veux pas qu'ils découvrent quoi que ce soit sur Tonu'Ata... »

Tama! pensa-t-il. Encore un problème à régler... Ils

allaient sûrement lui poser des questions sur elle. Il faudrait la prévenir dès son arrivée. Et les achats chez Burn Philps... Il devait déjà une belle somme à l'hôpital... Bien sûr, les perles attendaient toujours dans la baie, mais avant qu'elles ne se transforment en dollars, plusieurs mois pouvaient s'écouler.

« A quoi penses-tu ? demanda le jeune chirurgien.

— Tu t'y connais un peu en requins, Hendrik ?

— Moi ? Oui... j'en ai photographié en faisant de la plongée. Pourquoi ? »

Ron lui expliqua ses projets. Tandis qu'il parlait, il se demandait ce qu'aurait dit Tama si elle avait entendu cette conversation.

Hendrik Merz secoua la tête. « Ce ne sont pas les requins qui t'intéressent, Ron, mais uniquement les dollars.

— Il faut bien ! L'installation de ton infirmerie va coûter un paquet ! Regarde ce qu'un appareil de radiographie va engloutir à lui seul – sans parler du capital nécessaire à l'achat d'autres appareils et de médicaments. Tu m'as dit toi-même qu'un simple stérilisateur coûtait dans les six mille dollars.

— Et ces dollars, tu vas aller les chercher au fond de la mer ? Dans la célèbre baie des requins ?

— Si tu m'aides à le faire. »

Hendrik Merz fit un geste qui n'avait rien d'un refus, mais exprimait plutôt de l'étonnement, de l'admiration – et un certain malaise.

« Tout se passera bien, Hendrik, fais-moi confiance.

— Mais bien sûr ! Tu vas plonger avec ta broche, et si un requin se pointe, tu la sortiras de ton bras pour la lui planter dans la gueule ! J'ai déjà entendu pas mal d'imbécillités dans ma vie, mais toi, tu bats tous les records !

— Hendrik, le temps que notre cage soit prête, mon bras sera guéri.

— Et moi, je ne suis ni soudeur ni ingénieur sous-marin, mais chirurgien !

— Ne t'inquiète pas, je me ferai aider par des gens de Tonu'Ata pour les travaux. »

Hendrik Merz dressait la tête et ses yeux étroits gardèrent toujours la même expression incrédule. « Tu es aussi sûr de la guérison de ton os que d'un " Amen " à l'église, hein ? Je commence moi-même à y croire. Nous pourrons bientôt retirer le drain. Mais quand même, tu es un sacré baratineur pour avoir réussi à m'embobiner aussi vite...

— C'était bien mon intention, assura Ron avec un rire triomphant. Depuis le début ! »

Satisfait, Ron repoussa de sa sandale l'un des lourds barreaux de fer. Il n'aurait su dire comment lui était venue l'idée de se protéger pour pêcher les perles, mais il lui consacrait toute son énergie. Durant cette dernière semaine, il avait passé plus de temps dans l'entrepôt étouffant et poussiéreux de Burn Philps qu'à l'hôpital.

Steve Kantowitz, l'administrateur, se dirigea vers lui. Kantowitz était un Polonais trapu et robuste avec des yeux gris et vifs et des cheveux blond pâle coupés en brosse. Depuis la première fois que Ron l'avait vu, il portait toujours les mêmes shorts de base-ball noirs et le même T-shirt déchiré, autrefois blanc et à présent gris sale.

« Les cornières sont là-bas. » Il montra du pouce un coin de la halle. « Elles sont toutes découpées. Je vous ai aussi préparé des vis.

— Super, fit Ron.

— Je ne voudrais pas être trop curieux, mais pourquoi avez-vous besoin de tout ce bazar ? Pour un zoo ou pour un cirque ?

229

– Pour quelque chose du même genre.

– C'est un tigre que vous voulez enfermer là-dedans ? Ça ne court pourtant pas les rues, par ici.

– J'ai dit quelque chose du même genre. »

La bouche mince de Kantowitz s'amincit encore. Cet amerloque commençait à lui taper sur les nerfs. Il venait ici tous les jours avec son bras dans une éclisse, mais il croyait s'abaisser en répondant lorsqu'on essayait d'avoir une conversation sérieuse avec lui. Il voulut tourner les talons.

« Un moment, Steve !

– Qu'est-ce qu'il y a, encore ?

– Et le crochet ?

– Vous l'avez déjà choisi !

– Oui, mais j'ai aussi besoin d'un anneau pour ce crochet, et d'une articulation à charnière.

– Comme pour une grue ?

– Oui. Vous avez ça ?

– On a ça. »

Et la conversation s'arrêta là. Ron consulta sa montre. Cinq heures. Il était temps qu'Hendrik arrive avec la Renault. Il se sentait épuisé d'être resté si longtemps dans cette halle étouffante.

Soudain, il entendit une voiture. Ce n'était pas le vieux tacot d'Hendrik, mais une Jeep rouge – la Jeep de Patrick Lanson ! Elle s'arrêta dans la cour. A travers la haute porte coulissante, Ron vit trois personnes dans la voiture : Patrick au volant, une personne inconnue à côté de lui et Descartes sur le siège arrière. Avec ce crâne éternellement luisant, Ron l'aurait reconnu entre mille. Lorsqu'ils sortirent de la Jeep, Ron reconnut la troisième personne : c'était Tama !

Il avait trop attendu, trop désiré ce moment ! Maintenant qu'il arrivait, il ressentait de la timidité, une sorte d'angoisse heureuse qui paralysait ses pensées et ses gestes. Lanson parla à Steve Kantowitz, qui lui désigna la halle – et elle s'approcha ! Tama, ma Tama... Elle portait un jean étroit et un débardeur en coton moulant. Sa chevelure flottait à chacun de ses pas et sa peau brillait. A son passage, les ouvriers qui travaillaient dans la cour levèrent la tête, et Ron se sentit envahi d'un orgueil de propriétaire, absurde mais incoercible. Puis il se mit à courir vers elle, sans se soucier de son éclisse. La respiration saccadée, les lèvres entrouvertes, ils restèrent face à face, se contemplant.

« Owaku, Owaku... », chuchotait-elle sans trouver d'autre mot. Il aurait voulu la serrer dans ses bras, mais avec cette éclisse, c'était impossible.

« Tu sais à quoi tu ressembles, Owaku ?

– Non, à quoi ?

– A un oiseau qui s'est cassé une aile et qui ne peut plus voler, mais seulement courir.

– C'est bien ça, et un drôle d'oiseau, encore ! Mais je vais réapprendre à voler, tu peux me croire. »

Patrick Lanson s'approcha. Ses yeux verts allaient et venaient de Ron à Tama.

« Alors, c'est bien elle ?

– Oui, fit Ron, c'est elle !

– ... L'Eve de ton paradis.

– Regarde-la donc ! Elle est bien mieux que ça ! » Tama sourit.

« Alors, quand venez-vous vous marier dans mon église ? » demanda Lanson.

Tama, qui ne comprenait pas ce mot, leva la tête d'un air interrogateur. Ron renonça provisoirement à le lui expliquer. « Oh, fit-il, bientôt, Patrick, mais à présent, on a encore un tas de choses à faire... »

La porte était fermée et il n'y avait plus qu'une seule personne au monde : Tama... Sa main caressait la rondeur de sa hanche, ses seins et tâtonnait à la recherche de la fermeture Eclair de son jean, qu'il ne parvenait pas à ouvrir.

« Tu es fou, Owaku...

– Et comment ! »

Leurs yeux se rencontrèrent dans le miroir de la chambre d'hôpital. Ron voyait son propre visage, reposant sur l'épaule de Tama. Il ferma les yeux.

« Laisse-moi, Owaku. Je t'en prie !

– Pourquoi ? murmura-t-il. J'ai tellement attendu ce moment...

– ... Et ton bras ? Que dirait ton médecin ?

– La même chose que d'habitude, mais après tout, il ne s'agit que de mon bras... »

D'un mouvement adroit et doux, elle se dégagea. Le rouge coquelicot de sa chemise semblait emplir toute la pièce. Immobile comme une statue, elle le contemplait d'un regard inquiet, scrutateur et triste, tout en lissant nerveusement le tissu de sa chemise.

« Qu'y a-t-il, Tama ?

– Ce qu'il y a ? Je me demande si tu as un atome de raison.

– Tama, tu m'as tellement manqué... est-ce si difficile à comprendre ?

– Toi aussi, tu m'as manqué. » Elle parlait à voix basse, avec un accent presque craintif. « Mais ce n'est pas possible. Je veux que tu reviennes en bonne santé, et puis...

– Quoi donc ?

– On a enterré les morts et tout le village les a pleurés pendant deux semaines, Owaku. Et il y a peut-être encore des gens qui vont mourir...

– Qu'est-ce que tu racontes ?

« — La famille de Lepani. Sa femme, leur garçon et leur petite fille... tu ne pouvais pas le savoir, tout était sens dessus dessous quand tu es parti, et toi, tu étais à moitié inconscient. C'était terrible.

— Qu'est-ce que je ne pouvais pas savoir ? insista-t-il.

— Ils ont été blessés par balle, comme toi...

— C'est grave ?

— Je n'en sais rien, Owaku. Qu'est-ce qui est grave ? Et ton bras, c'est grave ? » Son regard était sombre et dur. Il comprenait maintenant pourquoi elle se montrait si réservée. Mais ce qu'elle dit alors le stupéfia : « Owaku, toutes ces choses que tu as achetées dans cette grande maison où nous nous sommes retrouvés, que veux-tu en faire ?

— Quelles choses ?

— Tous ces barreaux en fer, et tout le reste. » Ses yeux étaient rivés sur lui, insondables. « Tu veux ramener tout ça à Tonu'Ata, n'est-ce pas ?

— Oui. » Il étendit son bras valide pour lui entourer les épaules, mais elle recula. « Ecoute, Tama, je...

— Ce n'est pas la peine, Owaku, tu n'as pas besoin de m'expliquer. Je sais.

— Tu sais quoi ?

— Je sais que tu veux les emporter dans la baie des requins ! »

Il éprouva une sensation de picotement glacial dans la nuque. Ses muscles se tendirent. Cela n'allait donc jamais finir ? Comment savait-elle ? Ce maudit Nomuka'la, mort et enterré depuis si longtemps, avait-il fait le voyage avec elle ? Son esprit planait-il maintenant sur l'hôpital du Roi Taufa'ahau Tupou ? Quelle absurdité !

« Qu'est-ce qui te fait dire ça ?

— Je te dis que je le sais, c'est tout. »

Les carreaux semblaient briller d'un éclat railleur.

233

Dehors, dans la nuit, on entendait rire les filles de cuisine. Une autre fois, il aurait volontiers ri avec elles, mais maintenant, c'était le moment de vérité. Peut-être n'avait-il pas besoin de lui expliquer ses projets, puisqu'elle semblait les connaître. Il le fit pourtant, et conclut par cette exhortation désespérée : « Réfléchis un peu, Tama. Tu peux retourner ça dans tous les sens, si tu veux vraiment aider les gens – la femme de Lepani, les enfants, et moi aussi... » Il fit une pause, la regarda et contempla son propre bras, puis il reprit : « Si on veut empêcher que les gens meurent faute de soins, c'est la seule solution : on a besoin d'un vrai médecin, pas d'un amateur comme moi. On a déjà ce médecin, c'est Hendrik... mais lui-même ne peut pas faire grand-chose sans le matériel nécessaire. C'est pour avoir de quoi l'acheter que je vais replonger dans la baie avec cette cage.

— Toi, tu vas replonger ? » Elle souriait.

« Eh bien..., fit-il piteusement, pour l'instant, ça serait difficile, mais je ne vais pas rester invalide toute ma vie. »

Elle s'approcha de lui, lui caressa les cheveux comme le faisait son père, puis elle l'embrassa sur le front, le bout du nez et la bouche, doucement et tendrement.

« Tu es vraiment le type le plus dingue que j'aie jamais rencontré, tu sais ? »

Il hocha la tête.

« Mes frères iront pêcher les perles, ajouta-t-elle alors, et moi aussi. »

Il ne pouvait la serrer dans ses bras, mais il la contemplait, rayonnant, en pensant : demain, nous repartons...

Chapitre 7

« Mon Dieu, murmura Hendrik subjugué, que c'est beau... »

Tonu'Ata ! Ron, Hendrik et Tama se tenaient à la proue du *Paradis*, les mains posées sur le bastingage, sans pouvoir s'arracher à leur contemplation.

A cet instant, les pirogues arrivèrent dans la lagune, filant comme des flèches au rythme des cris de guerre des jeunes hommes qui les menaient, debout à la proue. Ron avait l'impression de voir cette scène pour la première fois. Il éprouvait le sentiment tout nouveau d'être de retour chez lui. Jamais il n'avait été aussi heureux de revoir Tonu'Ata, et jamais il n'avait su avec une telle certitude ce qu'il devait faire...

Pendant le trajet du retour, il avait évité de parler des perles en présence de Gilbert, car il savait bien ce que le Français en pensait. En revanche, il en avait souvent discuté avec Tama et Hendrik. L'essentiel était de savoir que Tama était de son côté...

L'ancre tomba. Tapana et ses dignitaires se tenaient sur la plage pour les accueillir. Le fond de la pirogue racla le sable, Hendrik sauta à terre, l'immobilisa et aida Ron à en sortir. Ils se dirigèrent lentement vers le petit groupe, et Ron vit de loin que quelque chose avait changé. La bouche de Tapana avait une expression grave et il semblait plus âgé. Il avait renoncé à ses insignes de chef, y compris au médaillon en dents de requin, et son *ta'ovala*, un pagne en fibres tressées, était d'un brun terreux et sans aucun ornement.

Tapana n'eut pas un regard pour Tama. Il contemplait Ron. C'était une affaire d'hommes. Les hommes qui étaient venus à leur rencontre en pirogue et les femmes qui les attendaient sur la plage formaient à présent un demi-cercle silencieux et compact.

Tapana leva la main, la paume tournée vers les nouveaux arrivants. « Salut à toi, Owaku. C'est bon de te revoir. »

Ron pressa sa main intacte contre celle de Tapana.

« Et ton ami est guérisseur ? » Ron hocha la tête. « Chibé m'a parlé de lui. »

Ah oui ? pensa Ron. C'était à son tour de prendre la parole. « Mon ami m'a aidé, Tapana. Tu vois mon bras ? Les hommes qui sont venus ici pour voler et pour tuer...

— Maudits soient-ils.

— ... Ces hommes m'avaient brisé l'os avec leurs armes. Il m'a mis un nouvel os. C'est un grand guérisseur. Tama m'a dit qu'il y a encore trois personnes au village qui ont été blessées par ces hommes.

— Ce sont des blessures de la chair... Les blessures dans nos cœurs sont plus profondes et plus douloureuses, Owaku.

— Alors, Tapana, laisse-nous vous aider. Le guérisseur va tout de suite se rendre auprès des blessés.

— Non, ça peut attendre, dit Tapana, et les anciens hochèrent la tête. Buvons d'abord le *kawa* afin que les dieux accueillent ton ami. Ensuite, il fera ce qu'il pourra... »

Ils se dirigèrent vers le village et ses bruits familiers : caquètements des volailles, cris perçants des porcelets et aboiements des chiens...

Cependant, lorsqu'ils arrivèrent sur la place du village, le cœur de Ron se serra. Une force invisible semblait avoir tout transformé. La lumière avait perdu de son éclat, les rires des enfants avaient l'air assourdis, et le sourire des villageois, cet éternel sourire avec lequel ils se saluaient, lui parut figé et artificiel.

Ils burent le *kawa* sans un mot.

Le *fale* du clan Lepani était bâti à flanc de montagne, au milieu de la forêt. Sur le chemin escarpé qui y menait, la douleur assaillit de nouveau Ron. Il serra les dents.

Les blessés, une femme entre deux âges, un jeune homme et une fillette de onze ans, étaient logés dans une hutte de taille moyenne. La femme avait de la fièvre. Après avoir parlé avec elle à voix basse, Tama se releva et leur apprit que la femme n'avait pas pris les antibiotiques qu'elle lui avait laissés.

Ils sortirent pendant qu'Hendrik examinait les blessures. Il réapparut bientôt, le visage plus détendu. « Ce n'est pas si grave. Les organes vitaux et les os n'ont pas été atteints. Le garçon a été touché à la fesse – ça fait mal, bien sûr, mais je peux drainer la blessure. La femme a une éraflure à la hanche et la petite une blessure dans le haut de la cuisse, rien de grave là non plus. Ils ont vraiment eu de la chance. »

Eux, oui – les autres... Mais Ron n'était pour l'instant d'aucun secours. De plus, il avait en tête un projet qu'il voulait mettre à exécution sans tarder. Il laissa donc Gilbert et Tama aider Hendrik et reprit le chemin du *fale* de Tapana.

Assis sur les marches de sa maison, le grand vieillard contemplait deux petits chiens qui se battaient dans le sable. Ron s'assit à côté de lui.

« Ça fait mal ? » Le regard de Tapana était posé sur l'éclisse de Ron.

« Eh bien... parfois, oui. Surtout la nuit. »

Mais les douleurs ne sont pas un sujet de conversation pour un vieux guerrier. Ils gardèrent donc le silence pendant un instant, puis Tapana reprit la parole. Au grand soulagement de Ron, il aborda le sujet auquel lui-même voulait l'amener.

« Ton ami le guérisseur pourra-t-il aider Laha et les enfants ?

— Je l'espère. »

Il sentit peser sur lui le regard interrogateur de Tapana et continua de fixer le vide devant lui.

« Qu'est-ce que tu veux dire ? demanda finalement le chef.

— Je veux dire que ce n'est pas sûr, Tapana. Ils sont gravement blessés. » C'était là un mensonge éhonté, mais en l'occurrence, la fin justifiait les moyens. « Surtout la femme. Elle a de la fièvre.

— Laha ? » Tapana eut soudain l'air affligé. « Elle était très belle dans sa jeunesse. Nous nous sommes bien connus. »

Voyez-vous ça ! se dit Ron. Eh bien, c'était encore mieux !

« Il va pouvoir la sauver ?

— Il peut la sauver, Tapana, mais pour ça, il a besoin de médicaments et d'appareils qui coûtent très cher... et moi aussi, j'en ai besoin, si je ne veux pas perdre mon bras.

— Vraiment ?

— Oui, Tapana.

— Et il n'a pas ces appareils ?

— Non. Ils coûtent beaucoup de dollars. On peut en acheter à Pangai, un autre guérisseur en vend.

— Et tu n'as pas de dollars ? Peut-être que Chibé, lui, en a ?

— Même Chibé n'a pas assez d'argent. »

Les chiens étaient partis et le calme retombait sur le village. Au-dessus des palmiers, le ciel se nuançait d'une subtile teinte vert doré.

« C'est un bon guérisseur, reprit Tapana. Je le sens. Il va les guérir.

— Je ne sais pas...

— Moi, je le sais. Je le sais même mieux que toi. C'est Nomuka'la qui me l'a dit. »

Ron tressaillit. Encore Nomuka'la, et ce « je le sais »... N'avait-il pas eu quelques jours auparavant une conversation semblable avec Tama ?

« Il m'a encore dit autre chose, Owaku, poursuivit le chef.

— Quoi donc ?

— Il m'a prévenu, comme autrefois. Il m'a dit que tu avais un projet. »

Ron se tourna vers lui. « Oui, Tapana, j'ai un projet, et seul ce projet peut permettre au guérisseur de faire son travail. »

Le blanc des yeux de Tapana était strié de veinules rouges et le cercle sombre de l'iris paraissait très grand, profond et paisible.

« Tu penses aux perles, n'est-ce pas, Owaku ? fit-il après un long silence. Tu veux recommencer à pêcher des perles ? »

Le cœur de Ron battit plus vite. Surtout, ne pas montrer d'étonnement ! Il éprouva de nouveau la sensation fugitive et inquiétante qu'un autre les écoutait et guidait leur conversation et leurs actions comme un marionnettiste.

« Oui, fit Ron. C'est ce que je veux, parce que c'est la seule solution.

— Les requins sont toujours dans la baie, Owaku, et ils sont encore plus nombreux qu'avant.

— Ils ne pourront pas nous faire de mal.

239

« – Comment ça ?

– J'ai une idée, et le guérisseur va m'aider à la réaliser.

– C'est un homme bon, dit Tapana. Je vais en parler avec Nomuka'la. Et si ça ne suffit pas, j'y réfléchirai tout seul. »

Et sur ces paroles, il congédia Ron...

Ce soir-là, Ron ne voulait pas voir la baie. Il était fatigué et son bras le faisait souffrir. Hendrik Merz lui posa une nouvelle éclisse et secoua la tête d'un air réprobateur.

Après le dîner, ils s'assirent sur la terrasse et contemplèrent la lagune dans la splendeur rouge et or du couchant.

Lanai'ta était venue leur rendre visite. Elle avait amené Jacky. Tama le coucha dans leur lit et Lanai'ta s'étendit dans le hamac qui pendait de la poutre maîtresse. Elle parlait à peine. On aurait pu croire qu'elle dormait, mais à chaque fois que le regard de Ron se posait sur elle, il remarquait qu'elle observait le profil d'Hendrik entre ses paupières mi-closes. Le pressentiment qu'il éprouvait depuis son retour sur l'île se confirmait, cette impression que tout était programmé d'avance, comme dans un scénario...

Pourvu que tout se passe bien, pensa Ron plus tard, étendu dans son lit. A côté de lui, il entendait la respiration paisible de Tama, qui ne dormait pas encore. Puis la main de Tama se posa sur la sienne, et il eut la certitude que tout se passerait bien...

Le lendemain – ils venaient à peine de terminer leur petit déjeuner –, l'escalier de leur hutte grinça sous les pas de Tapana. C'était un événement car, en trois ans, Tapana était venu seulement trois fois chez eux !

Tama se précipita vers le réfrigérateur et revint avec de la bière. Connaissant bien son père, elle avait immédiatement apporté trois canettes. Ron installa le seigneur de l'île, le maître des vivants, des morts et des esprits dans le fauteuil le plus confortable, qu'il avait lui-même fabriqué.

Tapana prit une canette, la fit voluptueusement rouler entre le pouce et l'index, puis la vida d'un trait. Il s'essuya la bouche du dos de la main, eut un rot de bien-être et se redressa avec dignité.

« J'ai essayé de parler avec Nomuka'la », annonça-t-il.

Ce n'était pas le moment de poser des questions. Il fallait laisser parler le chef.

« Mais hélas, Nomuka'la ne m'a pas répondu. Peut-être ne le voulait-il pas, ou peut-être était-il absent. »

Silence. Ron déglutit et sa gorge se serra. Le siège craqua tandis que le chef se penchait en avant et lui adressait l'un de ses longs regards insondables. « Alors, j'ai décidé de faire ce que tu as dit, Owaku. Et comme nous le faisons pour aider notre peuple, tu pourras retourner dans la baie. Le tabou est levé.

— Je te remercie, Tapana », fit Ron d'une voix un peu oppressée, car il reprenait sa respiration. Puis il chercha d'autres formules de reconnaissance à la hauteur de l'événement, mais il n'en trouva pas. Tapana ne lui en laissa d'ailleurs pas le temps. « J'ai également parlé avec mes fils. Afa'Tolou et Wa'tau t'aideront, Owaku, car tu ne peux pas te servir de ton bras pour l'instant et il ne pourra guérir que lorsqu'on aura acheté les machines pour le guérisseur. Autre chose encore : en plus de mes fils, les gens du village exécuteront tous les travaux que tu voudras. »

Ron se taisait. Il ne savait pas encore très bien ce qu'il serait capable de faire avec les doigts de sa main valide. A cet instant, ils vibraient légèrement, oui, ils tremblaient. Il posa la main sur son genou. Il était soulagé et ému, mais il éprouvait en même temps le sentiment de triomphe du joueur qui a tiré la bonne carte. Devait-il pour autant avoir mauvaise conscience ?

« Donne-moi encore une canette, Owaku, fit alors la voix profonde de Tapana. Elle m'aidera à bien dormir, et j'en ai besoin... »

Il était un peu plus de onze heures et il faisait déjà très chaud lorsqu'ils atteignirent le col où se dressaient les deux statues. Tama et Lanai'ta, qui les avaient précédés pendant tout le trajet, ne s'arrêtèrent pas, mais Hendrik s'immobilisa. « Qu'est-ce que c'est que ces bonshommes ?

— Ce ne sont pas des bonshommes, répliqua Ron, mais des dieux. Un bon et un mauvais. Le bon est naturellement une femme, Onaha, le mauvais s'appelle G'erenge, et jusqu'ici il a fait tout ce qui était en son pouvoir pour m'empoisonner l'existence. »

Hendrik ricana sans pitié.

« Tu peux me croire, fit Ron, c'est la pure vérité. »

Il allait plus vite, car il désirait ardemment contempler la baie, comme on désire voir le visage d'un adversaire auquel on a pensé pendant de nombreux mois. Tandis qu'ils descendaient vers la baie, il parla à Hendrik de Nomuka'la et du tabou. Lorsqu'ils arrivèrent, il repoussa les branches des buissons. « Là, en bas, Hendrik ! Regarde...

— Incroyable ! murmura Hendrik. C'est incroyablement beau — et impressionnant !

— Incroyablement dangereux aussi, hélas ! » Les sternes étaient toujours là, ainsi que les cormorans, et sûrement aussi la frégate qui avait fait son nid dans la falaise. Et ce silence de la baie, et ce bleu profond, brillant et inquiétant... D'en haut, il était impossible de distinguer l'ombre d'un requin ou la forme d'une nageoire. Malgré tout, Ron scrutait la surface de l'eau comme s'il pouvait la percer du regard.

« Des perles et des requins, fit Hendrik à côté de lui. Voilà une combinaison intéressante.

– Pas seulement intéressante ! Allez, viens... »

Mais Hendrik resta immobile. Il hochait la tête. « Elle est grande, cette baie, mais de là à ce que des requins s'y aventurent... je n'arrive pas à y croire. Ils doivent se sentir prisonniers, là-dedans. Je les connais, ils ont besoin d'espace. C'est vraiment étrange...

– Ici, il y a beaucoup de choses vraiment étranges », dit Ron.

Les deux femmes les attendaient sur la roche plate de la plage. Lorsqu'il vit Tama s'accroupir là-bas, Ron se sentit assailli par un flot de souvenirs. Il repensa à toutes les fois où ils s'étaient assis là pour ouvrir des huîtres, et à leur joie quand ils trouvaient une perle... Ils avaient aussi fait griller des poissons, ri et s'étaient aimés... Comme ils avaient été heureux ! Et maintenant...

Lanai'ta fut la première à donner l'alerte. Elle ne dit rien, mais elle désigna le bas de la falaise.

Ron s'abritait les yeux de sa main en visière. Le scintillement du soleil sur la mer l'éblouissait.

« Là-bas ! cria soudain Hendrik. A une main de la falaise de gauche, à l'entrée de la baie ! »

Maintenant, Ron le voyait aussi : noir, figé et menaçant, le triangle se dressait au milieu des vagues étincelantes. Une seconde plus tard, il avait disparu, mais il resurgit aussitôt.

« Si seulement on avait apporté cette saleté de longue-vue !

– Allons aux " doigts du serment ", proposa Ron. Ce sont les deux rochers là-bas, tu les vois ?

– Il y a encore plus de requins par là, fit Lanai'ta, mais ils ne sont pas dangereux.

243

– Ah oui ? Comment le sais-tu ? »

Lanai'ta sourit. « Parce que je les connais depuis long-temps, depuis l'époque où Tama et moi avons commencé à plonger ici pour pêcher des perles, n'est-ce pas, Tama ? »

Tama hocha la tête. « Nous en avons souvent vu et ils se sont toujours conduits en amis. » Elle le dit en anglais : *They always behaved like friends.*

« Et ce qui s'est passé le 11 octobre ? » Ron n'avait pas besoin d'en dire plus. Le 11 octobre, le *Roi de Tahiti* arrivait dans la baie... C'était le jour où Jack était mort, où les habitants s'étaient défendus contre les gangsters de Pandelli, et où les requins avaient déchiqueté les vivants et les morts...

« Ils étaient devenus fous parce que les hommes étaient fous », fit Lanai'ta.

On pouvait toujours considérer la chose sous cet angle... Mais Ron revoyait le monstre blanc arriver sur lui, et cette scène ne remontait qu'à quelques semaines. Il revoyait la gueule prête à le happer et les yeux sournois du tueur. Et l'effroyable grimace du prédateur le poursuivait dans ses rêves... Oublie ça... Il continua, trébuchant sur les pierres. Mais il n'alla pas loin.

« Lanai'ta ! »

C'était un cri de gorge, aigu et perçant. Il sut aussitôt qui avait poussé ce cri : c'était Tama. Il se retourna et s'immobilisa, stupéfait.

« Bon Dieu, murmura Hendrik, elle est devenue folle ? »

Sous l'eau, on distinguait nettement la forme du corps de Lanai'ta. Elle s'éloignait en nageant dans la baie et des cercles s'élargissaient encore à l'endroit où elle avait plongé. Sa robe, un bout d'étoffe bleue, gisait abandonnée sur le rivage.

Mais que faisait donc Hendrik ?

« Hendrik ! cria Ron, ne fais pas l'idiot ! »

Le jeune homme était monté sur un grand rocher gris. Il ne se donna même pas la peine d'enlever son jean et sa chemise. Il s'avança, plongea et nagea dans la direction de Lanai'ta.

Jamais Ron ne s'était senti aussi impuissant qu'en cet instant où, paralysé par son bras bandé, il scrutait la surface de l'eau, cherchant du regard une nageoire triangulaire ou une ombre sinistre. Du calme, se dit-il. Ne t'affole pas... Il vit Lanai'ta émerger de l'eau, sa chevelure noire collée sur son visage et ses dents blanches étincelantes. Les bras d'Hendrik se tendirent vers ce visage rieur, puis vers les épaules de la jeune femme.

Tout en contemplant le couple, Ron eut le sentiment d'avoir déjà vécu cette scène... deux ans plus tôt, lorsque, à moitié fou d'angoisse, il avait couru vers la mer. Alors, Tama était sortie de l'eau à sa rencontre, indemne, nue et rayonnante comme une déesse, une perle à la main, la plus grosse perle qu'elle eût jamais pêchée...

« Lanai'ta ! Attention ! » cria soudain Tama.

Un vent léger ridait l'eau de la baie, mais derrière Lanai'ta et Hendrik, l'eau était lisse, comme si une force invisible l'aspirait sous la surface. Ron devina, ou plutôt reconnut la forme sombre et élancée du prédateur, à trente mètres, puis à vingt mètres d'Hendrik et de Lanai'ta, qui nageaient précipitamment vers le rivage.

Tama plongea. Déjà, elle se hissait sur un grand rocher et saisissait la main tendue de sa sœur...

Ron battait désespérément l'air de son bras valide pour garder l'équilibre. Il glissa de nouveau et se cogna les orteils contre la roche. *Tu es comme un oiseau qui court parce qu'il ne peut pas voler...*

Cette fois, c'en était trop. Il tomba à genoux. Tout se liguait contre lui. La colère et la douleur lui firent monter les larmes aux yeux. Comme à travers un voile, il voyait le rocher où se tenaient Tama et Lanai'ta. Où était Hendrik, Dieu du ciel?

Il se releva et repartit en courant. Là-bas, on criait. Il reconnut les voix de Tama et de Lanai'ta, qui claquaient comme des fouets... Il glissa de nouveau, tomba à l'eau et sentit son pansement se détremper. Il se débattit pendant quelques minutes, puis, essoufflé et épuisé, il appuya la tête contre un rocher...

On distinguait encore le sillage qu'avait laissé le requin, mais pas de trace d'Hendrik. Tama et Lanai'ta restaient accroupies sur leur rocher. Soudain, un peu plus loin, là où la baie était plus profonde, la surface s'ouvrit comme une blessure. Un poisson énorme, scintillant et taché de brun-gris, en émergea. Il plongea, laissant affleurer à la surface sa nageoire triangulaire, puis réapparut...

Hendrik! pensa Ron. G'erenge s'est emparé de lui!... Arrête avec ces absurdités! se reprit-il.

« Ron! »

Oui, c'était bien Hendrik qui lui faisait signe là-bas, sur le rivage! Le sentiment de panique qu'il avait éprouvé disparaissait lentement, comme de la neige fondant au soleil. Le requin ne l'avait pas attaqué! Il n'en avait peut-être même jamais eu l'intention. Il avait seulement voulu jouer au chat et à la souris avec lui – comme avec Ron quelques semaines plus tôt. Et toi, se dit Ron, tu t'y es encore laissé prendre...

Quatre jours après l'incident dans la baie, Ron était à bord de l'*Ecole*. Freddy, le vieux diesel de Gilbert, était prêt pour le départ. Ron se pencha par-dessus l'écoutille. Gilbert venait de lui montrer comment enflammer le mélange de diesel en introduisant une mèche dans le trou de mine, et cela intéressait beaucoup Ron. Une technique de l'âge de pierre ? Peut-être, mais c'était malgré tout impressionnant. Cependant, Ron doutait de l'efficacité d'une telle méthode.

Alors, il entendit une première détonation, suivie d'une série de petites explosions. Le tuyau d'échappement crachait des nuages de fumée, les deux cylindres tournaient et le vieux diesel ronflait avec régularité.

Lorsque la tête de Gilbert réapparut, ses verres de lunettes étaient mouchetés d'huile. Il eut un rire heureux, ôta ses lunettes et les nettoya. « Alors, qu'est-ce que tu dis de ça ?

— Que veux-tu que je te dise ? Un vrai pote, ton Freddy. Un champion ! »

La nouvelle cargaison était déjà à bord, toutes les choses merveilleuses que Chibé avait troquées contre sa marchandise : sculptures sur bois, massues de guerrier, nattes, tapis en fibres tressées, colliers de coquillages... Pendant les trois ans qu'il avait passés loin de l'île, ses habitants avaient amassé un véritable trésor. Paul Sia, le directeur de la Tonga Handicraft-Cooperation à Neiafu, n'allait pas en croire ses yeux !

« C'est vraiment dommage que tu partes, dit Ron. Pourquoi ne restes-tu pas encore un peu ?

— Pour voir ce que tu fabriques avec ta cage ?

— Pourquoi pas ?

— Ah, Ron ! » Gilbert soupira. « Je t'aime bien, tu le sais. C'est pourquoi je préfère partir. » Son visage devint grave. « J'espère seulement que tu sais ce que tu fais.

— Et comment, mon pote ! » Mais, sous le regard de Descartes, ses doutes se réveillaient.

Gilbert Descartes partit le matin suivant. Les pirogues l'accompagnèrent jusqu'en haute mer...

Pour revenir au village, Ron passa par la forêt de palmiers. Il vit le tronc d'arbre derrière lequel Gilbert, Tama et lui s'étaient abrités pendant l'attaque des pirates. Il remarqua aussi les blessures que les balles avaient laissées sur de nombreux autres troncs.

Sur la place du village, il rencontra Hendrik Merz qui revenait de sa tournée, sa trousse à la main. Il s'immobilisa en apercevant Ron : « Gilbert est parti ? Je voulais lui dire au revoir, mais je n'ai pas eu le temps.

— Il m'a dit de te saluer. Comment ça se passe de ton côté, Hendrik ? »

Le visage du jeune médecin s'éclaira. « Je n'en reviens pas ! D'un point de vue médical, ces gens-là sont des phénomènes. Maintenant que la femme prend bien ses antibiotiques et que j'ai pu nettoyer leurs blessures, leur état s'améliore à vue d'œil, tu verras.

— C'est le sang riche des insulaires, Hendrik. Leurs ancêtres l'avaient déjà amélioré par le cannibalisme.

— Et toi ? » Hendrik contemplait le bras bandé. « Toi aussi, tu as du sang riche d'insulaire ? Viens, je voudrais jeter un coup d'œil à ton bras.

— C'est gentil, mais je vais très bien, vraiment. »

Ces paroles insouciantes n'étaient qu'un mensonge grossier. La sensation écœurante que le bras allait enfler jusqu'à faire éclater le pansement avait cédé la place à un élancement sourd et constamment douloureux. Néanmoins, c'était supportable.

Hendrik lui lança un regard sceptique. « Je ne suis pas tout à fait de ton avis, si cela ne te dérange pas. » Si, cela dérangeait Ron. Rien ne devait retarder l'exécution de son programme, surtout pas son bras !

Sur la place du village, devant l'atelier, s'élevait la cage. Elle était comme toujours entourée d'un essaim d'enfants et d'adolescents curieux. Il ne restait plus qu'à installer l'articulation à charnière qui permettrait de l'accrocher à un câble. La cage mesurait deux mètres vingt-cinq de hauteur et deux mètres trente de côté. Afin de faciliter la récolte des huîtres, elle ne possédait pas de fond. Quatre larges barreaux de fer, disposés à des intervalles de huit centimètres, devaient servir de points d'appui aux pieds du plongeur.

Afa'Tolou était en train de souder l'un de ces barreaux. Il semblait avoir des difficultés, ce dont Hendrik se rendit compte le premier. « Ça ne va pas, comme ça. Il tient la baguette d'apport trop penchée. »

Et Hendrik posa sa trousse de médecin, tapota l'épaule d'Afa'Tolou, attendit qu'il eût éteint l'appareil et mit le masque et les gants de soudeur. « Vas-y, mets la pression ! » L'appareil gronda, la flamme jaillit et Ron resta muet d'étonnement devant cet étrange chirurgien qui soudait avec l'habileté d'un professionnel.

« Où as-tu appris ça ?

– Quand j'étais étudiant. Je devais gagner ma vie, je ne pouvais pas compter sur l'aide de mon père, il était seulement employé des postes... Alors, j'ai travaillé à la construction d'installations techniques pendant le week-end et les vacances. On me disait déjà à l'époque que j'avais l'étoffe d'un soudeur. J'aurais peut-être pu le devenir et rester à Heidelberg... »

Une demi-heure plus tard, cependant, Hendrik était redevenu médecin et examinait le bras de Ron dans son *fale*. Rapidement et adroitement, il déroula le bandage qui maintenait l'éclisse. Le contraste entre l'épaule bronzée et musclée et l'avant-bras blême et couvert de cicatrices était saisissant. Avec précaution, les doigts du médecin palpaient le muscle.

« Tu sens quand j'appuie ? »

Ron sourit et secoua la tête.

« Et quand je fais bouger l'articulation de l'épaule ?

— Je ne sens rien du tout, assura Ron, les dents serrées.

— Pourtant, tu devrais, mon vieux. Nous pouvons éviter l'infection, c'est-à-dire le plus grave, à condition de prendre énormément de précautions : une broche, c'est toujours délicat. Quand on a mal, il faut observer un repos absolu. Et toi, qu'est-ce que tu fais ? Tu cours dans tous les sens !

— Mais ça ira, tu vois bien !

— Je ne vois rien du tout, bon sang ! Si seulement j'avais de quoi faire une radio, je me sentirais beaucoup plus sûr de moi !

— C'est justement pour avoir les moyens d'en faire une que je cours dans tous les sens ! » grogna Ron.

La cage était terminée et pendait au bout de son crochet. Ron était très fier de son œuvre.

« Il ne manque plus que le gorille, ricana Hendrik. Alors, on pourra aller d'île en île en faisant payer l'entrée.

— C'est toi le gorille », grommela Ron.

Ils avaient mis trois semaines à installer la cage sur le *Paradis*. Ils avaient fixé aux bossoirs soutenant le canot de sauvetage un ensemble impressionnant de tuyaux qui devaient tenir lieu de câbles. Hendrik avait médité pendant de longues heures sur ses plans et ses calculs, et passé plusieurs jours à bord afin de terminer l'installation.

« Et moi qui croyais comme un idiot qu'on avait besoin de moi ici comme médecin ! » pestait-il, mais en réalité, ce travail lui plaisait...

Le soir, il rentrait chez lui épuisé, et après le dîner – suivi parfois d'une partie d'échecs avec Ron – il se laissait tomber sur le lit que Tama avait dressé dans l'infirmerie. Ce lieu serait bientôt tout son univers. Bientôt ? Mais la plupart du temps, il était trop fatigué pour laisser son imagination vagabonder vers l'avenir...

Parfois, lorsqu'il voyait la sœur de Tama dans le jardin, il s'arrêtait un instant devant la clôture pour parler avec elle. Il connaissait son histoire, Ron la lui avait racontée. Il avait également accompagné Lanai'ta sur la tombe de Jack Willmore. Son fils Jacky aimait beaucoup le jeune homme. Il se demandait souvent ce qui l'attirait tant vers la jeune femme. Ce n'était pas tant sa beauté que cette sérénité qui n'appartenait qu'à elle. Néanmoins, tous deux avaient trop souffert, et malgré l'incident qui s'était produit dans la baie, il ne trouvait pas les mots pour lui dire ce qu'il ressentait. Pis, en présence de Lanai'ta, il demeurait aussi désemparé et timide qu'au premier jour. Mais Jacky poussait des cris de joie et courait vers lui dès qu'il le voyait. Et Lanai'ta souriait...

Par un beau matin, trois ans exactement après l'arrivée de Ron à Tonu'Ata, le *Paradis* prit le chemin de la haute mer avec la cage. Ron, Hendrik, Tama, les deux fils de Tapana et le chef étaient à bord.

Ron se rapprocha de la côte afin de repérer le meilleur endroit d'où il pourrait scruter l'horizon. Là-bas, au pied de la falaise, les tueurs avaient amarré leur catamaran quelques mois auparavant, et leur sentinelle s'était postée derrière le rocher que Ron voyait dans sa longue-vue... Depuis, toutes sortes de rumeurs circulaient à Tonu'Ata sur les pirates et leur bateau. L'un des pêcheurs, le vieil Antau, affirmait avoir vu une immense pirogue à balancier blanche, sans pilote, que le courant poussait vers le sud... Les autres hommes avaient hoché la tête en entendant ce récit. Mais pour Ron, tout cela, c'était du passé, et seul le présent comptait! Le présent, avec un bras blessé et un projet qui requérait toute sa concentration. Il dirigea le bateau à tribord.

« Maintenant, on va faire des essais son et lumière, Tapana! Comme dans un film.

— Un film? » Tapana tourna vers lui sa tête massive. Mais Ron n'avait ni le temps ni l'envie d'expliquer au chef les techniques cinématographiques. La veille, Hendrik avait installé un téléviseur dans la cabine de pilotage et l'avait relié par câble à la caméra vidéo suspendue au toit de la cage. C'était une caméra sous-marine japonaise que Ron avait achetée chez un commerçant coréen de Papeete pour une somme exorbitante. Jusqu'ici, il ne l'avait pratiquement pas utilisée. Ils avaient également relié le micro étanche de Jack Willmore à des écouteurs branchés à bord pour pouvoir communiquer. Hendrik avait affirmé : « C'est exactement comme dans un film de Cousteau, Ron! Tu auras l'impression d'y être! »

Ron coupa le moteur et jeta l'ancre. D'après ses calculs, ils avaient rejoint leur terrain de manœuvres, là où un chenal s'ouvrait dans la barrière de récifs et où la roche descendait sous l'eau comme un escalier. Il se tourna vers les autres et leva la main. C'était le signal convenu.

Hendrik et Afa'Tolou, le fils aîné de Tapana, entrèrent dans la cage. Hendrik ôta le micro de son crochet et le passa à son cou. A cet instant, Ron l'envia et maudit plus que jamais son bras blessé.

Le lourd treuil de l'ancre du *Paradis* s'étant révélé inutilisable pour manœuvrer la cage, le moteur électrique de Burn Philps remplissait cette fonction. Ils l'avaient installé sur le pont. Wa'tau, le frère d'Afa, se tenait prêt à le mettre en marche.

Ron abaissa le pouce. Wa'tau hocha la tête. Le moteur

commença à bourdonner et la cage disparut lentement sous l'eau. Ron se retourna et coiffa les écouteurs. Il entendait seulement un léger grésillement. Il ne lui restait plus qu'à attendre. Le système de liaison entre le bateau et la cage n'avait qu'un défaut : Hendrik pouvait parler à Ron, mais il ne pouvait pas l'entendre. Enfin, s'il arrivait quoi que ce soit, ils remonteraient la cage – mais que pourrait-il bien arriver ?

L'écran de contrôle restait gris. Ron entendait toujours le même grésillement uniforme dans ses écouteurs. Il sentit la sueur couler le long de son dos et ouvrit le hublot. Pourquoi Hendrik ne se manifestait-il pas ? Soudain, il entendit sa voix. « Hé, vous, là-haut... » Les mots lui parvenaient quelque peu déformés, mais il les comprenait. Enfin, une image apparut sur l'écran : des algues rouges se balançaient mollement dans le courant ; à côté d'elles, des coraux dressaient leurs têtes pâles semblables à d'énormes champignons. La caméra suivit un banc de poissons qui s'avançaient deux par deux. Plus loin, Ron reconnut la silhouette d'un barracuda. Comme toujours lorsqu'ils sont à l'affût, il restait complètement immobile. La patience est la première vertu des prédateurs.

« Alors, qu'est-ce que tu dis de ça, patron ? » fit la voix d'Hendrik.

Que pouvait-il dire ? Tout fonctionnait parfaitement ! Bientôt, il verrait apparaître sur l'écran les bords argentés des huîtres perlières...

« Alors, pas de requins ? » lui demanda Tapana. Ses yeux sombres luisaient d'un éclat presque rouge dans la pénombre.

« Non, Tapana, mais que pourraient-ils bien nous faire, de toute façon ? »

Le vieux chef se contenta de secouer la tête...

253

Elles étaient cinq. Hendrik Merz les avait comptées. Elles étaient à peu près grosses comme le poing, d'un brun olivâtre et très lourdes. Leur revêtement de fer était percé de petites entailles carrées. Une fois amorcée, ce genre de grenade se transformait en une série d'explosions meurtrières. Ron les avait déposées dans une corbeille qu'il gardait à portée de main.

« Où les as-tu trouvées, Ron ?

— Ces grenades ? C'est un souvenir des salauds qui nous ont attaqués. Ils ne pourront plus les lancer, maintenant ! »

Hendrik regarda Ron plus attentivement. Il ne savait pas exactement à quoi cela tenait, mais il y avait quelque chose de changé en Ron. Il semblait nerveux. Le ton de sa voix était plus brusque, son débit saccadé, et il s'interrompait soudain au milieu d'une phrase. Quand on le regardait, on avait l'impression qu'une ombre obscurcissait ses yeux, l'empêchant de voir son entourage.

« Qu'est-ce qu'on va faire de ces grenades, Ron ? »

Ron essuya d'un revers de main son menton trempé de sueur. « A ton avis ? On pourrait en avoir besoin.

— Nous ?

— Toi, surtout. » Il fixait Hendrik d'un regard étrangement voilé. Sa paupière droite tressaillit. Il a encore mal, pensa Hendrik. J'aurais dû lui interdire d'aller en mer — mais peut-on interdire quoi que ce soit à Ron ?

« Tu as déjà vu exploser un de ces joujoux ? demanda-t-il.

— Evidemment, j'ai fait mon service !

— Oui, mais au service, on ne t'apprend pas à amorcer ces saletés. Moi, je ne les ai pas seulement vues exploser, j'ai aussi réparé les dégâts.

— Si ça pète, c'est le requin qui encaissera la charge. Ne t'en fais pas, Hendrik.

– Ah oui ? J'ai déjà dû accepter que tu viennes ici avec ton bras bandé, et maintenant, je devrais avaler ça ? Arrête de faire l'imbécile, Ron ! »

Les yeux de Ron étincelèrent. « Tu as peur, Hendrik ?

– Moi, non, fit Hendrik. C'est toi qui as peur. »

Ron se mordit la lèvre inférieure, puis il se tourna vers Tama et cria : « Tu vois quelque chose ? » Elle secoua la tête.

« Elle n'a pas vu un seul requin. Moi non plus.

– Et alors ? demanda Hendrik Merz en ajustant son masque de plongée. Qu'est-ce que ça prouve ? »

Il était maintenant quatorze heures trente. Devant eux, la falaise projetait son ombre sur le pont. En fin de matinée, Hendrik et Afa'Tolou étaient remontés après les premiers essais.

Le *Paradis* était entré dans la baie, le moteur tournant au ralenti. Ron avait jeté l'ancre principale et l'ancre de secours afin d'arrêter le bateau le plus près possible au-dessus du banc d'huîtres. Hendrik et Afa'Tolou se préparaient à entrer de nouveau dans la cage.

Afa'Tolou ajusta son masque de plongée. Un léger voile de sueur couvrait sa peau brune et la lumière soulignait chaque contour de ses muscles puissants. A trente ans, Afa était une véritable armoire à glace. Il dépassait d'une demi-tête son jeune frère Wa'tau, qui à cet instant vérifiait la sangle de suspension. Afa avait les mêmes traits fins que Wa'tau. Lorsqu'il l'avait vu pour la première fois, Hendrik avait tout de suite senti qu'il s'entendrait bien avec lui. Et c'était effectivement le cas depuis qu'ils avaient construit la cage ensemble...

Depuis qu'Hendrik et Afa étaient redescendus dans la cage, chaque seconde semblait durer une éternité. Tama et Ron avaient les yeux rivés sur l'écran. Ron croyait percevoir la respiration d'Hendrik au milieu du crépitement des parasites, mais peut-être son imagination lui jouait-elle des tours...

Tama dit alors quelque chose qu'il ne comprit pas, mais il vit au même moment qu'Hendrik avait mis la caméra en marche. L'image était nette. On voyait un morceau d'épaule, probablement celle d'Afa, puis sa main tenant le couteau et une partie du grand sac en fibres qui devait recueillir les huîtres.

« Owaku, regarde ! » chuchota Tama.

Enfin, il vit l'image qu'il attendait depuis si longtemps : les huîtres ! Alignées les unes au-dessus des autres, à portée de main, elles luisaient doucement dans la pénombre. Afa en saisit une, l'éleva dans la lumière de la caméra et la fit tourner. On distinguait nettement ses bords dentelés et pâles. Il la jeta dans le sac et en ramassa une deuxième, puis une troisième...

Une nuée de sable et de particules organiques brouilla l'image. Enfin, la voix d'Hendrik crépita dans le haut-parleur. « Alors, là-haut, comment ça va ? On a déjà rempli un demi-sac. Et en ce qui concerne nos amis les requins : néant ! Ils gardent leurs distances... Non, je crois que j'ai parlé trop vite : j'en vois quelques-uns – assez loin, à l'entrée de la baie... »

Les derniers mots, couverts par les grésillements, étaient incompréhensibles. Des bulles d'oxygène montèrent sur l'écran. Derrière elles, ils virent le masque d'Hendrik, et derrière le verre, ses yeux.

« C'est vraiment comme au zoo, sauf que les visiteurs ne paient pas l'entrée et que c'est nous qui sommes derrière les barreaux. »

L'image se mit à danser. Apparemment, Hendrik avait ôté la caméra de son crochet pour la tenir à la main. Le faisceau du projecteur glissa le long des dos sombres des huîtres, des plantes sous-marines, s'arrêta quelques secondes sur un banc de petits poissons et se perdit dans des profondeurs turquoise. Dans cette lumière rayonnante, les quatre points noirs qui apparurent semblaient d'autant plus menaçants. Ils grossirent rapidement et se transformèrent en quatre disques qui étaient comme le symbole du mal et du danger − quatre poings noirs surgis de la mer...

Les requins !

Ils avaient tourné et ils chargeaient la cage. Ron apercevait maintenant leurs queues et leurs nageoires dorsales.

« Hendrik ! » hurla-t-il. De nouveau, il avait conscience de son impuissance. Tama lui lança un regard rapide. « Owaku, dit-elle, il les voit ! Il les filme, même !

− Laisse-les s'approcher ! » fit la voix d'Hendrik.

Hendrik Merz avait le doigt sur le déclencheur de la caméra. Il sentait contre son dos la main d'Afa. Il se tenait les jambes largement écartées, les pieds calés sur les barreaux du fond de la cage, comme pour se préparer à un choc inévitable.

Maintenant, les requins étaient à quelques mètres seulement de la cage. Hendrik n'en avait encore jamais vu d'aussi près, pas même l'autre jour dans la baie. Il distinguait chaque détail : les nageoires dorsales triangulaires, les puissantes nageoires latérales... A la vue de leurs gueules grandes ouvertes, son cœur se mit à battre violemment.

Puis deux des prédateurs se détachèrent du groupe et glissèrent de part et d'autre de la cage en décrivant un virage serré. Il vit le noir brillant de leurs nageoires : des requins pointe-noire... Cette espèce-là attaquait-elle l'homme ? Et voilà qu'un cinquième requin arrivait. Celui-là était blanc...

257

Surgissant des profondeurs, il fonçait droit sur la cage. Son crâne était si large qu'il semblait remplir tout l'océan, et ses yeux étaient semblables à d'énormes disques noirs.

Klong! Le bruit retentit dans le crâne d'Hendrik. Klong-klong-klong! C'était Afa'Tolou qui frappait les barreaux de la cage du manche de son couteau, mais cela ne semblait guère troubler le monstre.

Trois mètres, deux, un... La face toute proche du requin ressemblait à un masque derrière lequel deux yeux avides vous fixaient... Terrifiant!

A la dernière fraction de seconde, alors que le choc paraissait inéluctable, le requin vira, montrant son large ventre pâle. Il était si près de la cage que la pression de l'eau frappa Hendrik aussi durement qu'un coup de poing dans l'estomac.

Afa se tourna vers lui. Derrière le verre de son masque, ses yeux étaient grands ouverts, mais Hendrik n'y lut aucune peur. A l'instant même, tout bascula. La terreur qu'exprimaient maintenant les yeux d'Afa se transmettait à lui. Une force incroyable accompagnée d'une détonation assourdissante l'avait projeté contre les barreaux de la cage.

Hendrik n'éprouvait plus qu'une sensation de vide et une peur panique. Puis il sentit une violente douleur à l'arrière de sa tête, qui avait heurté les barreaux. La corde, vite! pensa-t-il. Mais la cage remontait déjà. Lorsqu'ils émergèrent, alors qu'il lisait déjà le mot « Paradis » sur la coque du bateau, il comprit soudain : Ron leur avait lancé une grenade. Il était devenu fou!

Ils se balançaient comme à une potence. Wa'Tau nouait fébrilement leur corde au bastingage afin d'empêcher la cage de pirouetter. Son visage était d'un blanc cireux et ses lèvres tremblaient. Son frère retira les deux coulisseaux afin qu'ils puissent monter à bord.

Hendrik parvint péniblement sur le pont où Tama, immobile, le regardait approcher. Ses yeux étaient agrandis de frayeur. Elle se passait machinalement la main dans les cheveux et tirait sur eux comme si elle voulait les arracher. « Les requins, Hendrik !... Les requins ! balbutia-t-elle.

– Quoi, les requins ? Qu'est-ce qui s'est passé, bon sang ? » Il aurait voulu se maîtriser, mais il en était incapable : « Où est ce crétin ?

– Quoi ?

– C'est lui qui a lancé la grenade ! Ah, il fait du beau boulot, même avec un seul bras ! Où est-il, bon sang ? »

Afa'Tolou tendit le doigt vers la proue. Ron était accroupi là, et c'est de là qu'il devait avoir balancé cette maudite grenade.

Hendrik marcha droit sur lui. Lorsqu'il fut devant Ron, il vit tout de suite que son ami n'allait pas bien : sa bouche était blanche et mince comme un trait, sa peau tendue sur ses pommettes et son front couvert de taches rondes et blêmes. Ron dévisagea Hendrik comme s'il se trouvait en face d'un revenant.

« Mon vieux ! Ce que je suis content de te voir ! Ces sales bêtes... J'ai lancé une grenade... Ça a donc marché ?

– Tu as lancé une grenade ? » La voix d'Hendrik monta.

« J'ai cru qu'ils allaient vous tuer ! Il y en avait partout. Ils encerclaient la cage. On aurait dit qu'ils voulaient la culbuter. Et puis le grand requin blanc est arrivé... »

Hendrik Merz prit une profonde inspiration. Ron ne n'était-il donc pas rendu compte de ce qu'il faisait ? Il le regarda plus attentivement, en médecin cette fois : la couleur des lèvres, la dilatation des pupilles... on aurait dit qu'il avait bu. Il avait peut-être pris des médicaments ? Mais la colère empêcha Hendrik de réfléchir plus longtemps.

« C'est toi qui as failli nous tuer avec ta grenade ! Les requins n'auraient rien fait ! C'est toi, le danger public ! »

En face de lui, le visage blême et couvert de sueur se tordit en une grimace de douleur. Ron plissa les paupières, les coins de sa bouche se crispèrent et de profondes rides creusèrent ses joues.

« Hendrik ! J'ai lancé la grenade loin de la cage... Elle ne pouvait pas vous blesser ! Je voulais juste... les requins... et ça a marché... oh, bon Dieu... »

Il se mordit les lèvres et une goutte de sang roula sur son menton. Il vacilla, et si Hendrik ne l'avait pas empoigné à temps, il se serait effondré.

« Qu'est-ce qu'il y a, Ron ? C'est ton bras ?

— Ah bon Dieu, c'est tout à la fois... »

Hendrik aida Ron à descendre l'escalier, le conduisit à la chambre et l'étendit sur le lit. « Quand as-tu pris de la Dolantine pour la dernière fois ? »

Ron poussa un gémissement. « Hier. Dans le tiroir... Les pilules sont là. »

A portée de main, donc. Il en avait probablement pris tout le temps malgré les mises en garde d'Hendrik...

Hendrik prit un cachet et sortit une bouteille d'eau minérale du réfrigérateur. « Tu vas avaler ça, puis tu vas boire toute la bouteille. » Il observa Ron tandis qu'il portait le verre à ses lèvres.

« Tu te sens mieux ? » demanda-t-il après un moment. Ron hocha la tête. « Maintenant, je vais examiner ton bras. »

Il fut renseigné au premier coup d'œil : la peau avait enflé, elle était chaude et d'une rougeur malsaine. L'infection. C'était exactement ce qu'il avait craint...

« Pauvre crétin ! » Le mot lui avait échappé, mais il n'avait pas la moindre envie de le retirer. Ron n'était qu'un crétin qui s'était moqué de ses avertissements et de ses conseils. A cet instant, le visage contracté par la douleur, une expression mi-craintive, mi-moqueuse au fond des yeux, il regardait droit devant lui.

« Alors, docteur ?

– Tu sais ce que je devrais faire ? Te botter les fesses !

– Je t'en prie, grogna Ron, vas-y, si ça peut servir à quelque chose. »

Ils se turent. Les coups sourds de la pompe leur parvenaient, semblables au battement d'un pouls fiévreux. D'un revers de main, Ron écarta ses cheveux de son front mouillé de sueur.

« Allez, accouche, docteur !

– Il est possible que la broche se soit déplacée et qu'un foyer d'infection se développe à l'emplacement de la fracture. Une fracture est toujours susceptible de s'enflammer, je te l'ai déjà dit cent fois. De même que je t'ai répété cent fois que ton bras n'était pas encore assez robuste pour supporter une pression. Je t'avais prévenu, oui ou non ?

– Oui.

– Oui, oui ! s'énerva Hendrik. Et qu'est-ce que j'en ai retiré pour ma peine ? Et toi, qu'est-ce que tu en as retiré ?

– D'accord, soupira Ron, j'ai déconné. Et maintenant ?

– Bonne question, ça : et maintenant ? Pour des raisons que tu connais aussi bien que moi, je ne peux pas savoir ce qui se passe dans ton bras. Le mieux, ce serait de repartir à Pangai pour faire une radio. Et arrête de secouer la tête comme ça, bon sang ! »

Il fixait Ron, désemparé. Les couleurs avaient disparu du visage bronzé de son ami. Ses yeux étaient pâles, immenses et fixes.

« Est-ce qu'on ne pourrait pas...

– Oui, on pourrait ouvrir le bras, au scalpel ou avec les moyens du bord, désinfecter directement le foyer d'inflammation, puis attendre. Pour l'instant, il n'y a qu'une chose à faire : te bourrer d'antibiotiques. »

Il se dirigea vers la porte, puis se retourna : « C'est fini pour toi, Ron, laissa-t-il tomber. Tu es hors jeu. » Et il referma la porte derrière lui.

Dehors, Afa'Tolou et Wa'tau avaient étendu une pièce de tissu sur le pont. Deux tas luisants d'huîtres s'amoncelaient sur l'étoffe rude et grise. Les huîtres du premier tas étaient ouvertes, tandis que celles du second tas, le plus gros, attendaient encore de l'être. Afa'Tolou et Wa'tau maniaient habilement le couteau. Accroupie à côté de ses frères, Tama les regardait travailler. Pendant quelques secondes, Hendrik resta immobile dans l'ombre de la cabine. Ils ne l'aperçurent pas. Il se demandait s'ils avaient compris ce qui arrivait à Ron. Probablement pas.

Il s'efforça de retrouver son calme en contemplant cette scène. Les trois enfants du chef s'amusaient à ouvrir leurs coquillages. A l'arrière-plan s'étendait la baie, avec sa falaise sombre et abrupte, le vert luisant de la forêt tropicale et la voûte bleue du ciel... Tout cela lui semblait aussi irréel qu'une photographie dans un album : « Regarde comme c'est idyllique ! Ils pêchent encore des perles... »

A côté des huîtres ouvertes, ils avaient posé une boîte de conserve au fond de laquelle un nombre surprenant de perles luisait déjà.

Hendrik entendit un craquement. Afa fouilla des doigts la chair gris-rose de l'huître qu'il venait d'ouvrir, se figea et brandit quelque chose... encore une perle ! Il renversa la tête et partit d'un rire léger et roucoulant. Son frère, sa sœur et lui se regardèrent, rirent et secouèrent la tête. Puis Tama vit Hendrik. Elle se leva et s'approcha de lui.

« Hendrik, tu ne vas pas le croire... Et pourtant, vous n'avez pas eu le temps d'en pêcher beaucoup ! »

Il se taisait.

« Je n'avais encore jamais vu ça ! poursuivit-elle d'une

voix claire et vibrante. Tapana ne va pas en revenir, les autres non plus : une huître sur cinq contient une perle !... C'est... c'est miraculeux !

— Tama, Ron ne va pas bien. »

La joie disparut du visage de la jeune femme. « Owaku ? Que se passe-t-il ?

— Son bras s'est infecté. Il a besoin d'une piqûre. Il faut rentrer tout de suite. »

Elle hocha la tête et monta à la cabine de pilotage. Ses deux frères n'avaient visiblement pas suivi la conversation. Ils ouvraient leurs huîtres et riaient...

Hendrik se dirigea vers le bastingage pendant que la chaîne de l'ancre cliquetait. Il contempla la mer. Enveloppée d'une lumière étrange, comme diluée, elle était maintenant d'un bleu profond, si sombre qu'elle en paraissait presque noire. La ligne d'horizon s'estompait sous un léger voile de brume. Derrière, se profilaient des cumulus, nets et d'un blanc éblouissant, comme découpés dans du papier.

Hendrik les vit, mais n'y prêta aucune attention. Il pensait à Ron. Dans sa colère s'éveillait un sentiment qui ressemblait à de la sympathie et même à de l'admiration. Ce pauvre idiot fait tout pour perdre son bras, pensait-il.

Dans la lumière du crépuscule, la clôture en bambous du jardin de Lanai'ta projetait de grandes ombres. L'air était immobile et pesant. La chèvre de Lanai'ta tendit son cou mince et fixa Hendrik de ses yeux clairs et intelligents, cerclés de noir.

Hendrik était resté trois quarts d'heure au chevet de Ron. Il lui avait injecté des antibiotiques, il avait examiné son bras, changé son éclisse et tenté d'ignorer le silence lourd de reproche qui planait entre Ron et Tama. Ce soir-là, il était heureux de pouvoir se réfugier chez Lanai'ta.

Elle était assise à sa table de travail, près de l'entrée. Ciseaux en main, elle taillait un morceau d'étoffe rouge. Le petit rampait sur le sol ; quand il vit Hendrik, il se redressa, babilla « Henni-Henni » d'un air ravi et leva la tête vers lui. Hendrik caressa le petit crâne.

Lanai'ta abandonna son travail. « Comment va-t-il ?

– Je ne sais pas encore. Il faut attendre...

– Comment c'est arrivé ? »

Il le lui raconta. Elle hocha la tête comme si elle s'était attendue à cela.

« Il faut qu'il apprenne, Hendrik – nous devons tous en passer par là. »

C'est à ce moment seulement qu'Hendrik sentit à quel point il était moulu de fatigue. Il tira un tabouret et s'assit. Sa tête et son dos étaient douloureux aux endroits qui avaient heurté la cage. Il contempla une tapisserie suspendue au mur derrière Lanai'ta. Elle représentait un oiseau perché sur un rameau fleuri stylisé et tendant joyeusement le bec vers le ciel. Tout ici semblait si paisible ! C'était comme si le fin clayonnage des murs pouvait tenir à distance le malaise oppressant qu'il éprouvait.

« Tu veux manger un peu ? demanda Lanai'ta.

– Je ne sais pas... »

Elle se leva pour attiser un reste de braises à l'aide d'un éventail. A cet instant, le générateur électrique redémarra avec un martèlement discret, comme quelqu'un qui frapperait à une porte. Hendrik repensa à l'inquiétude de Ron à propos de Lanai'ta : « Parfois, je ne comprends vraiment pas ce qui lui arrive. Ce n'est pas seulement qu'elle s'isole des autres, elle s'enferme complètement dans le passé et dans ses rêves d'autrefois. Si Jack pouvait voir ça... »

Jack Willmore...

Involontairement, Hendrik jeta un coup d'œil vers

l'endroit que Ron nommait « l'autel aux reliques de Lanai'ta ». Il avait disparu ! Elle avait même enlevé la petite table ronde qui était toujours là.

Il tourna les yeux vers Lanai'ta. Elle s'apprêtait à poser une écuelle en terre plate sur le feu. La lueur du foyer caressait son visage, ce visage que Jack avait aimé et que lui-même...

Elle se pencha plus en avant. Sa chevelure glissa et se divisa sur sa nuque, découvrant la ligne longue et délicate du cou. L'autel aux reliques n'existait plus ! Pourquoi ? Lanai'ta se réconciliait-elle enfin avec la vie ?

Elle revint, repoussa le tissu, les ciseaux et le fil au bout de la table et posa une assiette devant lui. Comme en réponse à un signal, l'estomac d'Hendrik gargouilla. Il tressaillit et Lanai'ta pouffa. Tous deux éclatèrent de rire et le petit se mit à glousser.

Il tourna de nouveau la tête vers l'autel. « J'ai tout enlevé », l'entendit-il dire à voix basse. Elle prit l'une de ces merveilleuses cuillères en bois sculpté et remplit son assiette d'un ragoût de légumes : poivrons, tomates, oignons et ignames. L'estomac de Hendrik se contracta.

« Qu'y a-t-il, Hendrik ? »

Oui, qu'avait-il ? C'était le feu sombre de ses yeux. Leur proximité le troublait. Il s'était habitué à jouer le rôle de l'ami de la maison, impartial, attentif et plein d'égards. Ce rôle ne lui avait pesé qu'une seule fois : dans la baie, en cette seconde terrible où le requin s'était précipité sur eux et où elle avait tremblé dans ses bras. Par la suite, il avait souvent rêvé d'elle, trop souvent, pour retomber ensuite dans le doute et la mauvaise conscience.

D'une certaine manière, ils avaient tous deux tiré les mêmes cartes dans la vie ; c'était ce qui rendait la situation si compliquée et ôtait à Hendrik toute sa spontanéité.

« Hendrik, ta femme est morte, n'est-ce pas ? »

Il secoua la tête. « Ce n'était pas ma femme.

– Mais tu l'as aimée ?

– Nous n'avons guère eu le temps... »

Comme Mary, Lanai'ta avait de très belles mains. C'était la première chose qui l'avait frappé chez elle. A cet instant, ces mains caressaient nerveusement le bois sombre et veiné de la table.

« Mais tu sais ce que c'est. »

Il acquiesça. Il croyait l'avoir comprise.

Le petit avait réussi à se hisser sur son genou. Hendrik l'aida à s'asseoir. « Henni-Henni... », gazouilla-t-il. Evidemment, pensa Hendrik avec une bouffée d'émotion et d'amertume, qu'était-il d'autre ? L' « oncle Henni », aimé de tous, utile à beaucoup, mais au fond, parfaitement superflu... Il commença à manger et sentit le regard de Lanai'ta sur lui comme la chaleur d'un soleil brûlant.

« Ron avait raison. »

Il laissa retomber sa cuillère. « A propos de quoi ?

– Il me disait toujours que l'on ne doit pas se couper de la vie, parce que la vie est un présent...

– C'est vrai, dit-il.

– Sais-tu quand j'ai compris ça ? Dans la baie, quand nous avons fui devant le requin.

– Ah oui ?

– Ce... c'est si difficile à expliquer ! Je ne sais pas si tu peux comprendre... » Sa voix était pleine d'incertitude et elle mêlait des mots de tongaïen à son anglais. « Quand je t'ai vu pour la première fois, je me suis dit : il ne ressemble pas seulement à Jack, c'est lui, c'est sa voix... tout... j'ai pensé... excuse-moi... »

Elle voulut se lever, mais il tendit la main et la posa sur son avant-bras. « Lanai'ta... »

Elle avait fermé les yeux à demi. Une larme se détacha de ses cils, roula sur sa joue et atteignit la commissure de ses lèvres. « Quand quelqu'un meurt, dit-elle d'une voix oppressée, c'est parfois comme si le monde s'écroulait.

– Oui. Je sais.

– Mais il ne s'écroule pas. Simplement, on ne le voit plus.

– Oui, Lanai'ta, et c'est normal. »

Elle le regarda en silence, avec des yeux voilés de larmes. Il se leva, prit le bout d'étoffe rouge posé sur le coin de la table et lui essuya les cils.

Cette nuit-là, Hendrik ne retourna pas dans sa chambre. Il resta auprès de Lanai'ta.

Chapitre 8

Il rassembla toutes ses forces pour lutter contre la douleur et l'écœurante sensation d'engourdissement qui pesait sur lui. Il était couché sur le flanc et son éclisse reposait sur un coussin. Ce n'était pas précisément la position idéale pour un bras qui, selon les termes employés par Hendrik Merz, semblait « irrémédiablement charcuté ».

Malgré ces saletés de piqûres, malgré la Dolantine qui étouffait les sensations comme sous une couche d'ouate, Ron éprouvait un sentiment de triomphe : ce matin, il s'était éveillé tout seul !

Tama dormait dans sa chambre. Elle avait insisté hier soir pour s'y retirer, et c'était mieux ainsi. Cette nuit, Ron avait encore fait l'un de ces rêves idiots où il voyait Nomuka'la. Il avait tout oublié sauf une image : Nomuka'la, le bras levé, tendant vers lui un poing menaçant...

Il se leva et fit jouer les muscles de son dos, de son cou et de ses épaules comme un boxeur à l'entraînement : ça avait l'air d'aller... Puis il palpa son bras. Lui aussi réagissait bien. La pénicilline d'Hendrik avait été efficace.

La chaleur étouffante l'assaillit soudain. Comment pouvait-il faire si chaud à une heure aussi matinale ? L'air était chargé d'électricité, et les tempes de Ron serrées comme dans un étau. Plus d'une fois, en mer, sa sensibilité aux variations météorologiques l'avait averti d'un grain. Ce matin, ça devait être une basse pression...

Ron enfila son short et passa ses sandales en caoutchouc. Son bras avait désenflé, mais il ne se faisait pas d'illusions. Cette broche de malheur recommençait déjà à le tourmenter, criblant sa chair d'aiguillons douloureux.

C'est fini, Ron! Ne me demande pas d'assumer plus longtemps une telle responsabilité...

Eh bien, pensa Ron, la partie continuera sans toi, docteur Merz! Il but son café et consulta sa montre : sept heures quarante. Les palmiers se détachaient, noirs comme un dessin au lavis, sur le gris environnant. Le ciel lui-même était d'un gris d'acier et le Pacifique ressemblait à une plaque d'étain sale et terne. Et il n'y avait pas un souffle d'air...

Ron jeta un regard vers le jardin et le poulailler. Les poulets, qui d'habitude fouillaient le sol en quête de vers de terre, restaient perchés, masses informes et immobiles. Une chape de plomb semblait peser sur le paysage, les arbres, les buissons et la moindre feuille.

Une fois de plus, Ron eut l'impression d'avoir déjà vécu cet instant : le matin où, malgré le tabou, il était retourné dans la baie. C'était la même atmosphère... le même sentiment qu'une puissance inconnue et maléfique le guettait...

Mais tout s'était bien terminé alors, et aujourd'hui aussi, tout se passerait bien! Après tout, n'avaient-ils pas récolté la veille vingt-sept perles en moins d'une heure? Il faudrait simplement en pêcher autant aujourd'hui, même pas : vingt perles suffiraient. Le tout rapporterait au moins vingt-cinq mille dollars...

Le *fale* d'Afa'Tolou et la hutte plus petite dans laquelle vivait son frère Wa'tau s'élevaient dans une grande clairière au sud de la forêt de palmiers.

Wa'tau était dans le jardin. Penché sur un lavoir taillé dans un tronc d'arbre, il s'aspergeait d'eau. Son buste brun scintillant semblait être le seul élément vivant dans un paysage aux couleurs éteintes. Lorsqu'il se redressa, il aperçut Ron. Ses dents étincelèrent et il leva la main pour le saluer.

Ron montra le ciel du doigt. Wa'tau hocha la tête et son jeune visage prit une expression soucieuse.

« Ce n'est rien », fit Ron. Il expliqua à Wa'tau ce qu'il projetait de faire. Le jeune homme ne cessait de hocher la tête et de sourire, mais cela ne signifiait pas grand-chose. Un refus net, un « non » franc et sans détour n'était possible qu'avec les parents proches. Autrement, une telle attitude était considérée comme extrêmement choquante.

Comme il ne savait comment poursuivre, Ron appela à la rescousse les dieux et les esprits de l'île : « Wa'tau ! Cette nuit, l'esprit de Nomuka'la est venu me voir et il m'a dit que nous pêcherions encore plein de perles. Tu viens en pêcher avec moi aujourd'hui ? »

Wa'tau tourna les yeux vers la maison de son frère. La douleur recommençait à tenailler le bras de Ron. Il se força à sourire, bien qu'il sentît la sueur ruisseler le long de sa nuque. Il devait tenir le coup. Il prendrait des cachets dès qu'ils seraient à bord du *Paradis*.

Ron jeta un regard vers le ciel. Un énorme nuage d'un gris sale, effilé comme une flèche, se profilait à l'horizon. Ron fut alors certain qu'Afa'Tolou refuserait de l'accompagner dans la baie. Afa était un pêcheur, et les pêcheurs sont prudents.

A cet instant, la porte du *fale* s'ouvrit et Afa apparut. Il s'approcha lentement de Ron et de Wa'tau. Il ne portait que le maillot de bain noir que Ron lui avait offert, et son allure avait quelque chose d'imposant.

Lorsque Afa adressa la parole à Wa'tau, Ron se sentit soudain démoralisé. Il ne comprenait rien à ce que les deux frères se disaient. Puis Afa se tourna vers Ron. Il ne souriait pas, et sa question : « Tu veux aller dans la baie ? » fut sèche et abrupte. « Oui », fit Ron. Il s'était préparé à un refus, mais Afa répondit : « Bon. On vient avec toi.

– Une heure ?

– Une heure. Pas plus. »

L'eau de la baie était grise et lisse comme de la soie et le ciel n'était plus qu'une traînée de brume qui se rapprochait sans cesse. Un seul nuage, plus grand et plus menaçant que la flèche de tout à l'heure, se détachait à l'horizon. Il avait l'aspect d'un énorme chou-fleur gris : un nuage d'orage.

Une tempête se préparait, c'était indéniable, mais elle pouvait très bien rester au large, se dit Ron. Et même dans le cas contraire, un certain temps s'écoulerait avant qu'elle n'arrive au-dessus de l'île.

Une fois à bord, Ron avait pris ses calmants : deux cachets, l' « artillerie lourde », comme disait Hendrik de la Dolantine. Son bras était devenu insensible et il avait l'impression qu'une épaisse couche d'ouate enveloppait son crâne, l'isolant de la douleur.

Il se versa une tasse de café du thermos, puis il pressa le bouton de la chaîne stéréo. Un rock aurait probablement été l'idéal, mais il n'avait rapporté de Papeete que du classique. Le laser tomba sur la « Marche triomphale » d'*Aïda*...

Ron monta dans la cabine de pilotage. L'entrée de la baie était déjà en vue. Le *Paradis* tourna à bâbord. Dans le haut-parleur tonnaient les fanfares de Verdi et, à moins de dix mètres, la falaise luisante d'humidité glissait devant eux.

L'eau de la baie était presque noire. Ron jeta l'ancre...

272

Il aperçut son visage dans le petit miroir installé à côté de l'émetteur. A vrai dire, il ne voyait que ses yeux. Ils étaient profondément enfoncés et entourés de cernes d'un bleu noirâtre ; le gris-vert de l'iris semblait brûlant et lointain. Ce n'étaient pas ses yeux, mais ce n'était pas non plus son bras, ni son corps. Au fond, tout cela n'avait pas grand-chose à voir avec lui. Peu importait d'ailleurs ; aujourd'hui, une seule chose comptait : les perles !

Il alluma la radio. Le voyant s'illumina, mais l'appareil resta muet. Ron entendit seulement une sorte de grésillement. Il chercha les stations. Rien... Incrédule, il fixa du regard le petit boîtier gris et refit une tentative ; en vain. Il jura et frappa le boîtier du poing. Il entendit un craquement. La radio était-elle hors d'usage ? Dans ce cas, ils étaient coupés du reste du monde. De toute façon, ne le sommes-nous pas déjà ? pensa-t-il.

Il était sur le point d'éteindre, lorsqu'il perçut une voix grésillante : « ... ont signalé que le raz de marée déclenché par le cyclone a longé la côte ouest de l'île de Late où il a fait des ravages, selon le service météo de la Marine. De plus... ».

Ron pencha la tête au point que son front touchait le boîtier, mais il n'entendit plus qu'un crépitement et un bourdonnement indistinct qui montait et diminuait de manière exaspérante.

Il jeta un coup d'œil au-dehors. L'énorme nuage était toujours à l'endroit où il l'avait repéré, et n'avait pas diminué de volume. Cela ne pouvait annoncer qu'un cyclone, comme il l'avait entendu à la radio – et comme lui-même s'y était attendu. Il se répéta que l'île de Late était à plus de trois cents kilomètres de Tonu'Ata... mais que représentaient

273

trois cents kilomètres pour un cyclone qui balaie tout sur son passage ?

Ron ferma les yeux. Oublie ça ! murmurait une voix en lui. Pense seulement aux perles...

« Afa ? Comment ça va ? Est-ce que je peux t'aider ? »

Afa'Tolou pencha la tête de côté sans répondre. Il examina Ron et on pouvait clairement lire ses pensées dans son regard : toi, m'aider ? Tu n'es plus qu'une demi-portion, tout juste bon à regarder les autres agir...

« Afa ! cria Ron. Ramène la corde de la cage ! »

De nouveau ce regard : « Owaku ! Cette fois-ci, c'est Wa'tau qui descendra. Il veut y aller, il est jeune et je ne peux pas lui refuser ça. »

Ron hésita. Il aurait préféré qu'Afa'Tolou aille dans la cage, mais il ne pouvait rien y faire. Dans l'univers de ces hommes, la jeunesse était synonyme de défi et de capacité à surmonter les épreuves. Plus on en surmontait, plus on était considéré. Wa'tau ne voulait pas de perles, il désirait seulement affirmer sa *mana*, la puissance de sa virilité.

« Très bien, comme tu veux, Afa. C'est Wa'tau qui descendra. »

Wa'tau s'approcha, long, mince, avec dans les yeux tout l'espoir de ses dix-sept ans. La bouteille d'oxygène était déjà fixée sur son dos et le masque de plongée pendait à son cou.

« Wa'tau !

— Oui ?

— Il vaudrait mieux que tu mettes la combinaison de plongée.

— Mais l'eau est chaude...

— Oui, mais au cas où quelque chose arriverait...

— Quoi donc ?... » Le jeune homme le regarda d'un air interrogateur.

« Si jamais tu te faisais mal, la combinaison te protégerait au moins un peu. »

Wa'tau acquiesça à contrecœur. Cinq minutes plus tard, il réapparut vêtu de la combinaison noire et bleue. Aidé d'Afa'Tolou, il entra dans la cage.

« Allume tout de suite la caméra, Wa'tau, et surtout, n'oublie pas le projecteur. Avec le manque de lumière aujourd'hui, tu en auras besoin.

– Très bien. »

La lumière jaillit. Afa se redressa et montra le ciel du doigt : « Une heure, Owaku – pas plus.

– Une heure, Afa », confirma Ron.

Il n'y avait plus rien à ajouter. Le ressac était devenu plus fort à l'entrée de la baie. Ron avait l'impression que le *Paradis* tirait sur sa corde comme un cheval nerveux.

Il remonta dans la cabine de pilotage et prit la longue-vue en maudissant son bras qui, insensibilisé par les médicaments, ne montrait guère d'aptitude pour les mouvements rapides. Il regarda dans la longue-vue. Le verre avait beau être très sensible à la lumière, la baie demeurait toujours aussi sombre. Seul changement notable, la surface de l'eau se couvrait de vaguelettes. Ron passa la tête par le hublot : « OK ! On peut y aller ! »

Le moteur se mit à ronronner. Afa desserra les freins. Ron voyait encore Wa'tau dans la cage. Bras et jambes écartés, les mains crispées sur les barreaux de fer, il avait l'allure d'un jeune gorille. Puis la cage et Wa'tau disparurent sous la surface de l'eau.

Il était huit heures vingt. L'inquiétude de Ron se mua en une tension encore plus insupportable que sa douleur. Sur l'écran apparurent les barreaux de la cage et, comme la veille, d'innombrables impuretés, poussières et débris de coraux, qui dansaient paresseusement dans le faisceau du projecteur.

Un poisson de corail orange et bossu passa devant la caméra. Ron aperçut le dos de Wa'tau derrière un voile de poussière. Puis il vit la main qui maniait le couteau, disparaissant à intervalles réguliers entre les dos sombres des huîtres.

Wa'tau travaillait paisiblement. Il était plus en sécurité dans cette cage que Jonas dans le ventre de la baleine, pensa Ron. Le souvenir de la veille, de ce ballet infernal des requins et de sa panique était encore cuisant... Décidément, il n'avait pas fait très bonne figure, ce jour-là, Hendrik avait entièrement raison. Mais finalement, que s'était-il passé ? Rien, à part le fait qu'il avait paniqué un instant...

« Owaku ? »

Afa venait d'entrer dans la cabine. Sans un mot, il se dirigea vers l'écran, observa en silence le travail de son frère, puis il se tourna vers Ron et dit : « Il faut le remonter. Tout de suite.

— Quoi ?

— Tu ne comprends pas, Owaku ? »

Ron prit une profonde inspiration et soutint le regard sombre d'Afa. « Tu as peur ? » demanda-t-il. Afa ne répondit pas. « Tu avais dit une heure, et l'heure n'est pas encore écoulée.

— Oui, mais ce n'est pas une heure comme les autres, Owaku. Il peut se passer des choses graves pendant cette heure-là.

— Afa, je te respecte, mais un homme doit tenir parole. Et si Wa'tau veut lui aussi devenir un homme, il doit apprendre à affronter le danger. »

Afa ne répondit pas. Il dévisagea Ron, haussa les épaules et sortit. Ron le suivit des yeux. Il suffit de savoir leur parler ! se dit-il sans aucune satisfaction.

Il se tourna vers le téléviseur, mais il n'était guère attentif aux images indistinctes de l'écran. Il sentait dans son cou un élancement sourd, aussi torturant que le picotement glacial qui montait le long de son échine. La douleur devenait plus forte.

« Celui qui veut devenir un homme doit apprendre à affronter le danger... » Et toi ? pensa-t-il. Tu regardes tout ça tranquillement, bien à l'abri. Et si Afa avait raison ? Il a sûrement raison ! Ron se rendit compte à cet instant que le *Paradis* tanguait : des vagues s'étaient levées, des vagues très hautes...

Une peur irrationnelle, encore jamais éprouvée, s'empara de lui. Il se dirigea vers le hublot et pressa son visage contre la vitre pour regarder les montagnes, les falaises et le sentier qui menait au col. Son regard s'arrêta à l'emplacement des deux statues, dissimulées derrière un voile de brume. G'erenge ! Le dieu de la tempête et des requins... Et, à côté de lui, Onaha, la déesse de l'amour, de l'île et de la mer. Mais Nomuka'la, le serviteur des deux divinités, s'était rallié à G'erenge...

Nomuka'la était-il là-haut ? Lui envoyait-il encore ses malédictions ? Non ! Il ne devait plus se laisser troubler par ces absurdités ! « Tu fais une fixation », lui avait dit Hendrik. Et il avait raison.

Pourtant, il sentait comme une vibration dans l'air, des oscillations qui se répétaient à intervalles réguliers, obsédantes. Quelque chose d'inéluctable semblait sur le point de se produire...

Il ne sut jamais comment il était descendu sur le pont. Soudain, aussi brusque et inattendue qu'un coup de poing, une vague souleva le *Paradis* et Ron dut se cramponner de toutes ses forces à la main courante. Il faillit cependant être projeté par-dessus bord. A cet instant, il eut l'intuition de ce qui allait survenir. Il avait l'impression que l'univers entier était bouleversé et que toute résistance était devenue vaine...

L'eau avait perdu sa transparence. On ne voyait plus ni accidents de terrain, ni bancs de coquillages, ni algues, ni coraux. Il n'y avait plus que des ombres qui se déplaçaient. Elles étaient clairement reconnaissables, peut-être parce qu'elles étaient plus sombres que l'eau, peut-être aussi parce qu'elles paraissaient si énormes...

Ces bêtes-là étaient encore plus grandes que les requins de la veille. Elles devaient mesurer cinq ou six mètres. C'étaient peut-être des requins de récifs, des requins-tigres ou même des requins blancs, les plus dangereux...

« Afa! » hurla Ron. Comme si crier au secours avait encore un sens! Soudain, Ron entendit un son métallique, comme un horrible martèlement. Il comprit aussitôt d'où venait ce bruit : dans leur folie meurtrière, les requins atta-quaient la cage! Ils la chargeaient de tout leur élan et fai-saient claquer leurs dents contre les barreaux de fer...

Tu n'avais pas pensé à cela, n'est-ce pas? se dit-il. Pour-quoi donc? Parce que ce n'est pas du jeu, parce que cela défie toute logique? Mais ces requins-là ne respectent pas les règles du jeu...

Les yeux brûlants de Ron étaient rivés sur le câble d'acier qui vibrait et tournait sur lui-même.

« Afa! Remonte la cage! »

Mais le treuil fonctionnait déjà et la corde continuait d'osciller. Ils se renvoyaient la cage comme une balle! Ils jouaient, ces monstres diaboliques...

Et lui qui s'était mis dans ce pétrin en y entraînant un jeune homme de dix-sept ans, il était aussi impuissant qu'un infirme... C'est ta faute, pensa-t-il, toi seul portes la respon-sabilité de ce qui arrive!

C'est ce que tu voulais, Owaku...

Ron entendit un clapotis. Il se précipita vers la poupe et s'agenouilla près d'Afa'Tolou, qui n'était plus qu'une ombre figée. La cage émergea. Derrière les barreaux tordus, le visage de Wa'tau était déformé par l'épouvante. Ron vit les jointures de ses doigts, blanchies à force de serrer les barreaux, et ses yeux élargis et vitreux de terreur. Ron et Afa'Tolou poussèrent le même hurlement.

« Wa'tau ! On te remonte tout de suite... Fais attention ! »

Puis il vit le crâne livide du monstre. Comme des miroirs déformants, les vagues lui donnaient une forme ondulante. Sa tête effilée et les disques noirs de ses yeux n'en paraissaient que plus effrayants.

« Voilà, mon gars, ça y est ! »

Soudain, la cage bascula et retomba, heurtant l'échelle de la poupe qu'elle pulvérisa...

En un éclair, Ron vit les effroyables crocs du requin, il entendit le jaillissement de l'eau, le cri de Wa'tau et le hurlement d'Afa'Tolou... Mais ces perceptions restèrent floues et irréelles, car toute son attention se concentrait sur la main de Wa'tau, crispée sur un barreau. Puis cette main s'ouvrit et le corps tomba...

Ron se pencha par-dessus le bastingage. Wa'tau avait perdu l'équilibre et glissé au moment où le requin s'élançait hors de l'eau. Au même instant, telles les mâchoires d'un piège, les dents d'un deuxième requin s'étaient refermées sur leur proie. Entre les crocs étincelants dans la gueule béante, Ron vit du sang et de la chair...

Le temps s'était figé en cette unique vision d'horreur. Fasciné, Ron regardait le ventre blanc, la gueule énorme et les yeux fixes du monstre. C'était son adversaire, le grand requin blanc, celui-là même qui avait tué Nomuka'la !

De nouveau, le corps de Wa'tau émergeait dans un tourbillon d'écume. Comme une coquille brisée, un morceau de tissu de combinaison pendait du torse lacéré... le sang bouillonnait et des boyaux et des lambeaux de chair restaient accrochés aux os du bassin...

Ron s'entendit hurler. Il avait un objet à la main, il voulut frapper, lancer, piquer – mais il retomba en arrière et s'affaissa sur le pont. C'est ta faute... toi seul es coupable...

La douleur jaillit dans son corps comme une flamme, effaçant toute perception.

Lorsque Hendrik s'éveilla pour la seconde fois ce matin-là, il était un peu plus de huit heures. Lanai'ta dormait encore.

Il se leva aussi doucement que possible et enfila ses sandales. Jacky s'était mouillé. Il le souleva de son lit. Le petit garçon souriait, à moitié endormi, tandis qu'il l'essuyait et le mettait sur son pot.

Puis il sortit sur la véranda et regarda autour de lui. Il comprit aussitôt ce que ce matin-là avait d'insolite : le silence... Cette nuit, il avait fait un rêve que le chant d'un coq avait rapidement interrompu, il s'en souvenait très bien. Mais maintenant, on n'entendait aucun bruit. D'habitude, c'était l'heure des oiseaux. Ils s'interpellaient et voletaient dans les feuillages, saluant le matin de leurs chants. Pas aujourd'hui. Hendrik remarqua alors l'immobilité des arbres et des buissons, qui semblaient pétrifiés.

En face, dans le *fale* de Ron, il n'y avait pas un signe de vie. Hendrik se versa une tasse de thé, se brûla les lèvres sur les bords, la reposa et sortit. Il prit le sentier qui gravissait la montagne afin de voir la mer.

Le Pacifique semblait de métal. Au nord-ouest, un nuage sombre s'élargissait au sommet comme un énorme chou-fleur.

Hendrik avait déjà vu un cyclone dans les montagnes des Philippines, lors d'une mission pour Médecins sans Frontières. Les trombes d'eau et les tourbillons s'étaient abattus sans crier gare sur le village qui servait de base à son équipe. Ce jour-là, pourtant, ils n'étaient pas dans l'œil du cyclone...

Il redescendit vers le village. Il ne l'avait pas encore atteint lorsqu'il vit des gens accourir sur le chemin. Deux femmes mûres et deux jeunes filles ouvraient la marche, portant des charges sur la tête. Elles étaient suivies d'un groupe d'enfants qui poussaient des cris aigus.

La première femme arrivait au-devant de lui. Elle était grosse et large de hanches. La peur et la résolution se lisaient clairement dans ses yeux. Il la connaissait, mais ne se rappelait pas son nom. Comment aurait-il d'ailleurs pu se rappeler tous les noms et les visages alors qu'il avait passé si peu de temps sur l'île ?

« Que se passe-t-il ? Où allez-vous ? »

Elle lui répondit quelque chose, mais il comprit seulement le mot « G'erenge ». Ron avait déjà mentionné ce nom. N'était-ce pas le dieu de la tempête, le dieu mauvais ?

L'une des jeunes filles désigna la montagne du doigt. Levant les yeux, Hendrik aperçut un rocher presque horizontal. On aurait dit l'entrée d'une grotte. Une tache claire – oui, un homme bougeait là-bas ! Il regardait dans leur direction en faisant de grands gestes. Lorsqu'un cyclone menaçait l'île, la montagne devenait un refuge...

En bas, le calme et l'obscurité du *fale* l'accueillirent. Jacky était toujours assis sur son pot. Lanai'ta s'était habillée et elle préparait sa bouillie. Hendrik sentit son cœur se serrer. « Lanai'ta... un cyclone se prépare. »

Elle laissa tomber la cuillère en bois, se tourna vers lui et le dévisagea, les yeux agrandis.

« Tu es sûr ?

« — Oui. Les gens vont déjà se réfugier dans la grotte. »

Elle restait calme, mais il vit ses doigts se crisper. Elle regarda Jacky, puis elle demanda : « Est-ce que Tama et Ron savent ? Tu les as vus ? »

Il secoua la tête. Les lèvres de Lanai'ta se mirent à trembler. Il s'approcha d'elle et la prit dans ses bras. « N'aie pas peur, Lanai'ta. On va tous aller à la grotte, on y sera en sécurité. »

Elle hocha la tête. « Détache d'abord la chèvre et lâche les poulets. Et va voir où est Tama. »

Il sortit en courant et se précipita vers la maison de Ron et de Tama. Lorsqu'il arriva à la hauteur de l'atelier, il hurla : « Ron ! » Pas de réponse. Il entendit seulement un sifflement léger dans l'air. Le vent se levait, agitant les feuilles des palmiers.

Alors, il aperçut Tama en haut de l'escalier et courut vers elle : « Où est Ron ?

— Ron ? Il n'est pas avec vous ? Je croyais qu'il était chez vous. » Sa voix était angoissée. « Son lit est vide, reprit-elle. Il a bu son café et il est sorti.

— Il est peut-être sur le *Paradis* ? Un cyclone se prépare : il cherche peut-être un point d'ancrage plus sûr. »

Peut-être que oui, pensa-t-il. En tout cas, une chose était certaine : Ron prenait systématiquement le contre-pied de ce qu'on entendait généralement par « raisonnable » !

« Tama, viens à la grotte avec Lanai'ta et moi. »

Elle secoua la tête et dévala les marches. « Tama ! Où vas-tu ? » cria-t-il. Elle le dévisagea sans répondre en passant devant lui. Il tenta de la retenir, mais elle se dégagea.

Il la suivit des yeux tandis qu'elle traversait le jardin en courant et poussait la porte en bambou. Le rouge de sa robe se détachait entre les troncs de palmiers. Elle disparut.

Désorienté, Hendrik massa son dos douloureux. Un

brusque coup de vent ébouriffa ses cheveux et dissipa la chaleur étouffante. Il s'efforça de garder son sang-froid : maintenant, il fallait s'occuper de la chèvre et des poulets...

Il dut prendre sur lui pour ne pas courir. Il se dirigea vers la rangée de cages en bambou disposées derrière les buissons d'hibiscus. Les poules étaient perchées, pressées les unes contre les autres. Hendrik ouvrit les portes des cages et secoua les grilles.

Des yeux cerclés de rouge le dévisagèrent, mais les poules restèrent immobiles. Elles semblaient pressentir ce qui les attendait...

« Allez ! Foutez le camp, ça vaut mieux pour vous ! »

Il secoua plus rudement les cages, puis il donna des coups de pied dedans jusqu'à ce que les poules s'envolent. Il fit de même avec les poules de Lanai'ta.

Restait la chèvre. Elle le regardait avec des yeux qui savaient... Il lui ôta son licou. « Allez, ouste ! » Elle détala. Elle au moins semblait raisonnable...

Dans le Pacifique Sud, la saison des cyclones dure de septembre à mars. Mais le cyclone qui se préparait n'entrait dans aucun des schémas établis par les météorologues. Il se forma le 11 avril... Il était né en mer, et la mer est imprévisible. Dans une région très localisée, assez loin à l'ouest de l'île Tofua, sa température en surface avait atteint 28,5 degrés. A la suite de ce réchauffement, des nuages de vapeur s'élevèrent dans le ciel, formant une sorte de gigantesque cloche thermique. En altitude, cet air chaud et humide rencontra des courants d'air froid, qui imprimèrent à la cloche un mouvement de rotation. Ses parois intérieures se mirent à tourner de plus en plus vite, dans le sens des aiguilles d'une montre, autour d'un axe immobile. Une succession sans fin d'éclairs et de coups de tonnerre accompagnait cette effroyable rotation, entretenue par les quantités de masses d'air qu'elle aspirait de tous côtés.

La mer semblait fuir, déferlant en vagues hautes comme des maisons. Et tandis que la cloche avançait à l'ouest des îles Tonga en direction de Tonu'Ata, la vitesse du vent augmentait à l'intérieur de ses parois : cent quatre-vingt-dix, deux cent dix, puis deux cent trente kilomètres-heure. Au matin du 14 avril, elle atteignit deux cent quarante-six kilomètres-heure...

Il était presque neuf heures du matin lorsque Afa'Tolou, le seul fils survivant de Tapana, fit démarrer le *Paradis*.

Il avait emporté Ron évanoui dans le salon et l'avait déposé sur une banquette. Il ne pouvait rien faire de plus pour lui. Puis il était retourné à la proue, il avait retiré les chevilles qui maintenaient l'assemblage de câbles en acier et regardé la cage sombrer. Ensuite, il avait ôté son collier de coquillages et l'avait également jeté à l'eau. Le collier dansa quelques secondes à la surface, fut entraîné par les vagues et coula à pic. Dehors, près des falaises, le ressac grondait comme un orgue.

Afa'Tolou leva l'ancre. Il savait ce qui l'attendait. Le ciel semblait être tombé dans la mer. Aussi loin qu'il pouvait voir – et ce n'était pas loin – il n'y avait que des creux de vague noirs, des moutons et des gerbes d'écume. Il mit le moteur à plein régime.

Le *Paradis* s'élança en grondant dans ce tumulte. A peine fut-il sorti de la baie que les brisants s'abattirent sur le toit, le martelant comme des milliers de poings. Mais Afa'Tolou chantait, les jambes largement écartées et les mains serrées sur le volant. Il entonnait tous les chants qui pouvaient aider

Wa'tau, cet esprit jeune, vulnérable et inexpérimenté, à se libérer de l'effroi de sa fin atroce.

Le *Paradis* semblait maintenant si minuscule et si perdu... G'erenge déciderait s'il parviendrait jusqu'à la terre ferme. Afa'Tolou ne pouvait plus agir sur son destin. C'était d'ailleurs sans importance. Plus rien n'avait d'importance...

L'île n'était encore qu'une ombre perdue dans la grisaille. Soudain, l'eau jaillit dans la cabine et ruissela sur l'écran du téléviseur sur lequel Owaku avait regardé Wa'tau récolter les huîtres. Une nouvelle vague s'abattit, noyant la cabine dans une lumière glauque et vitreuse, frappa Afa'Tolou en plein visage et balaya le téléviseur. Maintenant, il pendait lamentablement, à moitié arraché de son câble.

Cependant, face au péril, le *Paradis* était vaillant comme un guerrier. Lorsque sa proue émergea de nouveau, Afa comprit que le bateau abordait le creux d'une vague. Il tourna à bâbord. Le bateau plongea de nouveau en avant, rappelant à Afa ses jeux d'enfant, lorsque lui et ses compagnons glissaient dans des toboggans en basalte. Le son aigu de l'hélice tournant à vide couvrait le grondement de la mer. Soudain Afa sentit son estomac se contracter... Là-bas, devant lui ! L'entrée de la lagune ! Elle semblait si proche... Afa'Tolou tourna la tête et ouvrit tout grands les yeux : il voulait voir jusqu'au bout...

Un mur démesuré s'élevait au-dessus des vagues, séparant la mer en deux, un mur de mort et de destruction. C'était la crête d'une vague gigantesque qui montait vers le ciel.

Afa'Tolou sentit qu'elle s'emparait du bateau, le soulevait et l'entraînait de plus en plus haut, toujours plus haut au-dessus des récifs, à l'intérieur de la lagune. En quelques secondes, il vit la plage voler à sa rencontre. Mais ce n'était plus une plage, seulement de l'eau et des palmiers qui se brisaient comme des allumettes.

Il entendit un son aigu et prolongé. Et puis plus rien, sauf les craquements, l'eau et les ténèbres...

Un vaste champ de cannes à sucre s'étendait entre le mur du jardin de Ron, devant lequel se tenait Hendrik Merz, et la forêt de palmiers. Il avait aimé le vert si frais et si clair des cannes. Maintenant, ce vert était comme éteint et les longues tiges ployaient sous de violentes rafales. C'était comme si un laboureur invisible traçait des sillons dans le champ.

Soudain, tous les bruits de tempête, le chant aigu du vent, le fracas des branches qui s'entrechoquaient, tout ce concert menaçant se fondit en un son bas, étrange et terrifiant. C'était un souffle qui remplissait le ciel et la terre, montait et s'enflait en une plainte déchirante.

Juste avant qu'Hendrik ne se jette à terre, une image s'imprima sur sa rétine : les cannes à sucre avaient disparu. Les tiges aussi hautes que des hommes gisaient à terre. Derrière elles, les palmiers... il lui sembla que la tempête les soulevait jusqu'au ciel. Leurs frondaisons se dressaient et s'inclinaient les unes vers les autres comme de longs fouets cinglant l'air, puis les troncs plièrent et se brisèrent. Le toit à pignons du *fale* s'envola et monta dans les airs comme un aéronef pris de folie. Les tourbillons le disloquèrent et le mirent en pièces. La terre tremblait sous le choc répété des pierres et du bois brisé.

Aplati au sol, Hendrik releva la tête. Au-dessus de lui, des morceaux de toits, des fragments de nattes, des clayonnages, des rameaux et des feuilles d'arbres dansaient un ballet fantomatique. Plus haut encore, des rectangles noirs volaient dans les airs. Il reconnut des morceaux de tôle ondulée : les toits de l'infirmerie et de l'atelier qui faisaient la fierté de Ron...

Mon Dieu ! Ron... Tama.... et Lanai'ta, et Jacky ! Il voulut se lever, mais une rafale le saisit et le rejeta dix mètres plus loin. Il ferma les yeux, se cramponna à des touffes d'herbe, chercha des points d'appui pour ses orteils et se pressa contre la terre.

Lanai'ta et le petit... Tu ne peux pas laisser faire ça ! Il y avait très longtemps qu'il n'avait plus prié. Longtemps, la souffrance l'avait incité à nier l'existence de Dieu et à mépriser toute croyance. Mais à cet instant, des paroles de prière lui vinrent spontanément aux lèvres : « Seigneur ! Que ta volonté soit faite — épargne les enfants et mets fin à cette épreuve... »

Mais le Seigneur envoyait seulement de l'eau — car on ne pouvait appeler de la pluie les trombes d'eau qui tombaient du ciel. Elles s'abattaient sur son dos, balayaient devant lui l'argile, les pierres et même de petits rochers, et lui remplissaient la bouche de terre, de boue et de feuilles, le faisant tousser à chaque inspiration. D'interminables minutes s'écoulèrent. Puis la violence du déluge parut diminuer un peu. Pour combien de temps ? C'est le moment, se dit-il. Fonce !

Il courut, glissa, tomba, se releva et se remit à courir. Puis il s'arrêta de nouveau et se cramponna à un tronc d'arbre déchiqueté. Le *fale* de Lanai'ta avait disparu ! Seul un pan de mur en blocs de basalte, la partie de la cuisine que Jack avait bâtie, apparaissait derrière un rideau de pluie.

« Lanai'ta ! »

Il s'élança vers le mur, se frayant un chemin au milieu des planches et d'un fouillis d'argile, de pierres et de débris végétaux.

Ils étaient là, exactement à l'endroit où il avait espéré les trouver : dans l'angle que formait le mur. Ils étaient accroupis et Lanai'ta étreignait Jacky, penchée au-dessus de lui, si bien qu'on ne voyait que le dos du petit.

Elle leva la tête. Son visage semblait se réduire à ses yeux. Il rampa vers elle, s'accroupit et lui passa le bras autour des épaules. Elle ne tremblait pas. Elle tourna la tête vers lui et prononça la phrase la plus étrange, la plus grotesque et en même temps la plus réconfortante qu'il eût jamais entendue : «J'ai tout emballé, Hendrik!»

A un mètre de lui, un sac gris était appuyé contre le mur, un de ces sacs que l'on utilise dans les hôpitaux de campagne américains. La croix rouge imprimée sur son flanc était délavée. Il avait dû appartenir à Jack Willmore...

«J'y ai mis tes affaires. Maintenant, il faut aller à la grotte.»

Il acquiesça. Le bruit de la tempête avait encore diminué. Il se leva et lui tendit la main : « Allons-y avant que ça ne recommence, Lanai'ta.

— Oui, dit-elle. Prends Jacky, tu es plus fort. Je porterai le sac, ça ne fait rien s'il tombe dans la boue... »

Dix minutes plus tard, des bras secourables surgissaient de l'ouverture de la grotte et se tendaient vers eux...

Une jeune fille sortit pour aider Lanai'ta qui, ployant sous le poids du sac, avait glissé. Elle fut également jetée à terre par la tempête.

Jacky était accroché à la poitrine d'Hendrik comme un petit singe lorsque le médecin atteignit l'entrée de la grotte. L'enfant sanglotait doucement. Hendrik le déposa dans les bras d'une femme, fit demi-tour, redescendit en glissant vers Lanai'ta et la souleva...

A la seconde même, comme si elle s'en voulait d'avoir marqué une pause, la tempête reprit de plus belle. Dispersée par les rafales, l'eau jaillissait comme des embruns. Des flots couleur d'argile dévalèrent la montagne, emportant des troncs d'arbres et des racines. Ils se déversèrent dans la vallée du haut des rochers, en une cascade gargouillante de débris, de boue et de tourbillons...

Aveuglée par l'eau, Tama ne vit qu'au dernier moment l'ouverture carrée du grand four en terre devant la maison de Wo'nu. Elle glissa, se débattit et tomba dans le trou. L'eau qui remplissait le fond amortit sa chute. Des os et des brindilles nageaient dans un bouillon brun. Le plafond était trop bas pour qu'elle puisse se tenir debout, mais au moins les murs l'abritaient de la tempête.

Elle sanglotait. Ses yeux étaient encroûtés de boue. Elle plongea la main dans l'eau pour se nettoyer le visage.

« Owaku... »

Mais Owaku était sûrement mort. Owaku était loin, sur son bateau. Ce pressentiment s'imposait à elle avec la brutalité de l'évidence.

Lorsqu'elle put regarder au-dehors, elle ne vit qu'un torrent sur lequel des herbes flottaient comme une chevelure, des troncs enfoncés dans le sol, et un chaos végétal d'où se détachaient çà et là quelques feuilles.

Soudain, dans ce champ de ruines, elle aperçut un objet aux formes arrondies qu'elle prit d'abord pour un gigantesque poisson mort. Lorsque la pluie s'apaisa, elle reconnut sous la boue la peinture rouge d'une coque de bateau. Et il n'y avait pas deux bateaux comme celui-là sur l'île...

Tama avait alors de l'eau jusqu'à la taille, et le niveau montait toujours. Elle comprit que si elle restait plus longtemps dans ce trou, elle se noierait comme un rat. Elle rassembla ses forces, appuya ses pieds contre la paroi du four, trouva une prise, puis une autre, et parvint à se hisser au-dehors. Aussitôt, les rafales la plaquèrent au sol.

Après avoir parcouru quelques mètres, elle put s'abriter derrière des troncs d'arbres abattus. Elle repartit, courbée en avant, pataugeant dans la boue jusqu'aux chevilles. Des

289

feuilles de palmier aux arêtes acérées s'enfonçaient dans sa chair, mais elle ne les sentait même pas.

« Owaku... »

Le bateau reposait sur le flanc, le pont à l'abri du vent. Des éclats de verre, des cordages arrachés, des bouts de métal cabossé et des débris de meubles jonchaient le sable détrempé.

Tama essaya de se hisser à bord en s'appuyant sur un bout de bastingage tordu, mais elle était trop faible. Alors, une main surgit des décombres et l'empoigna par le bras, puis une deuxième main la tira en avant et la retint lorsqu'elle glissa.

« Afa..., chuchota-t-elle. Afa, Afa... »

Il la poussa à l'intérieur du bateau. Etourdie, Tama regarda autour d'elle. La lumière pénétrait à travers trois petites vitres ovales. Dans ce lieu clos, les bruits de la tempête résonnaient comme à l'intérieur d'une citerne. Quand Tama parvint à rassembler ses idées, elle comprit qu'elle se trouvait dans le salon. Elle put alors prononcer la question qui la hantait : « Owaku... est-ce qu'il est...? », mais elle n'osa pas terminer sa phrase.

« Il est vivant », répondit son frère.

Elle ferma les yeux pendant une seconde, puis elle regarda Afa. Son visage était couvert d'une croûte de sang. Du sang suintait également d'une blessure à son front que ses cheveux trempés dissimulaient. Ses lèvres étaient enflées. Malgré tout, il s'efforçait de lui sourire.

« Mais... comment le *Paradis* est-il arrivé...? murmura-t-elle.

— G'erenge, répondit Afa. G'erenge a fait sortir le ciel et la mer de leurs gonds. Il a envoyé une vague grande comme une montagne. »

Elle hocha la tête. Ce n'était pas le ciel et la mer, mais l'univers entier qui était sorti de ses gonds.

Il passa devant elle en rampant et revint avec un coussin qu'il lui glissa sous le dos. Elle se mit à claquer des dents sans pouvoir se maîtriser, ni contrôler les spasmes qui secouaient son estomac.

« Où est-il...?

– Owaku? Là-bas. »

Tama vit un amas de couvertures sombres dans un coin. Elle voulut se lever.

« Laisse-le. Il est inconscient et c'est mieux ainsi. De toute façon, la tempête ne va pas durer éternellement. »

La tête de Tama retomba en avant. Non, rien ne finirait jamais. La pluie continuerait de tomber et les vagues de déferler sur eux, éternellement.

« Wa'tau est mort », lui dit alors doucement son frère.

Cela faisait déjà deux fois que le vieil Antau refoulait la femme enceinte à l'intérieur de la grotte. A la troisième, elle réussit à lui échapper. Elle se rua sous la pluie, les poings levés vers le ciel, et hurla : « Mon enfant, mon petit garçon ! Rends-le-moi ! Rends-le-moi ! »

Antau la tira en arrière. « Tu es folle ? hurla-t-il. Calme-toi ! Ton fils est à l'abri dans une grotte. Retourne près de tes autres enfants ! »

Des torrents dévalaient la montagne, charriant des débris et des pierres qui faisaient trembler le sol, mais l'intérieur de la grotte restait sec.

Lanai'ta avait enroulé Jacky dans une couverture et l'avait déposé sur le sol. Tandis que les autres enfants, muets et choqués, se pressaient contre leurs mères et leurs sœurs comme de petits animaux, Jacky suçait paisiblement son pouce.

« Il dort ! » chuchota Hendrik, stupéfait.

Il caressa l'épaule de Lanai'ta. Grâce à elle, ils avaient des couvertures, de la nourriture, un imperméable, une lampe de poche, des affaires pour le petit et même la trousse de médecin d'Hendrik. Il avait déjà soigné deux blessures légères et administré des calmants à une femme et à trois enfants qui pleuraient.

Il s'approcha d'Antau. Devant l'entrée de la grotte, ouverte comme une gueule béante dans la roche noire et humide, le vacarme de l'ouragan était tel qu'il fallait hurler pour s'entendre.

« Ça va bientôt finir ! » cria Antau.

Bientôt ? Que signifiait désormais le temps ? Depuis combien d'heures attendaient-ils dans cette grotte ?

Le vieil homme essuya de la main ses cheveux gris trempés. « Bientôt, la tempête va s'apaiser... puis ça recommencera. Mais ce n'est pas si grave... »

Il veut parler de l'œil du cyclone, pensa Hendrik. Le cyclone tournait sur lui-même, leur laissant à intervalles réguliers quelques minutes de répit. Combien de minutes au juste ? Tout dépendait de l'ampleur du cyclone. Peut-être auraient-ils le temps d'aller voir ce que Tama, Ron et les autres étaient devenus. Tama et Ron... il ne pensait qu'à eux depuis qu'il se savait en sécurité.

Antau le fit rentrer à l'intérieur de la grotte. Sa peau brune était creusée de profondes rides. « C'est G'erenge qui nous envoie ça », dit-il. Il compta sur ses doigts. « J'ai déjà vu neuf tempêtes comme celle-là. Une fois, j'étais même en mer. La tempête m'a rejeté sur l'île comme un poisson mort – mais je suis toujours là. »

Hendrik se taisait. En quoi ces histoires d'ouragan pouvaient-elles l'intéresser ?

« Ce n'est pas une grosse tempête, reprit Antau. Et elle est déjà vieille. Tu vas voir, bientôt elle aura épuisé toutes ses forces. »

Quelques minutes plus tard, le hurlement de l'ouragan faiblit. Aussitôt, comme si un metteur en scène invisible dirigeait les opérations, le ciel s'éclaircit, la pluie diminua et l'on n'entendit plus que le gargouillement des torrents qui se frayaient un chemin vers la mer...

Les nuages s'étaient complètement dissipés. Tout ce qui paraissait brouillé et indistinct reprenait peu à peu des contours clairs et tranchés. Le village semblait avoir été bombardé. Les ruines des *fales* étaient entourées de palmiers arrachés et brisés. Au milieu de ce fouillis, un bateau était couché sur le flanc. Un rayon de soleil illuminait sa coque rouge minium. Il n'y avait qu'un seul bateau de cette taille à Tonu'Ata : le *Paradis*.

Cette fois-ci, le vieil Antau lui-même poussa un cri de stupéfaction. Il prononça quelques mots qui se perdirent dans le tumulte des torrents, puis il se signa. Où avait-il donc appris cela ? se demanda Hendrik. Est-ce que Ron ne lui avait pas parlé d'un missionnaire qui avait vécu sur l'île ?

Ron... était-il dans le bateau, comme l'avait affirmé Tama ? Et elle, l'avait-elle rejoint ? Mais comment auraient-ils pu survivre à ce choc ?

Il venait de faire un premier pas hors de la grotte, lorsque Lanai'ta le rappela : « Hendrik ! Ta trousse ! »

Dieu merci, elle au moins gardait toute sa tête, contrairement au docteur Merz de Médecins sans Frontières, internationalement reconnu et décoré de l'ordre du Mérite... Il prit sa trousse et partit, glissant et pataugeant dans la boue. Il enfonçait jusqu'aux genoux et, à trois reprises, Antau dut l'aider à se dégager.

Ils avaient pris le mauvais chemin. A cent mètres d'eux seulement, des rochers s'étendaient entre les champs de cannes et la lisière du village. Une fois parvenus à ces rochers, ils progressèrent plus facilement.

Au village, seuls les murs en basalte de l'infirmerie et de l'atelier étaient restés debout. Antau se signa, le visage attristé.

« On reconstruira tout, Antau.

– Oui. » Le vieil homme sourit, découvrant les rares chicots qui lui restaient. « Et on reconstruira tout en plus grand. »

Hendrik regarda le ciel. Des nuages sombres s'approchaient de l'île. Comme les murs d'une prison, ils cernaient le peu de paix et de lumière que la tempête leur avait laissé... Ils allaient bientôt crever de nouveau. Hendrik se souvint d'avoir entendu dire que l'œil d'un cyclone pouvait s'étendre sur trente kilomètres. Mais celui-là était probablement plus petit : il leur restait donc peu de temps...

« Allons-y ! » cria-t-il à Antau.

Ils s'élancèrent. Hendrik aperçut au passage des cochons noyés et des cadavres de poulets et de chiens, tous recouverts d'une cuirasse d'argile et de boue. Mais pas d'êtres vivants ni, Dieu soit loué, de cadavres humains.

Leurs efforts pour retrouver Tama et Ron étaient probablement vains. Un raz de marée qui avait envoyé dans les palmiers un yacht de la taille du *Paradis* devait avoir tout anéanti sur son passage...

« Hendrik ! »

C'était la voix de Tama ! Perçante comme un cri d'oiseau, elle couvrait tous les autres bruits.

Hendrik courut vers le *Paradis*. A quelques pas du bateau, il vit une créature qu'il prit pour un gros serpent. Elle rampait vers lui, puis elle se redressa, déployant bras et jambes. Ses yeux fixaient Hendrik derrière un masque de boue. « Tama ! Mon Dieu, Tama ! »

Elle toussait. Il passa la main sur son visage et essaya de la débarbouiller comme une mère ferait avec son enfant.

« Owaku est là, Hendrik... dans le bateau. On peut entrer par l'autre côté. »

De l'autre côté, il vit Afa'Tolou, qui ressemblait à un spectre de boue.

« Où est-il? lui cria Hendrik.

— Dans la cabine.

— Il va bien? »

Afa le regarda sans répondre. Hendrik monta sur le pont en escaladant un tronc de palmier, puis se fraya un passage jusqu'à l'entrée du salon. Dans un coin, Ron gisait sur une porte arrachée de ses gonds.

Tout examen était superflu. Les pansements s'étaient défaits et il avait perdu son éclisse. Le bras pendait, flasque et bleui.

« Ron... »

Mais Ron ne paraissait pas l'entendre. Ses yeux étaient grands ouverts. Il devait horriblement souffrir, mais son visage était empreint de ce calme trompeur qu'Hendrik avait si souvent vu sur les visages des blessés graves.

« Ron, ça va aller mieux dans un instant. »

Pas de réaction. Hendrik ouvrit sa trousse, prit une seringue et une ampoule de morphine, palpa la jambe et enfonça l'aiguille. Il attendit un instant, puis il sentit les muscles se détendre.

Quelqu'un lui toucha le dos et la voix de Tama résonna dans la demi-obscurité : « Hendrik... réponds-moi, Hendrik, il va s'en sortir...?

— Evidemment qu'il va s'en sortir... Un type comme Ron s'en sort toujours. Je lui ai donné de la morphine... Mais maintenant, Tama, il n'y a pas une minute à perdre. Nous ne pouvons pas rester ici. Il faut le transporter jusqu'à la grotte. Où est Afa?

— En bas, avec Antau.

— Il faut faire vite, Tama. Trouvez-moi des cordes et des courroies. Je vais l'attacher sur cette porte pour le stabiliser. Ce sera plus facile pour le transporter. »

Tama acquiesça et disparut. Elle revint presque aussitôt avec deux larges sangles à cartouches. Antau apporta des cordages.

Ils travaillèrent rapidement et en silence. Ron gardait les yeux fermés, mais son pouls et sa respiration semblaient réguliers.

Hendrik se demandait s'il avait perdu conscience ou non, mais c'était sans importance. Une seule chose comptait : rejoindre la grotte avant que le cyclone ne reprenne...

Ron rêvait qu'il planait. Il planait à travers un long couloir dont les murs en acier poli se perdaient dans les hauteurs. Puis, chaussé de patins à glace, il volait au-dessus du lac de Rothberg, sur lequel il avait patiné dans sa jeunesse.

C'est ce que tu voulais, Owaku ! fit soudain une voix métallique.

Oui, oui... je l'ai voulu ! Arrête de crier. Tu as raison... seulement...

Un craquement couvrit sa voix. Des fissures béèrent dans la glace, libérant une eau noire. La glace s'effondrait, mais Ron était en sécurité, puisqu'il planait...

« Nom de Dieu ! » cria une voix, que l'écho répercuta. Et puis : « Attention, Antau... »

Qui était Antau ? Maintenant, Ron tombait. Il ne sentait pourtant rien. Son corps n'était plus qu'une enveloppe, fragile mais insensible.

Ses poumons se contractèrent. La bile qui lui montait à la bouche avait un arrière-goût amer presque imperceptible.

Ron ouvrit les yeux. Des ombres se déplaçaient au-dessus de lui. Il entendait un grondement familier...

« On ne peut pas continuer par là, ça ne passe pas ! »
La voix résonnait dans son crâne.
« Owaku ? Tu as mal ? Fais attention... »
Owaku ? C'était lui. Et la personne qui l'appelait ainsi –
Tama !
La mémoire lui revenait peu à peu, puis tout s'éclaircit
soudain. Il comprit alors que le grondement familier était le
hurlement de la tempête...

Ils avaient décidé de retourner à la grotte par un autre
chemin. Afa'Tolou leur fraya un passage qui leur permit de
rejoindre la route de la lagune. Antau et Hendrik portaient
la civière de Ron. Tama les aidait lorsqu'ils glissaient ou
lorsqu'un obstacle surgissait.

Ils avaient déjà atteint la lisière ouest du village et se trouvaient au pied de la montagne lorsque Antau tomba sur les
genoux. Il haletait et secouait la tête. Tama le remplaça.
Elle-même ne savait pas où elle en puisait la force, mais elle
parvint à porter la civière plusieurs minutes.

On reconnaissait à peine le chemin sous les monceaux
d'éboulis et les coulées de boue. Protégés de la tempête par
les rochers qui saillaient à flanc de montagne, ils progres-
saient lentement vers le col...

Les statues de G'erenge et d'Onaha contemplaient la baie
et l'océan depuis la nuit des temps. Personne sur l'île
n'aurait pu dire qui les avait sculptées. Même dans les plus
anciennes des légendes que l'on racontait à Tonu'Ata, le
nom du sculpteur n'était pas mentionné.

G'erenge et Onaha veillaient toujours sur l'île, conjurant
le malheur ou assurant le bonheur des habitants. Les
hommes déposaient des offrandes et sacrifiaient des animaux, et les prêtres priaient afin que les dieux leur
demeurent favorables.

Nomuka'la avait été le dernier de ces prêtres... Mais ni lui ni les habitants de Tonu'Ata n'avaient remarqué la fêlure entre l'épaule de G'erenge et celle d'Onaha. S'ils l'avaient aperçue, peut-être y auraient-ils vu un présage heureux. N'était-il pas écrit qu'Onaha, protectrice de toute vie et patronne de Tonu'Ata, devait un jour se séparer du dieu de la destruction ?

Ce jour était venu. Le déluge qui faisait trembler la terre et projetait des éclats de rochers dans la baie avait transformé la fissure en crevasse. Onaha regardait toujours la mer démontée, mais G'erenge inclinait la tête. Il semblait sur le point de tomber en avant.

La pluie avait rempli une dépression en amont du col, mais un amas de bois et d'éboulis bloquait l'écoulement. Lorsque de nouvelles rafales cinglèrent la montagne, l'un des grands tiunas qui poussaient un peu plus haut vacilla, s'abattit dans la dépression et, emporté par le déluge, dévala la pente dans un roulement de tonnerre.

Un rocher aux contours arrondis dégringolait à sa suite en exécutant des bonds de plus en plus hauts. C'était G'erenge. Onaha regardait fixement cette chute. Son frère venait de se séparer d'elle à jamais...

Un éclair déchira l'obscurité, veinant de feu les montagnes de nuages amassées au-dessus de l'île. Le tonnerre retentit.

Ils avaient parcouru la moitié du chemin menant à la grotte. Leurs membres étaient aussi lourds que du plomb et le manque d'oxygène menaçait de faire éclater leurs poumons. Ils sentaient la dernière étincelle de force s'éteindre dans leurs corps et devaient s'arrêter de plus en plus souvent. Ils tiraient, poussaient et halaient la civière avec des cordes tout en évitant de regarder le visage du blessé.

Tama avait glissé un bout d'étoffe sous la tête de Ron. Elle l'avait embrassé et caressé, mais seule la morphine pouvait le soutenir...

Ils s'arrêtèrent de nouveau et s'accroupirent autour de la civière. Hendrik essayait de s'orienter. Il lui paraissait totalement vain de vouloir transporter Ron jusqu'à la grotte dans de telles conditions. Si seulement la pluie se calmait un peu! Il se leva pour mieux y voir, mais une rafale le plaqua au sol à côté de Tama et d'Afa.

« Il va mourir... nous allons tous mourir, Hendrik. » Tama semblait avoir perdu son empire sur elle-même. Quoi d'étonnant? Elle avait tenu suffisamment longtemps; maintenant, des larmes coulaient de ses yeux et elle tremblait. « Nous allons tous mourir...

– Il ne manquerait plus que ça! »

Alors, Afa leur désigna quelque chose en face d'eux. De l'autre côté du chemin, une crevasse s'ouvrait dans la roche. Ils pourraient s'y abriter, le temps de reprendre des forces.

« Allez! cria Hendrik. C'est tout près... On peut y arriver! »

Trébuchant, rassemblant leurs dernières forces, ils atteignirent la crevasse.

« Antau, Afa! On va empiler des pierres pour y déposer Ron. Comme ça, il ne sera pas trop trempé. »

Il s'interrompit. Un bruit d'abord à peine perceptible, puis de plus en plus fort, le fit tressaillir.

Une cascade jaillissait au-dessus d'eux, masquant l'ouverture de la crevasse. Pressés les uns contre les autres, ils se dévisagèrent, incrédules, mais ils se sentaient trop épuisés pour chercher une explication.

Soudain, Tama hurla : « Hendrik! Hendrik! »

Il mit quelques secondes à comprendre, puis il fut comme assommé : la civière sur laquelle Ron était allongé avait disparu!

« Owaku..., gémissait Tama.... Owaku... »

Son frère lui jeta un regard et leva les bras, les paumes tournées vers le ciel. Qu'y pouvons-nous ? semblait-il dire. Afa renonce à lutter, lui aussi, songea Hendrik. Il ne se fait pas d'illusions sur le sort de Ron, peut-être avec raison... Puis il inspira profondément et, peut-être plus par réflexe que par conviction, il saisit sa trousse de médecin. Le temps d'un éclair, il vit les visages pétrifiés des autres, puis il se rua dans la tempête.

Le vent était si violent qu'il devait se pencher en avant et enfoncer ses pieds dans la terre pour progresser.

« Ron ! » Ses yeux s'efforçaient de percer ce mélange d'eau, de vent et de brume. « Ron ! »

Il montait sur des rochers, puis s'arrêtait pour reprendre son souffle. Son cœur battait violemment, il en sentait le martèlement jusque dans ses tempes.

Il vit soudain la porte. Couchée sur le côté, elle était en partie enfouie sous d'énormes troncs d'arbres luisants de pluie. « Ron ? » appela-t-il. Mais comment Ron pouvait-il l'entendre ? Etait-il seulement encore vivant ?

Hendrik se pencha sur lui. Les yeux de Ron étaient grands ouverts et un filet de sang coulait de sa bouche entrouverte. Des lambeaux d'étoffe détrempés collaient à son corps, dont le bas disparaissait sous des branches. Il était toujours attaché, mais sa cage thoracique bombée formait un angle invraisemblable et inquiétant avec la porte.

Hendrik comprit soudain : son bras en éclisse était pris sous un tronc d'arbre qui l'écrasait contre la roche.

Il approcha sa bouche de l'oreille de Ron et murmura : « Ron ! Tu m'entends ? »

Ron avait fermé les yeux et de profondes rides creusaient ses tempes. Ses lèvres tremblaient, mais Hendrik vit avec soulagement qu'elles n'étaient pas contractées et que leur couleur ne révélait pas de manque d'oxygène. C'était l'essentiel. Sa cage thoracique s'élevait et s'abaissait régulièrement. Non, il n'avait rien d'un moribond et il n'avait souffert d'aucun traumatisme, probablement grâce à la morphine. « Allez, mon vieux, chuchota Hendrik, on va t'examiner... »

De ses doigts trempés, il cherchait l'artère. Le pouls battait presque normalement. Ce dingue de Ron avait une constitution de fer ! Mais maintenant, comment le sortir de là ?

Il n'y avait qu'une solution, mais Hendrik préférait ne pas y penser... Néanmoins, tandis qu'en son for intérieur il se refusait à formuler le mot amputation, les pensées se bousculaient dans son esprit comme dans la mémoire d'un ordinateur défectueux : connaissances professionnelles, expérience personnelle, noms, rapports de collègues, fragments d'informations, images d'opérations – et surtout, des doutes, des doutes à n'en plus finir...

Une amputation du bras ? Dans des conditions pareilles ? Mais il n'avait pas le choix. Il fallait d'abord se calmer, essayer d'oublier la tempête, se concentrer uniquement sur l'opération... et puis agir.

« Tu sais, Hendrik, ce vieil Afghan n'était pas très costaud. En fait, il avait plus de soixante-dix ans. Et tu veux que je te dise ? Cela faisait trois jours qu'il était enseveli dans ce bunker démoli par les bombardements, sans une goutte d'eau. Impossible de le sortir de là... Je n'avais pas le choix : il fallait amputer le bras. Et, tu vas rire, mais il a survécu... » Otto Redwitz, ce vétéran de Médecins sans Frontières, n'était pas du genre à raconter des bobards. Il était toujours là quand il fallait effectuer ce genre d'interventions. Sous les bombardements s'il le fallait. Beaucoup de ses patients avaient survécu – beaucoup...

Hendrik approcha de nouveau son visage de celui de Ron, comme s'il pouvait le contraindre par la pensée à lui obéir : toi aussi ! Toi aussi, Ron, bon sang ! Qu'est-ce que c'est, finalement, un bras ? Tu en as deux...

Quelqu'un lui touchait le dos et tentait de l'écarter – Tama.

« Il est mort.

– Mais non, il n'est pas mort, bon Dieu ! »

Antau arrivait également.

« Antau, passe-moi ma trousse, et toi, Tama, ouvre-la. Arrête un peu de pleurnicher ! Regarde dedans, tu trouveras une bande grise. C'est un garrot. Tu le vois ?

– Oui.

– Donne-le-moi. Non, déplie-le d'abord. »

Hendrik se répéta que l'Afghan de Redwitz avait survécu même à la soif. Et Redwitz n'avait même pas de quoi lui faire une injection, tandis que lui avait un flacon de deux cent cinquante millilitres.

Inutile de désinfecter localement. Ron était vacciné contre le tétanos, il le lui avait dit à Pangai. De l'Héparine pour la circulation et un autre analgésique pour le bras... Rien de trop fort, afin de ménager la circulation et le cœur.

Cette récapitulation lui avait fait du bien : elle l'aidait à envisager la situation avec objectivité. Il n'était pas dans une salle d'opération, mais si cela pouvait l'aider, il valait mieux se dire que cela ne faisait aucune différence...

« La lampe de poche, Tama. Tu l'as ?

– Oui.

– Donne-la à Afa. Il va m'éclairer.

– Qu'est-ce que tu vas faire, Hendrik ?

– Passe-moi le garrot, maintenant.

302

— Qu'est-ce que tu vas faire, Hendrik ? Dis-le-moi !

— Et maintenant, ma trousse. » Il l'ouvrit, glissa la main à l'intérieur et palpa les instruments.

« Réponds-moi, Hendrik !

— Quoi, encore ? » Il pivota et se mit à hurler pour couvrir le bruit de la tempête : « Oui, il faut amputer le bras ! Il est foutu, de toute façon ! Tu préfères laisser Ron crever sur place ? Passe-moi le garrot ! »

Elle ne répondit pas. Il se concentrait déjà sur l'opération. Puis il releva les yeux, la regarda et s'efforça de sourire, de ce fameux sourire du médecin qui signifie : faites-moi confiance, je vous assure que ce n'est pas si grave que ça.

Elle hocha la tête.

« Bon ! J'aime mieux ça ! dit-il. Et ce n'est pas encore aujourd'hui que Ron cassera sa pipe... »

Deux des vieilles femmes étaient restées dans la caverne. La mélopée ininterrompue de leurs voix le berçait. Elle faisait partie intégrante du temps qui s'écoulait, de la fuite des heures, des jours et de ses rêves.

Avec les ruines du *fale*, Antau et Afa lui avaient fabriqué un lit solide garni d'un confortable sommier en fibres tressées. Lorsqu'il s'éveillait, Ron contemplait le plafond noir et humide de la grotte qui luisait d'un éclat verdâtre. « *Fly-Wing*, songeait-il, perle noire... », puis il oubliait de nouveau.

Hendrik venait toutes les deux heures changer ses bandages, le badigeonner de désinfectant, lui faire une piqûre ou lui poser un nouveau drain.

« Cela se présente très bien, Ron, tu peux me croire ! » disait-il avant de redisparaître...

Ron n'avait protesté qu'une seule fois : « Qu'est-ce que je vais devenir, maintenant que je suis manchot ? Je vais être bon à quoi, avec un seul bras ?

– A plein de choses, avait répondu Hendrik. Tu as encore ton bras droit – et toute ta tête. »

La nuit, Tama se glissait dans le lit et lui racontait les dernières nouvelles : ils déblayaient la place du village, Hendrik pensait qu'on pourrait peut-être réparer la radio, les jeunes hommes abattaient déjà des arbres pour reconstruire les *fales*, et quelques pirogues avaient échappé par miracle à la destruction...

Elle ne parlait jamais du *Paradis*. Elle lui dit simplement qu'ils avaient retrouvé un tiroir cassé, enseveli sous les débris, et dans ce tiroir, neuf perles. Mais il ne voulait plus entendre parler de perles... La seule chose qui comptait, c'était que personne sur l'île sauf lui-même n'avait été blessé ou tué pendant la tempête. Tous les habitants s'étaient réfugiés à temps dans les grottes. Ron aurait pu dormir en paix si une image n'avait pas hanté sa mémoire : l'expression de Wa'tau à l'instant où la cage avait émergé de l'eau...

Puis un nouveau jour se leva – combien de jours s'étaient écoulés depuis le déluge ? Son moignon suintait et le démangeait. C'était normal et cela ne durerait pas, lui avait dit Hendrik. Des voix s'élevèrent devant l'entrée de la grotte. Quelqu'un appela : « Owaku ! »

Ron leva les yeux. Tapana se tenait devant lui et sa voix de basse profonde et chantante résonnait sous la grotte : « Tama, amène de la lumière. Comment ça va, Owaku ? »

Oui, c'était bien Tama, mais la lueur chaude et vacillante de la lampe éclairait seulement le visage large et ridé de Tapana. Elle faisait briller ses yeux noirs et projetait son ombre géante et déformée sur la paroi de la grotte. Ses lèvres épaisses s'entrouvraient en un sourire.

« Je suis déjà venu trois fois, Owaku... Tu dormais toujours et je ne voulais pas te réveiller. Comment va ta blessure ? Tu pourras bientôt te lever. Nous avons besoin de toi, mon fils. » « Mon fils » : ces mots firent tressaillir Ron...

« Owaku, je suis aussi venu te dire que tu ne dois pas te torturer avec des pensées absurdes. C'est malsain et inutile. Ton ami Hendrik est du même avis que moi là-dessus.

– Oui, je sais bien, Tapana, mais...

– Pas de " mais ", Owaku. Ce qui doit arriver arrive de toute façon. Et ce qui arrive est toujours bien... »

Ron repensa sans ironie à ce qu'avait dit Gilbert : Tapana était un grand philosophe...

« Ce qui doit arriver arrive, répéta Tapana. La tempête est venue, puis, lorsqu'elle s'est rassasiée, elle est repartie. Les tempêtes ont elles aussi besoin de nourriture, Owaku. Si on ne la leur donne pas, elles la prennent. G'erenge doit également être satisfait, car il est parti, lui aussi. »

Cela ne s'arrêtera donc jamais ? songea Ron avec découragement. Maintenant, il était sûr que Tapana allait prononcer le nom de Nomuka'la.

« C'est ma faute, s'entendit-il dire. Tout est de ma faute. »

La main lourde et chaude de Tapana se posa sur ses cheveux et ce contact le ramena à un jour lointain ; il se revit accroupi sur la plage, à moitié noyé. Cet homme était devant lui et lui posait la main sur les cheveux, comme aujourd'hui...

« Non, Owaku. C'est ma faute. C'est moi qui ai décidé que tu resterais parmi nous. Et c'est moi qui t'ai donné ma fille et qui ai levé le tabou. N'est-ce pas la vérité ? »

Ron en resta sans voix.

« Et cet autre matin, Owaku... tu te souviens, quand je suis venu chez toi et que nous avons bu une bière ensemble ? Nous avons parlé de perles et d'argent, et je t'ai dit que la nuit précédente, Nomuka'la avait refusé de me répondre... mais c'était faux. Je t'ai menti. Son esprit m'a parlé et mis en garde. J'ai refusé de l'écouter, car je voulais que le guérisseur ait sa machine... et c'est comme ça que tout est arrivé – non par ta faute, mais par la mienne. »

Cette fois encore, Ron ne sut que répondre. Il sentit les larmes lui monter aux yeux et comprit qu'il ne servait à rien de lutter contre elles.

« C'est tout ce que je voulais te dire, Owaku », fit Tapana. Un instant plus tard, Ron était de nouveau seul dans la grotte.

Le soir même, il se leva et sortit pour la première fois depuis son amputation. Tama voulut le soutenir, mais il secoua la tête : « Laisse-moi, Tama. J'y arriverai tout seul... »

Il resta un moment immobile devant l'entrée de la grotte. Les coups de marteau et le grincement des scies résonnaient dans la vallée. Sur la place du village, les premiers échafaudages s'élevaient déjà.

« On dirait une fourmilière, tu ne trouves pas ? demanda-t-il à Tama.

– C'est exactement ça, dit-elle en souriant. Et nous sommes tous de petites fourmis. Hendrik a déjà reconstruit le mur arrière de la maison de Lanai'ta et il va nous aider à reconstruire notre *fale*. Et mon frère aussi, et toute la famille. Viens. »

Il embrassa son index et le posa sur le front de Tama. « Non, Tama. Je voudrais aller ailleurs. »

Tama le regarda. Elle avait compris. « Comme tu veux », soupira-t-elle.

Et ils reprirent le chemin du col. Ron évitait du regard les images de destruction, les blessures claires dans l'écorce des arbres, les profonds sillons que l'eau avait creusés dans le sol et les étendues brunes des coulées de boue. Mais les buissons d'hibiscus fleurissaient, s'illuminant de rouge et de rose... et là-bas...

Il s'immobilisa.

« Je t'ai pourtant déjà tout raconté : il n'est plus là », dit Tama, comme si elle avait lu dans ses pensées.

Non, en effet, G'erenge n'était plus là ! Il ne restait plus que sa sœur. Les rayons du soleil couchant nimbaient sa tête d'une douce lumière rose.

Puis ils arrivèrent devant la baie. C'était le même ciel qu'auparavant, une coupe d'or martelé où flottaient quelques rares nuages, les mêmes falaises noires et le même murmure du ressac montant vers eux. Et Ron entendit de nouveau le grondement des chutes d'eau qui s'élançaient dans l'abîme derrière des voiles de brume.

« Viens, Tama. »

Elle s'assit à côté de lui. Ils restèrent longtemps silencieux. Il fallut un long moment à Ron pour prendre conscience des bouleversements provoqués par la tempête.

A l'est de la baie, le versant escarpé bombait comme un ventre informe. Des éboulis avaient dévalé les trois volcans, comblant la moitié de la baie. Ils s'étendaient face à la mer comme un croissant de lune noir et brillant.

Il n'y avait plus ni perles ni requins dans la baie : le trésor et ses gardiens avaient disparu...

La mer se remplissait déjà de pourpre, non, d'un rouge sang profond, et le soleil traçait à sa surface un chemin éblouissant... comme autrefois, lorsque les ombres des requins elles-même semblaient se teinter de rouge...

16 septembre
Tonu'Ata

Mon vieux Gilbert,

Je voudrais te remercier encore ! La joie que nous avons ressentie à ton arrivée inespérée n'a pas faibli.

« Chibé ! Chibé ! », entend-on partout sur l'île. On parle même de t'élever un monument ! Moi, je voudrais simplement passer mon bras autour de tes épaules et te dire : regarde tout ce que nous avons fait avec tes graines ! Vois comme les premiers fruits mûrissent !

Hendrik et Afa te donneront ma lettre en débarquant du *Paradis*. Tu auras du mal à le reconnaître : nous l'avons retapé comme nous avons pu. Nous, c'est-à-dire tout le village, et Hendrik le premier...

Mais il navigue, c'est l'essentiel. Hendrik t'expliquera les réparations à effectuer à Neiafu et je suis sûr que tu l'aideras. Pour payer ces travaux, ainsi que les outils et les pièces de rechange dont nous avons besoin, mon cher Gilbert, nous te donnerons des perles. Tu peux les prendre sans inquiétude : nous ne les avons pas pêchées dans la baie – tout ça, c'est du passé. Non, ce sont les femmes qui nous ont donné leurs colliers. Nous n'avons besoin que de très peu. Je me souviens de ce que tu m'as dit un jour : « L'homme vit en fonction de ses besoins : plus il les réduit, plus il a de chances d'être heureux. » Il m'a fallu un cyclone pour comprendre cette vérité.

Tapana, Tama et Lanai'ta te saluent. J'aurais eu grand plaisir à te voir, mais j'ai un empêchement, et il est de taille : Tama attend notre premier enfant !

Hier, j'ai rouvert le livre sur le *Bounty* que tu m'as offert et j'y ai cherché la lettre que l'un des mutins, John Adams, vivant sur l'île de Pitcairn, écrivit en 1819 à son frère resté en Angleterre : « Voilà trente ans que je vis sur mon île. J'ai une femme et quatre enfants. Et lorsque je repense à ma vie passée et aux circonstances qui m'ont mené ici, j'éprouve une profonde reconnaissance envers Dieu pour ses desseins, et pour la paix et la santé qu'il m'a accordées durant toutes ces années. »

Ainsi soit-il...

Du même auteur
aux Éditions Albin Michel

DOCTEUR ERIKA WERNER
JE GUÉRIRAI LES INCURABLES
BEAUCOUP DE MÈRES S'APPELLENT ANITA
LE DESTIN PRÊTE AUX PAUVRES
LA PASSION DU DOCTEUR BERGH
MANŒUVRES D'AUTOMNE
NOCES DE SANG À PRAGUE
AMOURS SUR LE DON
BRÛLANT COMME LE VENT DES STEPPES
MOURIR SOUS LES PALMES
AIMER SOUS LES PALMES
DEUX HEURES POUR S'AIMER
L'OR DU « ZEPHYRUS »
LES DAMNÉS DE LA TAÏGA
L'HOMME QUI OUBLIA SON PASSÉ
L'AMOUR EST LE PLUS FORT
LA CARAVANE DES SABLES
UNE NUIT DE MAGIE NOIRE
LE MÉDECIN DE LA TSARINE
AMOUR COSAQUE
DOUBLE JEU
NATALIA
LE MYSTÈRE DES SEPT PALMIERS
L'HÉRITIÈRE
LA MALÉDICTION DES ÉMERAUDES
AMOUR EN CAMARGUE
IL NE RESTA QU'UNE VOILE ROUGE
BATAILLONS DE FEMMES
LE GENTLEMAN
UN MARIAGE EN SILÉSIE
CLINIQUE PRIVÉE
LA GUÉRISSEUSE
COUP DE THÉÂTRE
UN ÉTÉ AVEC DANICA
LE SACRIFICE DES INNOCENTS
LA BAIE DES PERLES NOIRES
LA CLINIQUE DU DOCTEUR RATJA BANDA
LA MAFIA DU SANG
SOS AVION EN PÉRIL

Cet ouvrage a été réalisé par la
SOCIÉTÉ NOUVELLE FIRMIN-DIDOT
Mesnil-sur-l'Estrée
pour le compte des Éditions Albin Michel
en juin 1998

Imprimé en France
Dépôt légal : juillet 1998
N° d'édition : 17432 – N° d'impression : 42378